Noc żywych Żydów

Igor Ostachowicz

Noc żywych Żydów

wydawnictwo ab

Wydanie I
Warszawa 2012

Warszawa, rok 2009

Piwnica

Urodziłem się i mieszkam w mieście poszukiwaczy złota. Zjechali tu kiedyś z całej wypalonej równiny. Poszukiwacze złotych zębów i srebrnych łyżeczek. Przyciągnął ich dym ruin i swąd ciał bogatych mieszczan, którym tak poprzewracało się w głowach, że zapomnieli, jak przyjemne jest przetrwanie. Nie rozpamiętujemy własnych nieszczęść, więc nie musimy o nich pamiętać, kiedy słodzimy herbatę naszym dzieciom. Warszawa nie jest ładnym miastem, ale kocha się tu życie w najczystszej jego postaci.

Ja też kocham życie i mimo że wciąż żyję, zaczynam za nim tęsknić i je rozpamiętywać. Może to przez Chudą. Przez to, że ciągle mi się śni w białym świetle, albo przez to, co robi na jawie. Choćby dziś, w piwnicy mojego bloku ta chuda wariatka wyślizgnęła się z moich chaotycznych obmacywanek, „poczekaj", przyłożyła ucho do podłogi „coś skrobie, słyszysz?" Nie słyszałem. „Tam pod ziemią mieszkają Żydzi." Popatrzyła na mnie w półmroku. Skąd wzięliśmy się w piwnicy i jaki jest powód mojej żałosnej seksualnej aktywności? Dlaczego ona słyszy coś, czego wcześniej nigdy nie słyszała, a ja, człowiek zapobiegliwy i konkretny, odnajduję w sobie chęć nostalgicznej syntezy i zadumy nad miastem, życiem, i w ogóle?

Na dobry początek wywiodłem z tego zdarzenia dwa morały: po pierwsze mam ochotę na normalne cycki, a nie ciągle to anorektyczne ożebrowanie, po drugie, i tym podzieliłem się z Chudą, robimy to w domu albo wcale.

Chuda ma ładną, smutną twarz, a kiedy się śmieje, to też ładnie, za to ja nie bardzo ją rozumiem i trochę mnie to dręczy, bo instynktownie chcę jej bronić, boję się, że ktoś zły mógłby ją skrzywdzić, więc bolą mnie takie smutne spojrzenia na schodach w odpowiedzi na moje morały.

Ktoś zły wyszedł na balkon i zapalił papierosa, nie bacząc na to, że piętro wyżej na identycznym balkonie kwili werandowany dzidziuś, a piętro niżej rosną soczyste pelargonie, które nie zasługują na niezdrowy popiół.

Chuda ma tylko dwoje przyjaciół. Mnie, o ile istnieje przyjaźń międzypłciowa, i Chirico, swoją internetową wyrocznię. Pozostali są bez znaczenia. Są głupi. Są tak głupi, ekologicznie zaangażowani i nieszczerzy, że mam ochotę ich bić. Raz nie wytrzymałem. Pijany byłem. W oczach Chudej mnie to nie usprawiedliwia. Już nie przychodzą. Mam to gdzieś.

Lubię gotować i lubię jeść. Nie jestem gruby, ale przy Chudej wyglądam jak balon. Wiele nas dzieli. Na przykład skwarki, a przecież nie do smalczyku z jabłuszkiem je smażę, nie do kartaczy z mielonym mięsem. Smażę je do na wskroś nowoczesnej sałaty z orzechami i kurczakiem. Chudej i tak chce się rzygać i coś tam mruczy o tkance podskórnej, cierpieniu zwierząt i smrodzie w całym domu. Mam zestaw bardzo drogich patelni, kupiłem je sobie sam, mam też noże dobrej firmy, czuję się kucharzem. Ja nie potrzebuję przyjaciół, mam pracę i dużo zamówień, bo jestem fachowcem. Odłożyłem trochę na koncie. Nie będę się o nic prosił. Tytuł mojej pracy magisterskiej nie ma najmniejszego znaczenia. Dlaczego układam glazurę? A dlaczego nie? Mogę sobie tak odpowiadać, bo pytają mnie obcy ludzie, klienci, którzy polecają mnie sobie nawzajem, i doprawdy nie nadążam. Konkuruję z niechlujami i kompletnymi kretynami, z pijakami, wsiochami, oszustami. Czasami coś po nich poprawiam, aż serce rośnie, będę miał robotę do końca życia, wystarczy, że w miarę przyzwoicie pracuję i odrobinę myślę, klienci mnie kochają. Odwzajemniam im się powściągliwością w ocenie ich gustu, montuję barokowe stiuki i uprzejmie się uśmiecham, dziękuję za herbatę w przerwie i chwalę róż w jego najbardziej debilnym odcieniu; nie ucieknie się w życiu od kompromisów. Chuda na szczęście ma dobry gust. Siedzi na poszerzonym, zamienionym przeze mnie w kanapę parapecie i czyta feministyczną powieść. Obserwuję jej gołą stopę. Gładzi ją ręką, a potem nagle przestaje, przewraca stronę i podkurcza palce, próbuję na podstawie tego widoku odgadnąć, jakie emocje wywołuje w niej lektura. – Może chociaż spróbujesz? – Niosę miskę z sałatą do stołu. Jedzenie w samotności utwierdza mnie w mojej postawie wobec świata.

Ktoś Zły splunął przed siebie na przystanku tramwajowym, a mimo to zgrabna dziewczyna z niegustownym makijażem zerkała na niego zalotnie i tylko udawała, że studiuje rozkład jazdy. Ktoś Zły nie zaszczycił jej swoim złym spojrzeniem. Może by ją i puknął, ale nie dziś, bo dziś jest jakiś zły.

Według Chudej jestem egoistą. Szanuję tę opinię. Nie bagatelizuję jej, mimo że wybrzmiewa regularnie, oskarżycielsko i emocjonalnie. Myślę, że to może być wina podatków. Wprawdzie ich nie płacę, bo na ogół dostaję zapłatę bez rachunku, ale jak sobie wyobrażę, ile powinienem zapłacić, to szlag mnie trafia i zastanawiam się, co takiego łączy mnie z tymi wszystkimi darmozjadami, którzy dybią na moją forsę. Rodacy. Niech sobie, kurwa, zarobią. Jak ja byłem bez pracy, to nikt mi nie pomógł. Musiałem obciąć moje cesarskie dredy i chodziłem z tą swoją cefałką jak jakiś żebrak albo akwizytor, a oni sobie jechali tłumnie tramwajem, pili kawę w kawiarniach, robili zakupy, mijali mnie bladego w średniej klasy garniturze, i co, ktoś zapytał, co ci się stało, bracie, może ci pomóc, powiedz, kto cię znowu upokorzył, pójdziemy mu wygarnąć? No to niech się teraz odpierdolą od moich pieniędzy. Chuda kręci tylko głową, jej zdaniem człowiek, żeby był szczęśliwy, musi dzielić się z innymi. Ja bym był szczęśliwy, gdyby ktoś się dzielił ze mną, ale niedane mi było tego doświadczyć. Widać nie spotkałem ludzi szczęśliwych albo, co jeszcze bardziej irytujące, osiągali szczęście nie ze mną. Ja dzielę się z Chudą. Chuda nie pracuje.

– Właściwie to dlaczego miałbym znowu nie zapuścić dredów? – tak sobie rzucam pytanie w przestrzeń własnościowego mieszkania.

– Może dlatego, że masz zakola. – Nawet nie podniosła wzroku znad książki. Mogła chociaż rzucić okiem, sprawdzić, żebym nie myślał, że ma te moje zakola już dawno przemyślane.

Ktoś Zły nie skasował biletu. Miał go w swoim żałosnym, małym, pustym portfeliku, którego nie lubił wyciągać. „Niech tylko podejdzie do mnie kanar." Zmrużył oczy, a w jego głowie twarde, krótkie uderzenia, bezwzględne i mordercze, budzące podziw i strach jednocześnie. Bilet się przyda na kiedy indziej. Joga i systemy wschodnich medytacji. Jechał sprzedać swoją wiedzę na te modne tematy, choć jedyne, co wiedział na pewno, to że coś dziwnego to z nim robi. Może i poodtykały mu się kanaliki energetyczne, ale chyba za bardzo, czuł w sobie przeciąg, może otworzył coś jeszcze, coś niedobrego może.

Lubię spędzać urlop w domu. Chuda mniej, ale się nie wypowiada, rób, co chcesz, to twoje pieniądze. Urlopu nikt mi nie daje. Sam decyduję. Potem trenuję siłę własnego postanowienia. Udowadniam, że jest ważniejsze od pieniędzy. Jestem w domu, odbieram telefony, nudzę się czasem, ale nie przyjmuję zleceń. Najlepszych nawet. Koniec. Powiedziałem. Mój ojciec nie był taki twardy. Od czasu ostatniej piwnicy nie wychodzą mi z głowy dwie rzeczy: cycki i Żydzi. To dziwne, bo kiedy jestem na urlopie, łatwiej mi pozbyć się jakiejś myśli. Czytam, chodzę do kina, oglądam albumy, rozmawiam z Chudą, gram w erpegi i strategie. Gorzej w pracy. Tam wystarczy zaangażować 1/50 mózgu, pozostałe 49/50 się nudzi, więc myśli, o czym chce. No, ale jestem na urlopie. Oglądam album Kandinsky'ego, a myślę o dużych fajnych cycach, rozmawiam z Chudą i wyobrażam sobie, jak by wyglądała... a może myślę o kimś innym. I jeszcze ci Żydzi. Skrobią od spodu w podłogę? Przecież Niemcy ich dawno zabili. No to jak mogą skrobać? Jeździły tu spychacze, potem budowlańcy, powstały osiedla bloków, tyle lat komunizmu, mieszkali tu sobie małosolni ludzie Peerelu, libacje, westerny po dzienniku, prosty seks i niedepilowane nogi, spokojny sen rencistów i emerytów, obiady bez przypraw, pranie się suszyło na balkonach i jakoś nie skrobali, a teraz nie to, że Chuda jest pierdolnięta, bo trochę jest, ale sam coś słyszałem.

Kobieta z podbitym okiem zaciągnęła za sobą zasłonę przymierzalni, zdjęła okulary przeciwsłoneczne, bluzkę, a po namyśle stanik. Ma prawie czterdzieści lat i takie ładne piersi. Patrzy na siebie w lustrze. Nie jest chuda. Już widzi, że wzięła za obcisły sweterek, nawet nie warto przymierzać, ale przymierza, za obcisły. Irytuje się. „Może lepiej buty sobie kupię." Ściąga sweterek, ściąga spodnie, po namyśle majtki, patrzy na siebie i ma ochotę na seks. Przymierza sukienkę, ledwo wlazła, powstrzymuje się resztką silnej woli, żeby nie podrzeć jej przy zdejmowaniu. Przymierza spódnicę, może być, ma ładne łydki i kolana. Przymierza top, trochę obcisły, ale może być, przymierza szorty, dobre. Poprawia jej się humor. Dobrze, że wzięła urlop i nie musi się pokazywać z tym okiem dziewczynom w biurze. Stoi nago, patrzy na siebie w lustrze i myśli, że nawet nieźle. Ma nadzieję, że ktoś ją podgląda. Ubiera się, myśli już o alkoholu i gdzie by tu pójść. Przy kasie zdaje sobie sprawę, że zapomniała czegoś założyć. Sprzedawczyni przygląda się współczująco jej oku. Najpierw ją to wkurza, ale potem wzrusza ramionami i uśmiecha się szeroko. „Rzuciłam chuja."

Twarz sprzedającej dziewczyny się rozjaśnia. „Dam pani pięć procent rabatu."

Chuda z mgiełką melancholii w oku wyszeptała mi gorącym szeptem w policzek, że narodowość jej prawdopodobnie jest żydowska, choć pewności nie ma, bo jej rodzina skrywała ten fakt i przed światem, i przed nią, więc to tylko intuicja, ale wiesz... O ja punkowiec nieszczęśliwy, z resztek agresji i pogardy obrabowany.

– Chuda, błagam, nie pitol takich, przecież Baryła brzmi twe słowiańskie nazwisko, nie dopisuj się do długiej listy zbuntowanych lilii wodnych, które rozpaczliwie szukają oryginalnego wyjścia, a wszystkie tłoczą się żałośnie w tym samym.

Na uszach Chudej pojawiły się czereśnie, w oczach łzy, a z ust wystrzeliła pestka. Trafiła mnie lepko, wilgotnie i ulotnie w brodę. Podniecił mnie ten akt agresji.

– Tylko się nie obrażaj. – Dotknąłem jej kolana.

– Spadaj – powiedziała.

Nostromo

Lato, Anielewicza, migające listkami lipy, ich miodowy zapach, pierdolnięta jest ta moja Chuda, ludzi niewielu, bo upał, ale każdy z nich stuknąłby się w czoło, gdyby usłyszał, że zła się nie da przysypać gruzami i ziemią, cierpienie trzeba uszanować i rozliczyć, a krew, jeśli się jej w porę nie zmyje i pozwoli obojętnie wsiąknąć w ziemię, zmieszana z gliną wylezie kiedyś hordą golemów powolnych jak czołgi, a połamane kości i sponiewierane ciała obleką się w te resztki szmat, których im nie ukradziono, sklecą się siłą podbiologii w dwunożne zmory znające tylko ból i będą się tym bólem dzielić, biegając pochylone od drzwi do drzwi naszych spokojnych mieszkań. Nie powinienem zostawiać jej samej. No, ale muszę kupić ziemniaki i kawałek mięsa na obiad. Młode ziemniaki, kefir, koperek, życie jest piękne, a latem tanie. Objuczony ekologicznymi siatkami wszedłem do sklepu mięsnego. Jagnięcina. Na co dzień jadam kurczaki, wieprzowinę, czasem wołowinę, a dziś na widok jagnięciny ślina wezbrała mi w ustach jak głodnemu psu. Za mną w kolejce zgarbiony staruszek w marynarce, z której wiatr, słońce i woda latami usuwały kolor, kształt i fakturę, patrzył na mnie przez grube szkła w posklejanej plastrem oprawce. „Baraninka?" Zamrugał ogromnymi, powiększonymi oczyma i wysunął pytająco wilgotną sztuczną szczękę. Mógłby zagrać w parodii *Obcego – ósmego pasażera Nostromo*. Odpowiedziałem mu tylko niepewnym grymasem i właśnie wycelowałem palec w różowe mięsko, gdy na moim apetycie pojawiła się skaza. Tłusta, czarna mucha. Wpiła swoją czarną, bezczelną trąbę w delikatny kotlecik.

– Prosto z cmentarza żydowskiego – zażartował staruszek – tu niedaleko. – Pokazał głową gdzie.

– A skąd pan wie, że nie z Powązek? – zapytała sprzedawczyni, chcąc żartobliwie zbagatelizować problem muchy.

Mucha nie poniosła kary. Odleciała leniwie, a ja opuściłem sklep i idąc nieśpiesznym, sierpniowym tempem, osiągnąłem pierwszy poziom zrozumienia Chudej, nie zjem, kurwa, tego obiadu. Swędzi mnie kark i chociaż sprawdzałem już piętnaście razy ręką, wciąż mam wrażenie, że coś mi tam łazi. Moje gardło i żołądek stały się podejrzliwe i gotowe do zrywu, jak u Chudej, włożę tam kawałek mięciutkiej jagnięcinki, a one: Alarm! Wielka, włochata mucha kręci się w gardle. Chuda nie wyrzyguje tylko wody i coli light.

Usłyszałem, właściwie poczułem, że gęsta harmonia warszawskiego upału została zakłócona, odwróciłem się, dziadek Nostromo się wywalił, macha rozpaczliwie kończynami, nie podniesie się sam. Rozejrzałem się. Daleko czyjeś plecy, samochód, przemknęły dzieciaki na rowerach, ale też daleko. Nikt mu nie pomoże. Przykra sprawa, odwróciłem się i ruszyłem w swoją stronę. Jeśli nie będę jadł, to będę razem z Chudą pił colę light. No właśnie! Zatrzymałem się. Nie kupiłem coli light, Chuda się załamie. Zawróciłem. Dziadek wyciągnął do mnie ręce. Pomogłem mu się podnieść, ale nie mógł sam ustać. – Wezwę pogotowie – powiedziałem i wyciągnąłem komórkę. Stary alien pokręcił głową. Da mi prezent, jeśli go doprowadzę do domu, a to już tu niedaleko.

– Muszę jeszcze coś dokupić, zaraz będę szedł z powrotem, to pana wezmę. – Posadziłem go na chodniku.

Mucha, tak jak ja, jest w linii prostej potomkiem pierwszych osadników. Jej przodkowie przylecieli tu ze wsi za moimi przodkami, z ulgą przyglądali się zwęglonym skrzydełkom i pustym odwłokom miejscowej konkurencji. Mięsa nie brakowało.

Dwupokojowe mieszkanie z ciemną kuchnią, oddzieloną od dużego pokoju szklaną ścianą z małym okienkiem do wydawania posiłków. Dziadek usiadł w wyliniałym fotelu naprzeciw meblościanki wysoki połysk i poprosił, żebym zdjął z niej to środkowe pudło. Ciężkie. Postawiłem je na składanym stole wysoki połysk. Zażyczył sobie herbaty i żeby zakupy do lodówki. Wobec obiecanego prezentu pokręciłem tylko z niedowierzaniem głową. Niech ci będzie. Trochę tu za duży porządek, nie mieszka sam. W przedpokoju czarne szpilki, jedna stoi, druga leży.

Pudło już na podłodze, a cały stół zastawiony zawiniętymi w gazety przedmiotami. Pierwsze z brzegu zawiniątko. Srebrna plakietka wielkości i grubości racucha w kształcie serca, na niej wygrawerowana mapka, po drugiej stronie też mapka, w środku dziurka. Po co ta dziurka? Nosiło się kiedyś takie wielkie wisiory?

– Tego ci nie dam, za ciężkie. Masz, to sobie weź. – Taka ni to tacka, ni to lichtarzyk.

– Co to jest?

– Nie wiem, coś tam sobie w to wstawiali, jakieś tam swoje.

– A ja co mam z tym zrobić?
– Nie chcesz, nie bierz, przetopić można.
– Na co?
– A ja wiem na co?
W drzwiach zachrobotał zamek.
– Moja wnuczka.
W pokoju stanęła kobieta z dużym, ładnym biustem. Zdjęła okulary przeciwsłoneczne i odsłoniła podbite oko.

Ktoś Zły

Ktoś Zły zszedł z ruchliwego chodnika i ruszył przez ogromny trawnik. Zatrzymał się, rozejrzał. Dopiero teraz, widząc, że w pobliżu nikogo nie ma, wyjął swój śmieszny portfelik i wysypał na rękę monety. Jedna piątka i same groszaki. Może wyskrobałby na fajki, ale chyba woli coś do jedzenia jutro na śniadanie. Wsypał monety z powrotem. I pech. Kurwa! Pięciozłotówka odbiła się od brzegu portmonetki i poleciała na ziemię. Nie koniec pecha. Brzęknęła o metal. Jak to? Metal na środku wielkiego jak preria trawnika dla piesków? Tak to. Pod jego nogami studzienka burzowa. Kurwa! Ukucnął. Wydało mu się, że w czeluści widzi błysk swojej piątki. Co za debil zrobił studzienkę pośrodku trawnika? Obok drugi błysk, taki sam. Dwie monety? Pochylił się bardziej, prawie dotykając nosem żeliwnych żeber. To w sumie dycha, a może ludziom nawpadało więcej. Próbował przebić się wzrokiem przez czerń. Błyszczące monety przybliżyły się gwałtownie. Poczuł zapach kobiety, zbyt ostry, aż ścisnęło go w gardle ze smutku. „Tu była ulica", usłyszał. „Niemożliwe", powiedział. „Zaczyna mi się z tego wszystkiego roić." Nachylił się jeszcze raz, spróbował podnieść kratę. Nic z tego. Odszukał kij wysłużony w aportowaniu. Spróbował sięgnąć. Coś, a właściwie, mówmy prawdę, ktoś ten kij tam w środku złapał. I pociągnął.

KZ wyobraził sobie szczupłą, żylastą rękę. Puścił. Kij zniknął. Bał się bardziej nachylić. Nie musiał. Oczy jak dwie pięciozłotówki patrzyły na niego spod samych krat. „O ja pierdolę!" Zerwał się na równe nogi. Mógłby przysiąc, że kobiecy głos powiedział mu wprost do ucha: „Nie mogę się śmiać". Spojrzał pod nogi, miękka ziemia wydała mu się zbyt słabą ochroną. Biegiem na chodnik. Czuł, jak chłodne powietrze owiewa jego szybkie kostki, oby tylko nie złapały go za nie czyjeś rosochate dłonie.

Chuda z zadowoleniem obejrzała tackę-lichtarzyk.

– To żydowska rzecz. On jest Żydem? Ten gość, któremu pomogłeś?

– Kto wie – trochę skłamałem, ale nie do końca, bo któż może takie rzeczy wiedzieć na sto procent. Skąd wiadomo, że on nie jest Żydem? Dlaczego nie założyć, że pomogłem Żydowi i przyniosłem na to żydowski dowód? Miło być bohaterem, ale Chuda wszystko potrafi spieprzyć tą swoją skłonnością do przesady. No, nie mogłem się zgodzić, żebyśmy dla uczczenia mojego bohaterstwa posadzili drzewko na wielkim trawniku obok pomnika powstania w getcie. No, błagam cię, pomyśl, to nie ja jestem skromny, tylko ty kompletnie jebnięta, i błagam cię, tylko się nie obrażaj. Odwróciła się i poszła do kuchni, a ja zostałem z poczuciem winy, raz, że faktycznie nie przedstawiłem tych wydarzeń z naukową wstrzemięźliwością, a dwa, że zrobiłem tak, żeby sobie ułatwić wyjście na randkę z cycatą wnuczką, więc tylko nabrałem powietrza, głośno je wypuściłem i też poszedłem do kuchni. Wszystko dlatego, że tak na mnie dziwnie patrzyła po przyjściu. Przestraszyłem się, że ten biust mi się jakoś w oczach odcisnął i że w tym kontekście.

Teraz wymuszony dialog z obrażoną konkubiną.

– Mam ekspresowe zlecenie na glazurę.

– Przecież masz urlop.

– Właśnie przerwałem.

– Dlaczego?

– Duża forsa.

– A zasady?

Nie miałem na to odpowiedzi. Przedłożyłem duże cyce nad honor, taki jest świat, tacy są mężczyźni. Dzwonek. Oboje poszliśmy do przedpokoju. W drzwiach stanął Ktoś Zły, ale go nie poznałem.

– Jestem joginem, zamówiła pani lekcję – powiedział przez moje ramię do Chudej, a ja ogłupiały jak łosoś w tarle – „no to się uczcie, idę do roboty" – tylko słuchałem, jak sobie rozmawiają.

– Może herbaty? Siadaj. Może być na ty?

– Okej – odpowiedział jej z krzywym uśmiechem; że też się nie połapałem.

– To usiądź na chwilę, wypij herbatę, a ja jeszcze na sekundkę muszę coś w internecie.

Zachowywali się, jakby już mnie nie było, no to wyszedłem.

Z gorącego dnia zrobił się chłodny wieczór. Zmieniła się pogoda. Za lekko się ubrałem, dostałem gęsiej skórki. Może to z emocji. Wyobraziłem sobie, że wnuczka musi być ciepła. Właściwie to szkoda, że nie poznałem jej zimą. Wszedłbym zmarznięty pod kołdrę, a tam ciepło i miękko, a nie lodowaty suchelec, który próbuje się ogrzać o mnie. Żal mi się Chudej zrobiło, jak tak brzydko o niej pomyślałem. Właściwie to ją chyba kocham. Przyszedł SMS,

„Chirico uważa, że drzewko to genialny pomysł". Mój słodki chudzielec.

Nie zawrócę, bo przecież tam fakir i tylko bym przeszkadzał. Wszedłem do baru. Już jest, przyszła przede mną, znaczy, że nie ma honoru, to dobrze. Ale się odstawiła. Całujemy się w policzki, jest ciepła. Podwójna wódka z sokiem porzeczkowym, choć to strata czasu, myślę. Ona sączy coś zielonego i nastroszonego. Myśli, że jest damą. I niech sobie myśli, albo nawet będzie, ma podbite oko, wygłodniałą kobiecość, należy jej się, romantycznie bawię się jej dłonią. Dobry ze mnie człowiek.

Zrobiło się ciepło, gwarno, wesoło, trochę za obcisły ma ten top, czy raczej troszkę jednak jest za gruba, nie jakoś strasznie, ale zamiast na dekolt wciąż zerkam na niewielki wałeczek tłuszczu, ja przecież chude lubię. Co to będzie? Nasze łydki dotykają się pod stołem. Zastanawiam się, co decyduje o tym, że wypowiadane słowa mają znaczenie. Jeśli pamięć o nich, to nasza rozmowa, podobnie jak wszystkie wokół, jest kompletnie bez znaczenia. „Czego chcę od życia?" Zadumała się przez moment. „Może pewności." Tę jej ogólną odpowiedź potraktowałem w typowo egocentryczny samczy sposób i powiązałem ze snującym mi się po głowie cichutkim pytaniem o mą dziś zdolność do erekcji.

Pijemy, bo jeszcze dość wcześnie, więc trochę nie wypada tak od razu. Ona coś o tańcu i mruga do mnie podbitym okiem, ale się okazuje, że oboje nie bardzo się znamy na miejscach do tańczenia. Więc zostajemy, ona zrezygnowana, ja oddycham z ulgą. Jakby za karę przytrafiają nam się długie minuty milczenia. Ja odchylam się trochę i rozglądam po sali, nie z ciekawości, po prostu zbieram myśli.

Jedne tematy wydają mi się zbyt błahe, inne zbyt poważne i osobiste. Ona wychodzi do łazienki. Ja intensywnie myślę, myślę, myślę. Wraca. Siada, odrzuca do tyłu włosy, poprawiła makijaż i dodała perfum. Patrzy mi w oczy.

– Może coś zjemy? – przedstawiam, co wymyśliłem. Nie jest głodna, ale ja mam sobie nie przeszkadzać. No to myśl numer dwa: – Gdybyś mogła sobie wybrać, to gdzie byś wyjechała?

Trzeba było iść na te tańce. Przestało się kleić. Ona rozgląda się po sali, jakby szukała zawodnika rezerwowego. Albo złapiemy drugi oddech, albo...

– Mieszkasz z dziadkiem?

– Chwilowo.

– Fajny gość – próbuję się podlizać. – Zatańczyłbym z tobą chętnie, ale coś wolnego.

– Wolę szybkie.

Uważam, że jestem typem zwycięzcy, i bardzo do tego uważania się przywiązałem. Nie było więc wyjścia, wracając z łazienki, wziąłem bezpłatne pisemko omawiające wydarzenia kulturalne, na chybił trafił wybrałem klub, w dupie mam, jaki to był DJ, ważne, że dobrze mi to zrobiło, jej też. Tańczyliśmy coraz bardziej pijani, ona starała się jak najlepiej zaprezentować w tym tańcu, a ja udawałem, że nie patrzę na inne. Wszystko jak trzeba. Nie słyszeliśmy, co do siebie mówimy, więc wykrzykiwaliśmy sobie do ucha tylko sprawy fundamentalnie istotne, na przykład że fajne miejsce albo że kupiłbym kokainę, ale nie umiałem, pokręciłem się tylko jak debil tu i tam, wróciłem. „Już czas", powiedziałem i pojechaliśmy do niej. Dziadek chrapał jak wartownik w bajkach.

Pewnie z wyrzutów sumienia znów śniła mi się Chuda otoczona białym, nieprzyjemnym światłem. Była taka opiekuńcza, a ja taki słaby. Karmiła mnie jakąś zupką, a ja przecież ją zdradziłem.

Powrót, pierwsze objawy kaca, wyrzuty sumienia, upodlenie, strach przed zdemaskowaniem, okropna mieszanka, nie pasuje do wschodu słońca, z którym na ogół się zbiega. I taka przygnębiająca pewność, że nie było warto, postanowienie fundamentalnej zmiany życia swego, płaczliwe liczenie możliwych strat, no i że nie warto, człowiek myśli, że musi, że się bez tego nie da, że to normalne, wyobraźnia mu rozsadza rozporek, a potem wszystko dzieje się zgodnie ze schematem i dopiero po wszystkim się orientuje, że nie było w tym cienia radości, a miała być przecież, miała być, ale się ulotniła jeszcze przed początkiem imprezy, ulotniła się zaraz po wypowiedzeniu pierwszego kłamstwa w domu, a dalej to już płynie się z nurtem i nie ma jak zawrócić, a radość może mieć z tego tylko ktoś zły.

Puste ulice. Wyciągnąłem z kieszeni telefon; czterdzieści cztery nieodebrane połączenia. Wszystkie od Chudej.

Fakir, kurwa – pomyślałem, i mimo że w głowie mi chlupie, do biegu, gotowi, start.

Zasuwam, jak umiem najszybciej. Nie układam już Q&Ai ani jasnego przekazu. Nie ma czasu. Mam złe przeczucia.

Na schodach zapach mokrego kamienia. Nasza gospodyni to ranny ptaszek.

Otwieram drzwi. Jestem zasapany. Chuda ubrana w krótką dżinsową sukienkę zatyka sobie oburącz usta, żeby nie krzyczeć, grube białe rajstopy po wewnętrznej stronie jej chudych nóg są przesiąknięte świeżą krwią, zdają się w tym miejscu jeszcze grubsze, są mięsiste, miękkie i ciemnobordowe. Na podłodze klęczy, a właściwie siedzi na swoich piętach fakir, w rękach trzyma nóż kuchenny i płacze jak dziecko. Chuda próbuje mnie powstrzymać, rozpaczliwie wyciągając rękę z rozcapierzonymi palcami.

– On wcale nie jest zły! – krzyczy.

Za późno. Roztrzaskuję mu na głowie taboret. Pamiątkowy. Mój ojciec obierał na nim ziemniaki. Może i nie wygląda jak Ktoś Zły, bo leży nieprzytomny i solidarnie z Chudą krwawi.

– Chuda, co tu się dzieje?

Zza kościstych dłoni patrzą na mnie przerażone, mokre oczy.

– Niee wieem – zapiszczała.

Mam porządnicką naturę. Zdjąłem Chudej rajstopy i posadziłem ją na bidecie. Kogoś Złego też przeciągnąłem do łazienki i wsadziłem mu głowę do brodzika. Papierowym ręcznikiem zebrałem krew do plastikowego worka. Spryskałem podłogę detergentem, jeszcze raz przetarłem, aha, rajstopy zamoczyć w misce. Zebrałem szczątki taboretu ojca i wrzuciłem do kubełka na śmieci. Pamiątka. Czy to ma znaczenie? Czy ojciec był dla mnie ważny? Czy jego wspomnienie jest dla mnie istotne? Próbuję przywoływać obrazy rodem z amerykańskich filmów, pastelowe migawki: uśmiecha się, rzuca do mnie piłkę, biegniemy gdzieś razem, łowimy ryby, a on odwraca się znad wędki i mówi coś ważnego o mojej matce, ściskam jego dłoń przed śmiercią i wysłuchuję sentencji, która pokieruje moim życiem. Nie udaje się, mocno to naciągane, nie pasuje do niego, być może nie pamiętam, a być może nic takiego nie miało miejsca, kto wie, może gdybym bardziej się skoncentrował, a tak jedyne, co sobie spontanicznie przypominam, to jego ciągłe zafrasowanie kwestią wypróżnień i wieczną okupację łazienki. Siedział tam całymi dniami, a każdy głośny sukces podsumowywał: „To ważne, to bardzo ważne". A może to nie moja wina? Kiedyś mi się przyśnił i przez jakiś czas miałem przed oczami jego postać z tego snu, stał w oknie, wychudzony i lekko przygarbiony. Wzruszył mnie. Ale i ten obraz zniknął. Teraz, kiedy o nim myślę, znowu słyszę, jak stęka i powtarza: „To ważne, to bardzo ważne". Szkoda, że nie wystarczyło mu konsekwencji, żeby częściej odwiedzać mnie w snach. Może aż tak mu na mnie nie zależało?

Po drodze do zsypu spotkałem sąsiedzką interwencję w postaci zasapanego Krystiana studenta. Z trudem pokonał po schodach jedno piętro i lekko posapując, wyraził obawę, że nie skończy studiów. Oczywiście przeze mnie, bo zaprosiłem chyba z pięćset osób i zaraz strop się zawali, a on ani nie mógł się uczyć, ani spać. Gdzie te czasy, gdy studenci powtarzali lata, zawalali sesje, zostawali alkoholikami? Krystian nie ma swojego życia i tak go to frustruje, że przychodzi z pretensjami do nas. Zawsze mu coś tłumaczę, w końcu jestem starszy, więc i tym razem cierpliwie wyjaśniłem, że nie pięćset, tylko do Chudej dołączył fakir i trochę poszaleli, ale że już spokój i bez przesady. Na co on: „Nie no weź, stary, nie mów mi takich, chodź do mnie i posłuchaj, no chodź do mnie i posłuchaj." Ja mam taką naturę, że lubię jasne sytuacje, więc wyrzuciłem śmieci i proszę bardzo, chodźmy. No i faktycznie, biedny Krystianek. Rumor na suficie, jakby u nas tłum ludzi dreptał w drewniakach. Moje „tak, tak, nie, nie" trochę się zająknęło, no bo sam nie wiem. „Ale ciota z ciebie, Krystian!" I biegiem do domu, a w domu pusto, tylko Chuda i Ktoś Zły sobie bezgłośnie krwawią.

No to pogotowie. Za pogotowiem przywlecze się policja.

– Chuda, co tu się stało? – Zaraz będą chcieli zeznań i w ogóle. – Musisz się wziąć w garść. Co on ci zrobił?

Bidet cały czerwony. Fakir się ocknął i wymiotuje do brodzika. Wstrząs mózgu, powiem, że się przewrócił i ma wstrząs mózgu, a właściwie to kiedy wróciłem, już miał wstrząs mózgu, nie wiem skąd, jakiś bezpański wstrząs mózgu, skąd ja mam wiedzieć. W słuchawce zamiast sygnału dudniąca cisza niczym w studni. Nieśmiało mówię: „Halo." Słyszę to „halo" obijające się akustycznie o ściany studni; znika gdzieś głęboko, a potem wraca, obtłuczone z basów, upiornie piskliwe, bolesne, już bez żadnego odbijania się od ścian, prosto jak strzała do mojego ucha, głosem maltretowanej dziewczyny: „Halo!" Szukam rozpaczliwie w swoim rozleniwionym mózgu glazurnika wytłumaczenia i pomysłu na dalszą rozmowę i, niech to będzie miarą mojego intelektualnego upadku, pytam: „Pogotowie?" Słowo „pogotowie" plumknęło bez śladu, jak to słowa nieistotne mają w zwyczaju, a mnie otoczyła wilgotna, ceglana cisza. Mój sposób na stres to liczenie w myślach, ile mam forsy na koncie. Próbuję zebrać myśli, ale nie ma na to czasu, muszę wezwać pomoc. Już miałem wezwać, gdy zamiast słuchawki poczułem dotyk spierzchniętych ust, dziewczęcy głos wyszeptał w gorączce: „To nie o to chodzi." Potem telefon stał się zwyczajnie głuchy. Z łazienki wyszła Chuda bez rajstop.

– Przestało mi lecieć.

– A jemu?

– Jemu też, płucze usta, nie bij go już, on nic nie zrobił.

Zaparzyłem herbatę. Fakir nic nie pamięta, uśmiecha się do mnie głupkowato, jakby nie był zły, tylko dobry. To dobrze, strup mu się na głowie zagoi i nikt nie będzie wiedział, że miałem z tym coś wspólnego. Pyta grzecznie, czy nie mógłby przenocować, bo tyle wrażeń i głowa go boli. Tłumaczę powoli i spokojnie, jak to ofiarom wypadków się tłumaczy, że jest siódma rano, nie da się nocować w dzień.

– A często cię tak głowa boli?

Dotknął strupa.

– Oj, często – zajęczał – odkąd tylko pamiętam, mnie boli.

Spojrzeliśmy po sobie z Chudą.

– Może daj mu tę amfę, co ci dałam na imieniny.

Dobry pomysł – pomyślałem, wprawdzie trzymałem ją na dzień, w którym poczuję obrzydzenie do swojej pracy, ale jemu się bardziej przyda.

– Zgoda, wiesz, gdzie jest, daj mu.

Fakir patrzy na nas szeroko otwartymi, szczerymi, słowiańskimi oczami, no, naprawdę jak ktoś dobry. Chuda poszła do kuchni, a ja gładzę się szorstką ręką pracownika fizycznego po karku.

– Musisz pójść do ginekologa! – krzyknąłem za nią.

Amfetamina mu nie pomogła, jedyne, co pamięta, to jakieś oczy w kanale, głos i że coś go za nogę omal nie złapało. Co on bredzi?

– Ty, fakir, pokaż portfel lepiej, zobaczymy, gdzie mieszkasz. – Przestraszył się. – Przecież cię nie okradnę, pokaż. – Skulił się cały i cierpi. – No dobra, okej, nie chcesz, to nie pokazuj. – Co my z nim zrobimy? A w ogóle co to znaczy, że on jest fakir?

Chuda nie potrafi mówić składnie, kiedy się zdenerwuje, a właśnie się zdenerwowała.

– Energia wewnętrzna, przepływy, oddech, harmonia, a ty? – Ścisnęło jej gardło, więc musiała zrobić przerwę. – Gdzie byłeś? Co cię fakir? Jaka praca? Gdzie narzędzia? Wystrojony taki.

W oczach ma łzy, z niedowierzaniem kręci głową. Popatrzyłem z nadzieją na telefon, ale kiedy człowiek ma prawdziwe kłopoty, to zjawy są zawsze akurat zajęte czym innym.

– Noo, a o czym ty właściwie mówisz? Przebrałem się i wykąpałem, mieszkanie było puste, co mam naszą wodę wylewać, narzędzia i ciuchy zostały tam, bo nie skończyłem, co mam to ze sobą ciągać.

Teraz powinien nastąpić mat. Powinna wstać, podejść do mojej szafy, otworzyć ją i pokazać mi, że ubranie robocze i narzędzia zostawiłem tutaj. Zamiast tego płacze, bierze kubek z herbatą, książkę i idzie na parapet. Zostawia mnie z niedokończoną partią pseudomałżeńskich szachów i dobrym fakirem, który z ogromnym zapałem zabrał się do nauki norweskiego, z podręcznika, który mi ktoś kiedyś kupił z sugestią, że tam to dopiero mógłbym zarobić. No dobra, w tej sytuacji to ja przesadzam fakira z kanapy na fotel, biorę koc, sam się kładę na kanapie i zanim zasnę, mówię jeszcze:

– Tylko błagam, bądźcie grzeczni.

Piwnica po raz drugi

Kobieta z Podbitym Okiem obudziła się z kacem i bez pomysłu na życie. W kuchni szurał kapciami jej dziadek. Kochanek dawno już sobie poszedł. Tak nie można żyć. W życiu powinien być jakiś ład. Może zacznie od przejścia na ostrą dietę. Tak, zdecydowanie nie ma dziś apetytu. Tylko jaką? Kopenhaga była, Cambridge była, lotników amerykańskich, tysiąca kalorii, Montignaca... Wstanie, porządnie się wyrzyga, zrobi kupę, weźmie prysznic, a potem wejdzie do internetu i znajdzie sobie nową dietę. To już jest jakiś plan. Albo najpierw zrobi paznokcie. W szybę drzwi jej pokoiku zastukały niezgrabne, stare palce.

– Śpisz!?

Fajnie mieszkać z dziadkiem.

– Nie śpię.

Otworzył drzwi, aż się cały trząsł ze zdenerwowania.

– Brałaś coś z tych moich pudeł?

– Nie.

– Na pewno?

Na ból głowy i nudności nie ma jak poranne śledztwo.

– No po co miałabym brać? Przecież gdybym chciała, to i tak byś mi dał.

– Tak myślałem. To ten mój dobrodziej mnie okradł. Nie wiem kiedy. Patrzyłem mu na ręce. Widać świat idzie naprzód, a oczy już nie te.

– Okradł cię? A to chuj! Mam jego adres, nie martw się.

Oczywiście śniła mi się smutna Chuda w białym świetle. W ogóle nie mogę przez to wypocząć. Kiedyś wystarczyło, że zamykałem oczy, a ogarniały mnie kolorowe fantazje, nie wiem, co się porobiło. Ze snu obudziły mnie dziwne dźwięki, coś jakby foka próbowała mówić po niemiecku. Fakir recytował norweski wierszyk. Siedział na podłodze w pozycji zwanej kwiatem lotosu. Chuda na parapecie rozpaczliwie zatykała sobie uszy palcami i próbowała czytać. Zerknęła na mnie.

– No, nareszcie się obudziłeś. Trzeba z nim coś zrobić, bo zwariuję, od dwóch godzin tak gada i udaje, że nie rozumie polskiego.

Podniosłem się, przeciągnąłem i pojednawczo zażartowałem, że zaraz pójdę do lodówki, wyjmę mrożonego łososia i pierdolnę go nim w głowę, może mu przejdzie. Patrzyłem z ulgą, jak Chuda się śmieje, ja też się śmiałem, mamy kruchą zgodę.

– Co tu się właściwie stało? Skąd ta twoja krew? – Próbuję ją przytulić, ale takiej zgody jeszcze nie ma.

– Nie wiem, to bardzo dziwne, po prostu zaczęło mi lecieć, a właściwie to najpierw fakir wprowadził się w stan medytacji i zaczyna mi tu nagle z kimś rozmawiać, z duchem może, myślałam, że coś tak, głupią ze mnie robi, ale on wystraszony, ucieka, biega po całym mieszkaniu, w końcu złapał za nóż i straszy kogoś, jakieś swoje zwidy. Myślałam, że zwariuję, a to trwało i trwało, ta krew to nie było ot tak, to był ból, że nie wiem, jakby mi tam ktoś, to znaczy coś... ohyda. – Jednak się do mnie przytuliła.

– *Jeg gleder meg, at jeg er her*[*].

– Co z nim robimy?

– Niech mu się ten strup zagoi, nie chcę kłopotów, a potem albo sobie pójdzie, albo jakiś szpital. Skąd ty go wzięłaś?

– Z internetu.

Jak na parę glazurnik i bezrobotna mało oglądamy telewizji. Jednak po tych wszystkich matrymonialnych i mistycznych wydarzeniach, pozostając w towarzystwie rannego norweskiego fakira, w obliczu długiego dnia trudnych do zebrania myśli, człowiek potrzebuje towarzystwa kogoś potężnego, włączamy.

Komedia romantyczna; prawie od początku. Chuda ogląda komedie romantyczne, chociaż są poniżej jej poziomu. To bez znaczenia, bo ona ogląda je oskarżycielsko. Kiedy facet źle zachowuje się w filmie, to dlatego, że tacy oni wszyscy, w tym ja, a kiedy na ekranie pojawia się romantyczne uniesienie, oskarżenie staje się dużo ostrzejsze, ponieważ dotyczy już tylko mnie samego, bo ze mną tak nigdy nie jest. Może zresztą sam się oskarżam, ona przecież nic nie mówi i właściwie nie zwraca na mnie uwagi, tylko ogląda. A po co ja oglądam? Próbuję sobie tłumaczyć, że robię to dla niej albo że to mój wkład w światowy romantyzm.

Kiedyś, aby sprostać niewypowiedzianemu dezyderatowi poetyckich uniesień, unosząc prawą brew, zagadnąłem szeptem: „Czy wzięłabyś mi do ust swych bujnych?”.

---

[*] Cieszę się, że tu jestem (norw.).

Widziałem potem przez jej chude ramię, jak czatuje na ten temat z Chirico. To już nawet nie było puste nabijanie się ze mnie, to był śmiech pełen troski o świat w połowie zasiedlony przez takie upośledzone stwory. Chirico dla uspokojenia i przechwałki napisała, że kiedy jej chłopak próbował przedyskutować z nią to, co widział na filmie *Głębokie gardło*, poradziła mu, żeby kupił sobie węża. „Genialna ta Chirico". Tego akurat nie przeczytałem przez ramię, bo jak coś Chudej przypadnie do gustu, to mnie woła, pokazuje palcem i mówi: „Genialna ta Chirico".

Zaparzyłem dzbanek zielonej herbaty. Żeby nie obrazić anorektycznej religii naszego domu, nie wziąłem z szafki ptasiego mleczka, mimo że aż mnie skręcało z ochoty. Pokroiłem do chrupania seler, marchewkę i pomidor. Wszystko stoi na szklanym stoliku przed kanapą. Nalałem herbaty do filiżanek. Paruje jak na japońskiej miniaturze. Fakir szeptem wkuwa norweskie słówka. Chuda udaje, że je seler, i gładzi mnie po głowie jak najlepszego przyjaciela człowieka. Spokojny dzień, oglądamy film. Jakoś to będzie – zdążyłem pomyśleć, gdy zadzwonił dzwonek do drzwi, a chwilę później, odpychając mnie brutalnie, do mieszkania wdarli się: dziadek Nostromo wsparty o balkonik i jego wnuczka z ładnym cycem, którego smakowo-dotykowa znajomość paliła mnie teraz w policzki żywym ogniem. I jeszcze w ustach mi zaschło, typowe objawy strachu zdrajcy.

Okazało się jednak, że tematem sceny nie będzie moja seksualna nieuczciwość, tylko moja nieuczciwość w ogóle.

– No i co, złodzieju!? – zaczął emocjonalnie dziadek.

Żenada do kwadratu. Oni oboje wykrzykują oskarżenia, ja, człowiek zdezorientowany, powtarzam tylko: nie rozumiem, nie wiem, o co panu chodzi, coś wam się pomyliło, ale o co wam chodzi?

– O co chodzi? Złodzieju jeden! Oddawaj, co ukradłeś! – Kobieta ze wspaniałym cycem wykrzykiwała z siebie całą złą energię, miałem wrażenie, że sam zaginiony przedmiot szczególnie jej nie zajmuje, ale doświadczyła w życiu tyle zła, że należy jej się trochę wrzasku. Kiedy tak mnie obrażała, gestykulując energicznie, jej biust dyndał sobie interesująco, a ja robiłem wszystko, żeby na niego nie patrzeć. W końcu stanęło na tym, że przeszukają nasze mieszkanie. Wolałem uniknąć wizyty policji ze względu na fakira, który podszedł do mnie i za pomocą sugestywnych gestów oraz układania ust w dziwne kształty zapytał bez słów, czy nie mam kaset do tego podręcznika, bo nie jest pewien swojej wymowy. Przeszukanie rozpoczęte. Oczywiście zaczęli od szafy z moimi roboczymi ubraniami i narzędziami. Szkliste oczy Chudej nie zaszczyciły mnie nawet wyrazem zdziwienia lub choćby wyrzutu. Jestem porządnicki, więc chodziłem za nimi i układałem na miejsce to, co wybebeszyli.

Lepsze to, niż tak stać z Chudą, która już wszystko wie, tylko jeszcze nie wie, co robić.

Zmęczyli się.

– No, gdzie to jest? W co ty sobie grasz? Oddawaj to, złodzieju!

Zupełnie opadli z sił, usiedli.

Chuda, poruszając się sztywno, z kamienną twarzą, ostentacyjnie oznajmiała każdym ruchem, że jest porażona, ale przyniosła im filiżanki. Ja, przestraszony tym, co zaraz nastąpi, nalewałem ledwie letniej herbaty. Rekonstrukcja wydarzeń. Miałem ochotę rozpłaszczyć się i wśliznąć pod kanapę. Czułem, jak pocą mi się dłonie. Tymczasem

Kobieta z Podbitym Okiem, zajadając pokrojone warzywa, okazała łaskawość. Może bała się przyznać przed dziadkiem, w każdym razie omówiliśmy tylko pierwszą z moich wizyt w ich mieszkaniu. Odetchnąłem z ulgą, może aż za głośno. Z sympatią przyglądałem się, jak chrupie seler. Dobra kobieta, nie zasłużyła ani na siniec, ani na nadwagę. Teraz tylko zebrać myśli i jakoś wyjaśnić, dlaczego nie wziąłem rzeczy z szafy. Złapałem Chudą za rękę i chciałem pójść z nią do kuchni. Rękę wyrwała, ale do kuchni poszła.

– Facet ma firmę, zawalił, potrzebował pilnie, musiałem się przebrać w jego firmowe ciuchy, jego sprzęt i tak dalej, no prawdę mówię. – Ulżyło jej trochę. Nie honor od razu uwierzyć, ale jak się bardzo chce, to we wszystko się uwierzy. Wyjąłem z szafki ptasie mleczko. Teraz tylko na dystans z tą babą, bo Chuda przygląda się bardzo uważnie. Postawiłem na stole otwarte pudełko i bąknąłem pod nosem, że mogę oddać ten cały lichtarzyk. Co za wspaniały, czekoladowy zapach. Można by sobie spokojnie posiedzieć, ale Nostromo był nieprzebłagany.

– Piwnica! Tam złodzieje chowają łupy.

– Może to jednak nie on, dziadku.

– Nic z tego, idziemy do piwnicy!

No to w drogę. Cała czwórka. Tylko fakir zostaje z podręcznikiem, a ja i cycata zgarniamy na drogę po cztery ptasie mleczka.

Piwnice w starych blokach wyglądają zawsze podobnie. Najpierw duży klucz do drzwi obitych blachą. Potem półmrok i labirynt niewielkich boksów z drzwiami z drewnianych szczebli. Moja piwnica, raczej pusta niż pełna, zalatuje wilgocią, oświetlona skąpo żółtym światłem małej żarówki.

– Proszę bardzo, szukajcie.

Włożyłem do ust ostatnie ptasie mleczko. Wnuczka oblizywała palce z czekolady, a dziadek wszedł do środka i rozejrzał się fachowo.

– Hm. – Pokazał na podłogę. – A to co?

Podeszliśmy bliżej.

– Podłoga? – zdobyłem się na dowcip.

– Ty, żartowniś. – Dziadek łypnął na mnie zza grubych szkieł. – Zaraz ci się odechce. Co ta podłoga taka nierówna? Podnoś klapę.

– Jaką klapę? – zapytałem, ale faktycznie, w betonowej podłodze jest występ i jak odgarnąć nogą trociny i kurz, widać, że leży płyta. No dobra, sam byłem ciekaw. Sięgnąłem po łom. Popatrzyłem po reszcie. Wszyscy trochę ciekawi. Najmniej kobieta z biustem, bo bezgłośnie mówi do mnie „przepraszam" zza pleców Chudej, robi przy tym porozumiewawczą minę, że niby to nie jej wina, tylko dziadek zawzięty matoł taki. Jak kochanka regularna. Ale się wpierdoliłem – pomyślałem i podważam płytę. Zachrobotała lekko i przesunęła się o dobry metr. Czarny trójkąt, a z niego cisza. Nie taka zwykła jak wcześniej, ale doskonale wyważona, trochę wilgotna, zimna, jeden z żywiołów. Wydostała się i wypełniła piwnicę, oblepiła nas, wlazła do uszu i nosów, za kołnierze i w nogawki, i w rękawy, wszędzie dostałem gęsiej skórki. Nikt z nas się nie odzywa, bo to nie nasza cisza. To cisza tych, co są tam, tych, co się tam w ciemności zaczynają ruszać, słyszymy ich coraz wyraźniej, to nie pojedyncze skrobanie, to trzask rozprostowujących się kości. Postacie potykają się, wpadają na siebie, jedne już wyprostowane, inne zgięte wpół, chroboczą i ruszają się coraz szybciej, są coraz bliżej. W ciemności dwa świecące punkty, a potem drobna, biała twarz na jedno mrugnięcie powiek. „Stara hiena, jeden wrzód, a szczenięta później".

– Ja pierdolę – ocknąłem się – jakie szczenięta, idziemy stąd!

Teraz my robimy rumor, potykamy się o siebie, biegniemy do metalowych drzwi. Zamykam za sobą. Na górę. Co to było?

Biegniemy po schodach do naszego mieszkania, w panice, jak przestraszone własną wyobraźnią dzieci.

– A dziadek?! – Zapomnieliśmy o nim. Kobieta z podbitym okiem wyciąga do mnie rękę po klucz. Daję jej.

– Nie idź z nią. – Chuda łapie mnie za rękę.

Nie idę. Nie ma głupich.

Burza rzeczywistości

W mieszkaniu wszystko po staremu, norweskie wierszyki, komedia romantyczna w TV zmierza do finału, nastawiłem czajnik na nową herbatę. Zdążyłem jeszcze objąć Chudą, kiedy otwierają się drzwi. Kobieta z dziadkiem na plecach.

– O, o! – Wygląd dziadka zrobił na mnie wrażenie. – Rozłóżcie na ziemi prześcieradło. Dziadek to jeden wielki wrzód, jakby go zanurzyli we wrzącym oleju.

– Co mu się stało?

– Nie wiem.

– Może jakieś wyziewy z tej dziury.

Znowu biorę do ręki telefon i teraz od razu, zanim skończę wybierać numer, powtarzam jak kretyn:

– Pogotowie? Pogotowie? – Boję się cokolwiek usłyszeć, więc nie czekam na żadną odpowiedź, tylko z miejsca recytuję adres i proszę o pomoc, bo życie, i w ogóle to stary człowiek przecież. Odkładam słuchawkę.

– Za ile przyjadą?

– Nie wiem, nie spytałem.

Co za dzień, patrzymy po sobie z Chudą. Mamy w mieszkaniu norweskiego kretyna i usmażonego na głębokim tłuszczu dziadka, że o jego wnuczce nie wspomnę.

Nie wiadomo, jak się zachować, więc usiedliśmy wokół biedaczka na dywanie, popijamy herbatę, podsunąłem wnuczce ptasie mleczko, ale nie chce, pyta, czy może zapalić. Jeszcze tego brakowało.

– Proszę. – Co za różnica.

Dziadek też chce. Zapalam papierosa, zaciągam się, przykładam mu filtr do ust. Jak kumple na froncie, tak mi się skojarzyło. Nostromo też się wczuł w klimat, mówi, że wszystkim wybacza, żebym zatrzymał, co ukradłem, żebym był dobry dla jego wnuczki; pokręciłem głową i spojrzałem na Chudą, co miało znaczyć: „Bredzi ten dziadek"; bo on też święty nie był, też był młody, i w ogóle.

– Też się szalało, myślicie, że to wy wszystko odkryliście? Pamiętam, spotykało się i z kolegami, i na dziewczyny, i potańczyć, i napić się, powariować, przekąsić. Szedłem w miasto z kieszenią pełną złotych zębów, świat należał do nas.

Nastrój zrobił się taki, że gdybyśmy byli Słowianami wschodnimi, tobyśmy sobie pośpiewali, a że jesteśmy zachodnimi, to nas to trochę krępuje i, co więcej, z zasady fałszujemy, poza tym jest wśród nas Norweg. Skończyło się więc na długiej chwili milczącej zadumy. Wyrwał nas z niej dopiero dzwonek do drzwi.

Lekarz. Już się miałem ucieszyć, ale wydał mi się deczko przedwojenny i zanadto blady. Zdjął kapelusz, zdjął dziwnie skrojoną marynarkę, podwinął rękawy, poprosił o miednicę z ciepłą wodą, gazik i mydełko. Otworzył skórzaną torbę, wyjął zawiniątko z narzędziami. W oczy rzucił mi się skalpel, szczypce i szklana strzykawka. Doktor nie okazywał emocji. Umył ręce w miednicy. Sięgnął po skalpel i ruchem wirtuoza wyciął wraz z dużym zapasem ciała największy bąbel na policzku dziadka, teraz szczypczyki, z torby słoiczek, krwawy flaczek do słoiczka, zakręteczka, przez powstałą dziurę widać było starczy język i dziąsło; zapatrzony, oszołomiony, dopiero po chwili usłyszałem, że Nostromo jęczy i charczy z bólu. Metalowe pudełeczko, z niego igła i ampułka, wszystko bardzo sprawnie; teraz zastrzyk – „będzie trochę bolało" – igła weszła przez lewą spojówkę pod gałkę oczną. Dziadkiem wstrząsnęły konwulsje.

– Co to za zastrzyk? – ocknęła się wnuczka.

– Strasznie piekący – wyjaśnił konfidencjonalnym szeptem pan doktor.

– To mu pomoże?

– Wątpię. Ja tylko tak się trochę bawię. – Umył ręce. Zwinął swoje zabawki. Odwinął rękawy. Włożył marynarkę, kapelusz, wziął do ręki torbę. – Zabieram go! – Do mieszkania weszło dwóch bladych jak ściana sanitariuszy, ubranych w przedpotopowe drelichy i w drewniakach na nogach. Nieśli parciane nosze, jakich od dawna się już nie widuje.

– Taki chuj! – Kobieta z Podbitym Okiem wyskoczyła na środek pokoju jak na ring bokserski, pokazując zaciśnięte pięści. – Nigdzie go nie weźmiecie, konowały!

– Nie? – zdziwił się uprzejmie doktor. – Ale wtedy, być może, będę musiał zająć się wami wszystkimi. – Chudej znów poleciało jak z cebra po rajstopach, a fakir zaczął dziobać nożem w podłogę. – Decyzja należy do ciebie – zwrócił się ni z tego, ni z owego do mnie. Miał zupełnie puste oczy, jak ryba.

– Już mi stąd! – odpowiedziałem tak prosto z trzewi, bez zastanowienia.

Wyszli, ale poza tym sytuacja w mieszkaniu się nie poprawiła. Przede wszystkim Nostromo się zesrał.

Nasze komórki informują, że są poza zasięgiem sieci, do stacjonarnego przepuściłem wnuczkę, „głuchy", pokręciła obojętnie głową, internet zniknął, Chuda uderza ze złością w klawiaturę, zresetuj, mądrze doradzam, za oknami nic nie widać, mgła jak jesienią, w telewizji program Ireny Dziedzic pod tytułem *Tele-echo*. „Przerzuć na coś innego", poprosiłem fakira, ale on patrzył tępo w ekran, a w jego wnętrzu zachodziły złe procesy, w końcu zamaszyście i miękko zagarnął rękoma nieco energii z powietrza, zamarkował kilka ciosów kung-fu w stronę siejącej mądrość pani Ireny, odwrócił się na pięcie i z pochyloną głową wybiegł z mieszkania, trzaskając drzwiami. „Nie będziemy po nim płakać", burknąłem. Próby zmiany kanału spełzły na niczym. Pilot się zepsuł, a właściwie cały telewizor.

Chuda na krwawiących nogach próbuje do mnie podejść i zawiesić mi się na szyi, ale Kobieta z Podbitym Okiem jest szybsza; zanim udaje mi się wyplątać z jej objęć i odsunąć z nieszczerą determinacją jej sprężynujące dwoma wzniesieniami ciało, szepcze mi, że muszę pójść po pomoc. Teraz Chuda, moja biedna gałązka.

– Czego ona od ciebie chciała? – pyta mnie zbolałym szeptem i sama niczego ode mnie nie chce, tylko żebym tu z nią był i nie znudził się za szybko, że tak na mnie wisi, obejmując mnie za szyję.

– Muszę iść po pomoc – mówię na głos, a na ucho dodaję: – Ty nie możesz tak krwawić, a ich trzeba stąd zabrać.

Klatka schodowa wydała mi się tak bliska, wręcz serdeczna, żegnała mnie jak nabrzeże rodzinnego portu. Schodząc po schodach, pieszczotliwie otwartą dłonią gładziłem lamperię. Było bezpiecznie, ale duszno, czułem, że muszę wyjść. Wiedziałem, że zdradzam właśnie niskie wymagania Chudej co do mnie i własną doktrynę nieangażowania się. Przed oczami stanęła mi scena sprzed półtora roku, kiedy:

– Nie uwierzysz – mówię zdyszany – natknąłem się na wielką bandę skinoli, może ze dwudziestu. Biegli jak do ataku i wrzeszczeli. Dopadli jakiegoś chłopaczka i zaczęli go tłuc, i ty Żydzie, kurwa, i tak dalej.

Chuda dotyka moich policzków, ramion, boków, jakby sprawdzała, czy nic nieuszkodzone.

– Ale ty się nie mieszałeś?

– Nie, no co ty, było ich ze trzydziestu, mogli mnie zabić.

– To dobrze – obejmuje mnie, pamiętam, jak mocno przylgnęła do mnie całym chudym ciałem. – Świnie, obrzydliwe świnie – szepcze. A ja tylko kiwam głową.

– Pewnie nawet nie był Żydem.

Nie ma wyjścia – bąknąłem teraz pod nosem, pchnąłem drzwi od klatki i wyszedłem.

Tchórzostwo budzi odrazę, ale nie powinno być karane, przynajmniej ja, tchórz, tak uważam. Uważam, że większą odrazę powinno budzić to, co wywołuje strach, co takiemu tchórzowi jak ja odebrało moc w nogach i kazało przycupnąć po dwóch pierwszych krokach, schować się między kawałem wygiętej blachy a resztką zawalonej ściany. Nigdzie nie widać mojego bloku, w powietrzu unosi się zapach wojny. Wkoło same gruzy. Nic nie stoi tak, jak stało, wszystko zniszczone i powywracane, jedyna porządna rzecz w pozycji wertykalnej to szubienica. W oddali widać jeszcze domy. Płoną. Słyszę pojedyncze strzały i wybuchy, przytłumione, dalekie, z innych dzielnic. Ostrożnie wystawiam głowę. Sikorki nauczone przez lata ryć dziobkami w wywieszanej na karmnikach słoninie, obsiadły truchło wisielca i energicznie wydłubują mu tłuszcz spod żeber. Ruszam przed siebie na czworakach. Niewygodnie. O mało nie wpakowałem ręki w osmalone i poszarpane ciało, to była kobieta, poznaję po lakierze na paznokciu palca u nogi. Po co ja wychodziłem? Podnoszę się. Idę po rumowisku cegieł, ostrożnie stawiając nogi i próbując złapać równowagę, z daleka przypominam kogoś, kto wchodzi do morza po kamienistym dnie. Gdzie zniknął mój blok? Gdzie się podziało osiedle i cała ta, kurczę, Warszawa?

Kobieta z Podbitym Okiem, jak każda dziewczynka, przewidywała w dzieciństwie, że kiedyś zostanie księżniczką. Niektóre kobiety uznają z wiekiem, że księżniczki to wiocha. Ona tak nie uważa, dlatego nie unika różowego koloru i szpilek, ale potrafi być twarda, o wiele za twarda jak na księżniczkę. Radzi sobie, przewinęła dziadka, zrobiła opatrunek, posmarowała całego maścią, obłożyła kompresami, zawinęła w prześcieradła, nie wyjmując z ust papierosa, zaprała obsrane gacie i spodnie, mogłaby zrobić jeszcze wiele strasznych rzeczy i nawet nie mrugnąć, ale czasem budzi się w niej błękitna krew i z oczu płyną łzy, z byle powodu.

– Proszę cię, wyłącz to pierdolone *Tele-echo*, bo jeszcze chwila i sobie żyły podetnę!

– Nie umiem – odpowiedziała jej Chuda.

– Ja nie wiem, żeby cały dzień puszczać tokszoł z lat siedemdziesiątych? – zagadnęła pojednawczo, wycierając ukradkiem kilka arystokratycznych łez. – Może z kontaktu spróbować wyjąć.

Udało się. Irena Dziedzic zniknęła, dobre i to.

Być może najlepiej było przycupnąć zaraz po wyjściu i się nie ruszać, ale mój blok zniknął definitywnie, a ja się bałem, że jeszcze chwila i stanę się stałą częścią tego krajobrazu. W takim miejscu nie można się nie poruszać, więc idę; im bliżej płomieni i strzałów, tym więcej świeżych trupów. Czasem leży żołnierz albo powstaniec z opaską, ale na ogół cywile, zabici przypadkiem albo specjalnie, zwyczajnie albo specjalnie, pośpiesznie, jak te kobiety w podartej bieliźnie i z kulą w głowie, albo specjalnie, jak te z rozbitymi butelkami w pochwach i głowami rozbitymi kolbą. No i te małe ciałka, o których się nie da ludzkim językiem, można tylko zwierzęcym rykiem ich matek, ale ja jedynie przyśpieszam kroku. Idę z sercem w gardle, jak Robinson po odkryciu strasznych śladów, idę i się rozglądam, ze strachu chce mi się płakać.

W końcu ich usłyszałem, ich kracząco-szczekliwy język, włosy stają mi dęba, wślizguję się jak wąż między duże kawały zniszczonego muru. Przez niewielką szczelinę widzę ich, jedni w mundurach, inni w podkoszulkach na ramiączkach. Łowcy głów. Przybyli do Europy przed nami, a my, cielaki, przyciągnęliśmy za nimi. Zbudowali miasta z czerwonej, mokrej cegły, ponure, ciężkie budynki o malutkich oknach; ratusz, kościół czy szkoła – wszystkie wyglądają jak rzeźnie. Wyniośli, butni, bądź co bądź polują na ludzi, więc od ludzi są lepsi. Uwielbiają kolor czarny i ponure symbole, nawet dzieciom opowiadają krwawe i okrutne bajki. Wreszcie mogą być sobą, nie krępują ich śródziemnomorskie oczy, są oni i ich zwierzyna, dobrze im tu, bo nasi jak zwykle są gorzej uzbrojeni, więc nasza pogarda nic dla nich nie znaczy. Chuda, jak to dobrze, że cię tu ze mną nie ma. I nagle do głowy przychodzi mi straszna myśl: co będzie, jeśli ona też postanowi wyjść z domu? Muszę wracać, skąd przyszedłem, jeśli wyjdzie, to się spotkamy. Wylazłem powoli i po cichu. Narodziła się we mnie odpowiedzialność i pierwsze zalążki siły.

Chuda usiadła na parapecie i zaczęła czytać książkę. Cisza, za oknem mgła i tylko pojękiwania dziadka. Kobieta z Podbitym Okiem uznała, że tego nie wytrzyma.

– Coś musimy zrobić.

– Ale co? – usłyszała z parapetu.

– No nie wiem, chociaż się gdzieś pójść dowiedzieć czegoś, skąd upiory w piwnicy, dlaczego telewizji normalnej, z naszych czasów, nie ma, czy ja zwariowałam, czy to jakaś wojna atomowa, no nie można tak siedzieć.

Fakir miał wrażenie, że całą drogę ktoś go śledził. Wydawało mu się nawet, że parę razy ją widział. Dziewczyna. Spojrzał w lustro. Gardzi dziewczynami. Dla nich liczy się tylko kasa. Zaraz po powrocie do ciasnego pokoiku, który wynajmował, znów poczuł, że jest Kimś Złym. W jego kanalikach energetycznych wzmożona cyrkulacja, zastawki otwierają się i zamykają niczym zwieracze i podają sobie coraz szybciej ten morowy wiatr, złą energię. Dlaczego wpadła do niego akurat zła, a nie dobra? Może to kwestia przypadku, może otworzył nie ten właz co trzeba, a może taki już jest, zło do niego pasuje, nie dobro. „Chyba tak", zmarszczył nos, „pasuje". Mrucząc norweskie nazwy chorób, zaczął przekłuwać sobie skórę agrafkami z kolekcji, którą zwinął razem z pudełeczkiem nici swojej gospodyni. Chętniej mruczałby przekleństwa, ale te dostępne w podręczniku są zbyt niewinne dla kogoś tak złego jak on.

Hjernerystelse![*] – wrzasnął, przekłuwając sobie ozdobnym szydełkiem chrząstkę w nosie. Po ustach i brodzie spłynęły mu dwie czerwone, smaczne strużki. Oblizał się. Czy ja zwariowałem? – pomyślał nagle po polsku. Jego wzrok padł na niedrogą koreańską miniwieżę, kupioną na wciąż niespłacone raty. Muzyka może człowiekowi pomóc, ale on włączył Nine Inch Nails. Gospodyni zastukała pięścią w jego drzwi. *Diarre*[**]. Łypnął groźnie na klamkę. Na szczęście się nie poruszyła. Zapragnął swastyki. Tatuaże są dla bogatych, on wygrzebał z dna pudełka starą żyletkę Polsilver.

Wśród ruin mój wzrok glazurnika odnajduje odłamki kamiennych okładzin, terakoty, kafle trzymające się fragmentu bezpańskiej ściany. Nie jestem biologiem, omijam wzrokiem porozrzucane tkanki, jestem glazurnikiem. Szwargot odpoczywających kanibali zostaje coraz dalej za mną. Nabieram pewności siebie i coraz szybciej zmierzam tam, gdzie może się nagle pojawić przerażona Chuda. Już wiem, dlaczego padalce w drodze ewolucji zrezygnowały z kończyn. Gdybym tak mógł bezszelestnie pełznąć, zamiast czołgać się niezgrabnie jak jaszczurka z za długimi łapkami. Nie jestem biologiem, powtarzam sobie, a jednak kiedy postanawiam wstać i się rozejrzeć, myślę, że to technika pieska preriowego lub, szukając bliżej, zająca. Staję więc słupka, ale nie jestem ani pieskiem preriowym, ani zającem, nie mam techniki, wstaję i zaraz siadam, taki szybki przysiad, a potem jeszcze się kładę, wiem, że mnie zauwa-

[*] Wstrząs mózgu (norw.).

[**] Rozwolnienie (norw.).

żyli, robi mi się mdło. Jest ich trzech, nie spodziewałem się ich z tej strony, uciekam na czworakach, obijam i ranię sobie dłonie, to bez znaczenia, słyszę ich za sobą, słyszę język niemiecki. Boję się obejrzeć, ale odwracam na chwilę głowę, jeden jest bardzo blisko, celuje do mnie, to nie ma sensu, podnoszę się i biegnę, czuję taki straszny żal, Chuda – myślę. *Halt!* i że coś „szwajne". Uderzenie w plecy i robi mi się gorąco w środku, nagle jestem na ziemi, chyba mnie trafił, chwila bez akcji, próbuję zrozumieć, co się dzieje, nachyla się, czuję jego brzydki zapach, robi się coraz ciemniej. Miał bagnet, chciał mnie dobić, ale nie zdążył, zrobiło się zupełnie ciemno, a teraz stoję na klatce swojego bloku i serce mi wali jak zawsze po przebudzeniu z koszmarnego snu, spociłem się, to wszystko. Wracam na górę, chyba zapalę.

Po drodze postanawiam zapukać do Krystiana. Otwiera nie od razu, zaspany, nie wie, o co mi chodzi, nie wychodził na dwór, bo, jak już nadmienił, zasnął.

– A co jest niby na dworze?

– A zasięg masz? – pytam.

On, że wyłączył komórkę, żeby go nikt nie budził.

– A internet, mogę skorzystać?

– Kurwa, człowieku, co to za nagła zażyłość?

Nie jest szczególnie gościnny. Młodzież, młodzież, ta dzisiejsza pojebana młodzież. Podchodzę nieproszony do komputera, włączam. Hasło.

– Po co ci hasło? Przecież sam tu mieszkasz, chłopie. – „Chłopie" powiedziałem na wyrost i z troską. Nie docenił... Smarkacz.

– Żeby tacy jak ty nieproszeni goście... – I tak dalej.

– To fajką chociaż poczęstuj.
– Nie palę.

Machnąłem ręką, a powinienem jeszcze na podłogę splunąć. Co to za pokolenie? Miałem spytać o jointa, ale pewnie by mi powiedział, że nie jest dilerem. Tym zepsutym dzieciakom nie mieści się w głowie, że można komuś jointa zwyczajnie dać, ot tak z przyjaźni. Za moich czasów częściej się dostawało, niż kupowało. Niebywałe, co? Może to kwestia systemu? Komunizm był w nas głębiej, niż myśleliśmy, a teraz kapitalizm jest głębiej.

– A stacjonarny? Jest sygnał?

– Idź już, sąsiedzie. – Wypycha mnie cienką ręką przyszłego pracownika umysłowego. – I najlepiej też się prześpij, nie mam stacjonarnego.

– O! To już przesadziłeś – oburzam się. – Nie masz sztywnego łącza? – Przyłapałem go na kłamstwie i patrzę z pogardą.

– No dobra, mam, proszę bardzo. – Prowadzi mnie do telefonu.

– Jest sygnał?

Podnosi słuchawkę.

– Jest.

– To zadzwoń – proszę ładnie – na pogotowie.

– Sam sobie zadzwoń.

Niechętnie biorę słuchawkę, przykładam do ucha i słyszę w niej wyraźnie, jak Chuda pociąga nosem. Znam ja to pociąganie, ten jej płacz cichutki.

– Wezwij pogotowie, ja muszę szybko do siebie.

Odwracam się i biegnę, za sobą słyszę jeszcze, jak mądraluje coś, że on takich kawałów z pogotowiem i tak dalej.

Skjonnhet[*], wycedził KZ, oglądając w lustrze swój zmasakrowany tors. *Kjaertegn*[**]. Dokonywał ostatnich poprawek krwawiącej obficie swastyki przy użyciu nieco zaśniedziałej żyletki Polsilver. Nain Inch Nails uznał za zbyt mało radykalne, kawałki skinheadowskie za zbyt prymitywne, z głośników szedł teraz norweski black metal, który ktoś kiedyś u niego zostawił. Czy to mógł być przypadek? Uśmiechnął się do siebie demonicznie. Gospodyni zawzięcie i równo uderzała pięścią w drzwi jego pokoju, dobrze wali, jakby ktoś dodał punkrockową perkusję. Przestała. „Zmęczyłaś się, laleczko?" Laleczka miała jakieś siedemdziesiąt lat i mniej więcej tyle samo kilogramów nadwagi, dlatego KZ bardzo był zadowolony z siebie, że tak dowcipnie oraz bezwzględnie nazwał ją laleczką, i nie ukrywał tego zadowolenia przed sobą w lustrze.

– Gdzie ona...? – spytałem niepełnym zdaniem.

Brwi uniosły się nad okiem podbitym i niepodbitym.

– Jeszcze nie wróciła.

– Skąd? Że gdzie? – Trochę spanikowałem.

– Uspokój się, wróci. – Podeszła do mnie, przylgnęła, jej piersi odkształciły się poduchowato od tego przylgnięcia. Zaczęła mnie głaskać po twarzy, bawić się moimi włosami, by wreszcie bezczelnie rozpiąć mi rozporek i dosłownie zaciągnąć do łazienki. Puknęła mnie na stojaka. Zamknąłem oczy, żeby nie widzieć sweterka Chudej, który leżał na pralce.

---

[*] Piękno (norw.).

[**] Pieszczota (norw.).

– Dlaczego w łazience? – tylko to jedno mądre pytanie zdążyłem zadać, kiedy już jak gdyby nigdy nic usiedliśmy na kanapie.

Wróciła Chuda. Zaryczana, z gilami w nosie, rozmazanym tuszem wokół oczu, otartymi kolanami wystającymi przez dziury w rajstopach. Podbiegłem do niej, potykając się o dziadka, który wyjęczał jakieś nieznane mi, przedpotopowe widocznie przekleństwo. Objąłem ją. Ja ją. Ona mnie nie. Zasłaniała się swoimi zgiętymi w łokciach chudymi rękami, zaciśnięte piąstki trzymała przy szyi, czuła się z czymś złym bardzo sama i nie miała złudzeń, że może być inaczej. Tak to po amatorsku zinterpretowałem. „Byyłaam w geetciee", wyszlochała rytmicznie.

To dziwne – pomyślałem z miną bohatera Scooby Doo; jak ja tam byłem, po getcie została już tylko kupa gruzów i chyba trwało powstanie warszawskie.

Chuda wzięła gorący prysznic, szukała bezskutecznie swojego plastra opatrunkowego z Kubusiem Puchatkiem, ale zniknął i musiała się zadowolić zwykłym, przebrała się w świeże ubranie, nawet zjadła ćwiartkę pomidora.

– Chcę wiedzieć, co się dzieje – powiedziała, siadając na kanapie obok wnuczki. Swoją drogą kobieta nie ma wyczucia. Mogłaby się przenieść na fotel i pozwolić mi usiąść razem z moją chudą dziewczyną. Bo tak to ja siedzę sam na fotelu i spoglądam z ukosa niczym średnio zamożny muzułmanin na swoje nałożnice, dwie raptem. – Chcę wiedzieć, czy coś braliśmy, czy może jestem chora psychicznie i dlaczego masz rozpięty rozporek?

Zapiąłem zmieszany.

– Przyszedłem tuż przed tobą, byłem u Krystiana, ale bariera pokoleniowa nie do pokonania, słyszałem przez telefon, jak pociągasz nosem. – I tu szybko: – Też byłem na zewnątrz, tylko że już po getcie, same gruzy, chyba końcówka powstania warszawskiego, zastrzelił... może masz rację, że coś braliśmy i nie pamiętamy, albo... no nie wiem.

– A ty? – Chuda dość zaczepnie zwróciła się do siedzącej obok niej wnuczki.

Kobieta wzruszyła ramionami. – Ja się muszę opiekować dziadkiem.

Już chciałem spytać, czy nie może tego robić gdzie indziej, gdy:

– Dostałam już za swoje w piwnicy, jak po niego wróciłam.

– Czy musisz się nim opiekować właśnie u nas w domu? – Chuda, kiedy się boi, robi się bezwzględna.

Jak wywołany, Nostromo zaczął coś do nas charczeć i niezdarnie podnosić rękę. Kosmopolityczny spisek rodem z UE nie wykorzenił z nas jeszcze zupełnie szacunku dla starszych, więc nawet nie zatykając nosów, choć ropa z wrzodów daje jak padlina, przenieśliśmy się na podłogę i obsiedliśmy naszego syfiastego nestora, a on szeptał i bulgotał takie pierdoły, że może bym się i pośmiał, gdyby nie to wszystko, co już się dzisiaj stało.

KZ przyglądał się w lustrze swojej klacie, no, może klatce, rana w kształcie swastyki zasłonięta została swastyką z plastra opatrunkowego, pech chciał, że dość niepoważny ten plaster, Kubuś Puchatek, Tygrysek, Kłapouchy. Nieważne. Wykrzywiając dekadencko usta, sięgnął po czarny flamaster, z rozmachem ściągnął skuwkę. Chciał zamazać te dziecinne rysuneczki, ale flamaster się wypisał. Za karę rzucił nim o ziemię. Flamaster odbił się od podłogi i poturlał pod łóżko. To za mało, żeby rozładować złość, KZ splunął obficie na lustro.

Zdaniem dziadka sytuacja właściwie jest bez wyjścia, jedyny sposób, żeby wszystko wróciło do normy, to odnaleźć srebrne serce z mapkami, które mu zniknęło, no ale przecież się nie przyznam, że mu je buchnąłem. Zresztą już go nie mam. Nie zdziwiłbym się, gdyby to ten cały fakir je podprowadził. Ja zawsze pamiętam, gdzie co chowam. Chyba że to Chuda? Albo wnuczka.

– To co robimy? – zapytałem, a one obie wzruszyły ramionami, każda po swojemu.

Dziwne uczucie, zamknąłem na chwilę oczy, a czułem się, jakbym zasnął. Zamknąłem powieki, tak jak się to robi miliard razy w ciągu dnia, ale zanim je znowu otworzyłem, zdążyłem się napatrzeć na Chudą, bardziej mizerną niż zwykle, na jej podkrążone oczy, a z tych oczu kapały mi na policzki łzy. Najgorsze, że nie chciałem jej wcale pocieszyć, byłem skupiony na sobie i bardzo zmęczony. Otworzyłem oczy.

Dziadek zasnął, zrobiło się popołudnie.

– To może w scrabble zagramy?!

Nic z tego. Chuda wzięła się do książki, a wnuczka poszła przeprać rzeczy Nostromo. Beznadzieja. W takich chwilach obiecuję sobie, że kupię jakiś fajny model samolotu do sklejania i będę niezależny. No i dobrze, sam zagram. Co mnie właściwie podkusiło? Ja nigdy nie kradnę. Zaufanie to w moim fachu wielki atut. Ludzie zostawiają mnie samego w domu, czasem nawet klucz dają, mam renomę. Rozłożyłem planszę. Chałowo się gra samemu. Losuję literki. Dla siebie i dla kogoś. Na te dla kogoś na razie nie patrzę. Układam ZEJDŹ, a na podstawce zostaje mi SAM. Mogłem dostać podwójną literową za Ź, ale układam tak, że dostaję za Z, nie mogę cofnąć, bo jak się gra samemu, to nie można oszukiwać, ale to niepojęte, przecież jestem mistrzem, ogrywam Chudą raz za razem, nie tylko ją, bo tylko ja mam policzone literki i wiem, czy warto, czy nie warto czekać, jestem mistrzem w zdobywaniu potrójnych słownych, a tu co? 15 punktów zamiast 21. Trudno. Druga podstawka. Wykorzystuję D z ZEJDŹ i układam ADAPTER, 13 punktów. Dobieram litery, wykorzystuję E z ADAPTER i układam CZEKAM, na podstawce zostaje mi znowu SAM. Drapię się w zwolnionym tempie w skroń i nie liczę punktów, bo coś mi się te słowa przestają podobać. Na drugiej podstawce zostało Ą, dobieram litery, wykorzystuję P z ADAPTER i wychodzi obietnica – ODPUSZCZĄ. Losuję z woreczka jeszcze A, na podstawce mam napis SAMA. Na tym kończę, bo czuję, że to koniec, a Chuda podnosi się zrezygnowana i na szeroko rozstawionych nogach idzie do łazienki.

– Znowu mi leci – mówi płaczliwie.

Patrzę jeszcze raz na ułożone słowa. Nie ma wyjścia. Wstaję, biorę latarkę i klucze do piwnicy. Skąd ja adapter wezmę? Mamy tylko CD.

Kobieta wytarła ręce, odwróciła się do lustra i dotknęła palcem skóry pod okiem. Opuchlizna już praktycznie zeszła, zostały tylko te kolory. Do wesela się zagoi, ma teraz poważniejsze problemy. Coś tu się dzieje dziwnego, jest odpowiedzialna za dziadka, o tym, co się jej zdawało w piwnicy, nie chce myśleć. Trzeba jakoś to wszystko rozwiązać, jasna sprawa, ale niby dlaczego ona, ona na pewno nie, to nie jej dom. Trzeba by coś dziadkowi zrobić do jedzenia, lekkiego, może kleik ryżowy albo rosołek – zamyśliła się.

Piwnica po raz trzeci

To nie w moim stylu tak ryzykować. Szedłem na miękkich nogach w stronę swojego boksu w piwnicy. Powietrze było chłodne, choć wcale nie rześkie, raczej ciężkie, wilgotne, zatęchłe, zostawiało w ustach smak ziemi, w nosie świdrowało lekkim, zwietrzałym smrodkiem padliny. Drewniane ażurowe drzwi były otwarte. Wszedłem. Nachyliłem się nad odsuniętą płytą i poświeciłem latarką do środka. Szum, taki jak z przystawionej do ucha muszli, tylko większy, bo dziura większa. Ja mam tam zejść? Na samą myśl wszystkie włosy na ciele stanęły mi dęba, a skóra piekła jak oparzona. Nie dam rady. Są rzeczy, które człowieka przerastają. Nie wejdę tam. Ale Chuda krwawi, pomyślałem i w przypływie brawury postanowiłem nachylić się trochę i lepiej poświecić. Wydłubana w glinie jama głęboka na jakieś dwa, dwa i pół metra. Odchodzi od niej ciemny korytarz, niezbyt szeroki, ale mógłbym nim iść dość swobodnie. Nagle moje i tak bijące jak młot pneumatyczny serce wpada w wibracje, rezonans, sam nie wiem, gardło z kamienia, ludzie od takiego strachu wariują. Poczułem, że ktoś za mną stoi, a może coś, bo nie mam oczu z tyłu głowy. To nie człowiek chyba. Mam wrażenie, że potylica, plecy, dupa i nogi od tyłu tak mi ścierpły, że aż zmarszczyły się jak skóra staruszka.

– Tylko mnie nie dotykaj! – próbowałem wyszeptać, zmrużyłem oczy. – Aaa... – Popchnął mnie, właściwie to lekko dotknął, dzióbnął twardymi, spiczastymi palcami. Spadłem, czuję pod dłońmi miękką ziemię, w żołądku zwierzęcy strach. Już nie myślę, sięgam po latarkę, spadła tuż koło mnie, kątem oka dostrzegam u góry cień, słyszę, jak szoruje czymś twardym o betonową płytę. On tu za mną schodzi! Nie myślę, łapię latarkę, nie oglądam się, wbiegam w korytarz, słyszę za sobą głuchy odgłos, zeskoczył, jest za mną, przyśpieszam. Biegnę pochylony, ocieram się głową i ramionami o sklepienie i ściany tunelu, są miękkie. Ziemia osypuje się lekko, światło latarki wariacko podskakuje przede mną, ale niczego mi nie pokazuje prócz własnego migotliwego tańca. To dobrze, bo nie chcę nic zobaczyć, chcę tylko uciec.

KZ wyszedł z domu. W obszernej kieszeni wojskowych spodni obracał w palcach srebrne serce. Powinien je sprzedać, sporo waży, czuł jednak, że daje mu ono specjalne prawa, nie wiedział jeszcze do czego, miał tylko wrażenie, że jest wyróżniony, że ma moc. Kto jak kto, ale on, facet, który skutecznie podaje się za jogina i naciąga głupie laski na religie Dalekiego Wschodu, musiał taką moc wyczuć. No właśnie – wraca mu powoli pamięć – ta ostatnia, u której znalazłem to srebro, nie zapłaciła mi, świnia.

Moc, fajnie mieć moc, postanowił, że koniecznie musi zrobić coś złego.

Ucieczka, nie ma zmieniającego się otoczenia, nic nie rozprasza, nie ma nawet „skąd" ani „dokąd". Są tylko strach, bieg i narastające zmęczenie. Nie słyszę już goniącego, słyszę tylko własne sapanie. Trwa to zbyt długo, ten bieg w ciemności, w nieznanym kierunku, mogłem już przebiec dobry kilometr. Wydaje mi się, że coś mi mignęło z boku, potykam się, ktoś mi podstawił nogę, upadam na kolano i ręce. Jestem tak zmęczony, że jest mi właściwie wszystko jedno, nie dam rady dalej.

– Zgaś latarkę – słyszę głos nastolatki.

Zamiast zgasić, próbuję skierować światło na nią, ktoś kopie mnie w rękę.

– Gaś to! – męski głos nie żartuje, to on mnie gonił. Gaszę.

– Dlaczego mi podstawiłaś nogę? – zaczynam bez sensu od pretensji.

– Dalej nie możesz iść, tam są takie drzwi i...

– Nie tłumacz się przed nim – przerywa męski głos.

– Gdzie masz adapter? – dziewczyna pyta bez złości, jej głos uspokaja mnie do tego stopnia, że dalej pozwalam sobie na wymówki.

– Miałaś być sama.

– Nie – odpowiada bez emocji. – Sam, sam i sama. Nie czytasz dokładnie. Ty, tata i ja.

– Chcę zapalić latarkę – oznajmiam dość bezczelnie, bo prawie przestałem się bać.

– Po co?

– No tak sobie, bo mam oczy.

– Niech ci żaba wskoczy.

Na taką odpowiedź zapalam latarkę. Oboje zasłaniają się rękami.

– Razisz! To już lepiej chodźmy tutaj.

Weszli do wnęki w korytarzu, której wcześniej nie zauważyłem, to stamtąd musiała podstawić mi nogę. Niewielka wydłubana w ziemi pieczara. No, może pieczara to za dużo powiedziane, taki mały ziemny pokoik. O dziwo, z sufitu zwisa żarówka, dziewczyna pociągnęła za łańcuszek i zapaliło się światło. Co za oberwańcy! On wychudzony nieprzytomnie, mniej więcej mojego wzrostu, w podartym prochowcu, patrzy nieprzyjaźnie, ona, nawet miła buzia, niesłychanie smutna, ma na sobie jesionkę z naderwanym rękawem. Dopiero po chwili, kiedy oczy przyzwyczaiły się do światła, zauważam, że ich skóra, ciało – no jak z horroru, kurczę. Już mam spytać: „No co wy, martwi jesteście?" Nie pytam jednak. Jakoś głupio.

Chyba już wyczerpałem zapas strachu na dzisiaj, bo mimo że tak trochę jak mumie wyglądają, to za bardzo się nie boję.

– Gdzie masz adapter?

– Nie mam adapteru, teraz adapterów używają tylko muzycy, ja mam CD i empetrójki.

Dziewczyna wykrzywia lekko usta, wyraźnie speszona swoim brakiem orientacji.

– Za naszych czasów było tylko radio i gramofon – dobił ją ojciec. Opuściła głowę i szuka jakiegoś honorowego wyjścia.

To straszne, że taki dziad jak ja jest lepiej od nastolatki zorientowany w sprawach sprzętu muzycznego – pomyślałem.

– Nie znam się też na muzyce... dzisiejszej – mówi ona, podnosząc śmiało głowę i patrząc mi w oczy. Dzielna dziewczyna. – Ale chcę posłuchać, bardzo chcę posłuchać świeżej muzyki.

KZ jechał autobusem, siedział i patrzył z niechęcią przez okno, był wściekły, że nie ma flamastra, że akurat musiał wyschnąć, tak bardzo pragnął napisać „Żydzi do gazu!" na drewnopodobnej ściance, o którą opierał się ramieniem.

Co ja najlepszego zrobiłem? Chuda mnie zabije.

– No to najprościej będzie, jeśli pójdziesz do nas na górę – powiedziałem. Myślałem, że ojciec zaprotestuje, ale on spojrzał na nią z nadzieją, a potem z rezygnacją.

– Nie cieszysz się? – zapytał.

– Cieszę – odpowiedziała bez cienia uśmiechu. – To dobry pomysł, chodźmy.

No i idziemy. Prowadzę do domu zjawę z tunelu w piwnicy. Ja pierdolę, Chuda mnie zabije. I to w dodatku dziewczynę.

Dobrze jest się czymś zająć. Kobieta z Podbitym Okiem nie jest szczególną fanką krzątania się po kuchni, ale wie, że to czasami pozwala się odstresować. Resztki zgarnęła do kosza, blat przetarty, teraz chochelką rosołek do kubka. Ma bardzo skupioną minę, uważa, żeby nie porozlewać, żeby omijać krążki marchewek, inne warzywa, mięso; tylko sam wywar, bo dziadek nie będzie miał dziś siły gryźć. Od kłębów pary zaczyna ją trochę boleć siniak pod okiem. Cała się pewnie świecę, myśli, warto by się przypudrować, zanim tamten wróci. Ma lekkie wyrzuty sumienia, więc tylko uśmiecha się przepraszająco do ostentacyjnie zatykającej nos i niechętnie łypiącej z parapetu gospodyni.

Nie zdążyła się przypudrować, otworzyły się drzwi, w drzwiach stanął on, a za nim...

– Aa! – krzyknęła, upuściła kubek i zakryła usta dłonią z niezrobionymi dziś paznokciami.

– AAAA! – zaczął wrzeszczeć Nostromo, na którego poleciał wrzący rosół. – AAAA! – nie przestawał się drzeć i trudno mu się dziwić, ponieważ dostał kubkiem centralnie w głowę i aż po szyję pokrywał się nowym rodzajem bąbli.

– O matko! O kurwa! Dziadziusiu! Przepraszam! – Pobiegła do łazienki zmoczyć ręcznik.

Zjawa drgnęła i zrobiła pół kroczku do tyłu, jakby chciała uciec.

Chuda płynnie jak kobra podniosła się z parapetu i z wytrzeszczonymi oczyma powiedziała słodko:

– Dzień dobry.

– Dzień dobry – odpowiedziała dziewczyna i na wszelki wypadek schowała się trochę za mnie.

KZ nie jest samotny. Od pewnego czasu już nie. Poznał przez internet Hitlera, a on przedstawił go swoim kumplom. Stał się dla nich kimś w rodzaju kapłana, dostarcza im wrażeń: mistycyzm, kult słońca, reinkarnacja, bogini Kali. Wszystko im jedno, byle było pogańskie, odległe, dawało siłę, no i opowieści o krwawych ofiarach, jeśli łaska. To nie są zwykli skinheadzi, są czymś więcej, choć jeszcze nie zdają sobie z tego sprawy, ale on i Hitler wiedzą. Skoro są z nimi, nie mogą być tacy zwykli.

Muzyka, drinki i papierosy

Zjawa ma na imię Rachela, ale woli, żeby ją nazywać Rejczel. Kłopot z tą muzyką. Usiadła grzecznie na brzeżku kanapy.

– Może zdejmiesz jesionkę – zaproponowałem. – Tu jest dosyć ciepło.

Sądząc po minie, nie bardzo miała na to ochotę, jednak wstała i zdjęła. Wziąłem od niej ciężkie, przesiąknięte wilgocią okrycie, w wielu miejscach było ubrudzone ziemią i tak też pachniało. Pod spodem miała sukienkę, która kiedyś chyba była niebieska, a teraz raczej szara z odległym wspomnieniem błękitu. Chuda wyciągnęła rękę, jakby chciała dotknąć jej skołtunionych włosów.

– Może chcesz się wykąpać? – zaproponowała.

– Trupy się nie kąpią – odpowiedziała zdecydowanie Rejczel i poprosiła, żebyśmy przeszli do sedna, czyli do muzyki.

Chuda z triumfalną miną wyciągnęła płytę kantora o dźwięcznym nazwisku Żelazny. Już po pierwszych taktach Rejczel przewróciła oczami.

– Nie, no błagam, tego to akurat mam dosyć.

Chudej trochę głupio, więc teraz ja:

– No to może coś z klasyki, na przykład... na przykład Dead Kennedys.

Po spojrzeniu Chudej się pokapowałem, że nazwa ze słowem *dead* nie jest zbyt odpowiednia, więc oczywiście nie Dead Can Dance, o nie, na przykład The Clash. Puściłem i zeszło ze mnie napięcie.

– Kto chce drinka? – zapytałem.

Zobaczył ich z daleka. Siedzieli wokół fontanny przed centrum handlowym Arkadia. Tak jak się umówili, ale coś było nie tak. Oni jedli lody i patrzyli na faceta, który przebrany za klauna rozdawał dzieciom balony. KZ poczuł rozczarowanie.

– Co z was za naziści? Wyglądacie jak wycieczka z Ełku. Nawet ty, Hitler? – wyrwało mu się, bo na niego liczył najbardziej. A ten spocona grzywka, poprawiana nerwowym gestem, w skórzanym płaszczu trudno się w taki dzień nie spocić, durnowaty uśmieszek zadowolenia pod uwalanym różowymi lodami wąsikiem, zachwycony przedstawieniem.

– Coś ci się nie podoba? – To pytanie miało przypomnieć KZ, jaka jest hierarchia, i przypomniało.

– No, ten pedał mi się nie podoba. – Pokazał na klauna.

– Skąd wiesz, że pedał?

– Normalny by się w takie kolory nie ubrał, i jeszcze dzieci zaczepia, pedał jeden.

Hitler zmrużył oczy i przyjrzał się uważnie kolorowej postaci.

– Może i pedał, ale tu są kamery, nie można narażać wielkiej sprawy dla jednego pedała.

– To co robimy? – spytał KZ, myśląc z goryczą, że życie wymaga kompromisów.

– Dzisiaj? – upewnił się błyskotliwie Hitler.

– Ehe – uściślił.

– Najpierw szukamy sponsorów, potem piwo, a potem idziemy ze sprayami na cmentarz żydowski.

KZ poprawił się humor, wszystko w porządku.

Rejczel spytała, czy może mamy coś spokojniejszego. Popsuło mi to troszkę szyki, bo podochocony wódką z sokiem już myślałem, jak zareaguje na hardcore. No a tak do akcji wkroczyła Chuda ze swoją elektroniką, chilloutem, Ninja Tune, jazzem o wielu przedrostkach i takimi tam. Dużo różnych nazw, to jest trip-hop, a to lounge, Rejczel uśmiecha się uprzejmie, widać, że pogubiona w tym wszystkim.

– Czym wy to dziecko katujecie? – odezwała się wnuczka, jedną ręką sięgając po szklankę, drugą ocierając z czoła nieistniejący pot. Skończyła opatrywać Nostromo i mogła do nas dołączyć. – Nie macie jakiegoś normalnego popu?

– Może *Thriller* Jacksona? – zażartowałem głupio. Popatrzyły na mnie jak na kretyna, a Rejczel westchnęła ciężko.

– Mogę też się napić? – spytała.

– Samego soku – odpowiedziałem stanowczo. – Jesteś za młoda.

– Nie mamy ż a d n e g o popu – oznajmiła Chuda z lekką odrazą.

– To włączcie radio.

– Chyba nie działa – burknęła Chuda.

Rejczel ostentacyjnie ciężko opadła plecami na oparcie kanapy, odchyliła głowę i wlepiła wzrok w sufit.

– Chcę wypić to, co wy – powiedziała z miną załamanej głupotą dorosłych nastolatki. – Przecież nie żyję, więc nic mi chyba nie zaszkodzi, mam rację?

– To może jeszcze papieroska? – wszedłem w rolę starego upierdliwca.

– Chętnie – odpowiedziała prowokacyjnie.

Może powinniśmy mieć z Chudą dziecko? – pomyślałem nieoczekiwanie.

– Proszę. – Wnuczka przesunęła po stole paczkę i zapalniczkę. Popatrzyła wymownie na butelkę. – Nalej jej, to już duża dziewczyna, nie powiem wam, co ja robiłam w jej wieku.

Rejczel trochę się zmieszała, ale sięga po paczkę i próbuje nieudolnie zapalić papierosa, krztusi się filmowo, zaczynam ją lubić.

– Powiedz nam, co tu się właściwie dzieje, dlaczego nic nie działa, nie można wyjść i w ogóle? – Cwana ta wnuczka, zagaduje, jak to koleżanki, co razem palą fajki, zagadują.

Rejczel była wyraźnie zadowolona, że może przyszpanować wiedzą.

– Jesteście na przemiał, w pierwszej kolejności.

Chwila ciszy.

– Ale dlaczego?! – prawie nam się udało chórem.

– No bo macie dom na ostatnim, świętym bunkrze, a przed wojną...

W tym momencie otworzyły się drzwi i pojawił się mocno wkurwiony tatuś w podartym prochowcu. Wyraził głośno dezaprobatę dla fajczenia tabaki, jak się wyraził, i popijania wódki przez panienkę z dobrego domu. Rejczel na to przewróciła oczami, ale karnie włożyła jesionkę i ruszyła za ojcem.

– Prawie wszyscy normalni poszli dawno do nieba, te trupy, co łażą pod miastem, to same świry, więc wesoło nie macie.

Ojciec przerwał jej wywody niezbyt eleganckimi szturchańcami, za jego czasów takie metody wychowawcze były dozwolone:

– Idziemy! Nie rozmawiaj z nimi. – Po drodze niby niechcący nadepnął dziadkowi na rękę.

– A to ODPUSZCZĄ!? – zdążyłem jeszcze wykrzyczeć, zanim wyszli.

– Na trochę wam odpuścili – odpowiedziała przez ramię.

Ojciec odwrócił się na chwilę i zamiast do widzenia, dziękuję za opiekę nad córką itp., „macie dobre pięć godzin spokoju", powiedział, jakby pięć godzin spokoju było cennym darem, który nam zostawia w rewanżu. Poszli.

Bolo ma metr dziewięćdziesiąt sześć i waży ze dwieście kilo.

– Jest takim naszym pancernym zagonem – powiedział KZ zadowolony z porównania.

– Moim zagonem – poprawił go Hitler.

O ty małostkowy kurduplu – pomyślał KZ.

Pancerny zagon wtoczył się na przystanek tramwajowy i podszedł do chłopaka, który jako jedyny nie wsiadł do tramwaju i nieroztropnie został sam.

– Dawaj kasę i komórkę. – Bolo jest mistrzem syntetycznych komunikatów.

– Że co? Weź spierdalaj.

Chłopak dość odważny, trzeba powiedzieć – pomyślał z zazdrością KZ. Bolo w odpowiedzi na ten akt heroizmu wypalił ze swojej pancernej pięści, ale chłopak odskoczył.

– Spierdalaj, mówię, grubasie.

Reszta młodzieży o poglądach prawicowych podeszła bliżej, żeby chłopaczkowi nie zachciało się uciekać, bo pościg nie jest mocną stroną Bolo. KZ i Małostkowy K zostali nieco z tyłu. Coś jest nie tak – pomyślał KZ. Czemu on się tak stawia? Przyjrzał mu się dokładnie, gość ubrany w drogie ciuchy ze sklepu Legii, ładny krój, malutenienieńkie logo i barwy. Nadjechał tramwaj i wszystko się wyjaśniło. Wysiadło z niego kilku chłopców ubranych na sportowo i z dużo mniejszym smakiem niż ten tutaj, logo i barwy ostentacyjnie wielkie, dresiarstwo takie. Małostkowy Kurdupel, trzeba przyznać, ma refleks polityczny. Zanim ktokolwiek się zorientował, wskoczył do tramwaju, drzwi się zamknęły i odjechał, jutro będzie tłumaczył, że nie zauważył albo że się tam na kogoś rzucił. Nieważne. KZ przełknął ślinę. Ale im prezent zrobiliśmy – pomyślał. Widać, że niczego tak nie lubią, jak dobrej napierdalanki. Młode siły odradzającego się faszyzmu od razu bez wstępów zaczynają strasznie zbierać po ryju, nawet Pancerny Zagon krwawi obficie z nosa i wypluł już jeden ze swoich żółtych zębów. KZ jak zwykle w takich przypadkach stoi nieruchomo, sparaliżowany strachem, i właściwie to już mu się zdaje, że jest kimś dobrym i że nie można dobrych ludzi tak agresją i przemocą. Nie można by porozmawiać? Podyskutować? Dać się przekonać? Dzwoni zębami, cały się trzęsie, a tu jeszcze... Stała się rzecz niebywała, PZagon upadł na chodnik. Oprócz niego leży jeszcze rudy Bandzioch, druga po Bolo wunderwaffe, reszta ideowej młodzieży, ryzykując wpadnięcie pod samochód, przeskakuje żółte barierki i ucieka na oślep. Rozpoczyna się etap kopania leżących. Jak tak można? – oburzył się w duchu Ktoś Zły, czując, że właściwie to jest kimś dobrym. A nawet bardzo dobrym, bo właśnie dostrzegł na rękach legionistów połyskujące kastety.

Tyle krwi, tyle przemocy i niesprawiedliwości – myśli ktoś bliski płaczu i faktycznej metamorfozy w kogoś dobrego. Ijo, Ijo, Ijo. Policja! Oprawcy z Legii uciekają. Bolo i Bandzioch też próbują, ale nie są mistrzami w bieganiu i w dodatku krew się im z pysków leje strumieniami.

– Oni nas napadli – mówią policji. Przyjeżdża karetka pogotowia.

– Ja się nie biłem – oznajmia KZ.

– Złoży pan zeznania? Jak to się stało, że pana nikt nie uderzył?

Kobieta z Podbitym Okiem była dumna z tego, że tak twardo stąpa po ziemi, że myśli logicznie. Wiedziała, że musi, bo nie ma łatwego życia. Też kiedyś chciała całymi dniami nic nie robić, była dzieckiem, ale spadła twarda rzeczywistość i ona przetrwała, umiała przetrwać. Patrzyła na tych dwoje, szczególnie na tę natchnioną chudą dziewczynę, i obwiniała ich o to, że ona sama musiała być przez całe życie taka konkretna. A ta siedzi sobie i czyta, wykorzystuje tego gostka, nawet fajny w sumie – myślała oskarżycielsko. I teraz te wszystkie popierdolone rzeczy.

– Ja nic nie chcę mówić – zaczęła wściekle – ale to jest wasz dom i wy musicie coś z tym wszystkim zrobić! Jaki przemiał? Chcę stąd wyjść, zabrać dziadka i mieć spokój. – W środku już zanosiła się płaczem, a teraz i z oczu poleciały jej łzy. – Mam tego dość, naprawdę.

KZ najpierw miał być zabrany na komisariat, jednak z nieznanych przyczyn policjanci mu odpuścili. Dzwoni do Hitlera.

– Martwię się o Bolo i Rudego, dla nich idea Legii jest nie mniej ważna niż idea narodowego socjalizmu, tamci krzyczeli, że chuj kładą na Polonię itp. Wiesz, dysonans taki...

Małostkowy Kurdupel nie podzielał zatroskania KZ.

– Za dużo filozofujesz, dla nich problem, że wpierdol dostali, nic więcej. Ale dlaczego ciebie psiarnia nie wzięła?

– Nie wiem, może dlatego, że nie miałem śladów.

– Nikt cię nie walnął?

– Nie.

W słuchawce cisza.

Piwnica po raz czwarty

Pięć godzin spokoju, niby dużo, tylko że pierwszą zmarnowaliśmy na łażenie w tę i z powrotem, drugą na uspokajanie wnuczki, trzecią na uspokajanie Chudej, a czwartą na uspokajanie mnie, bo zacząłem walić głową w drzwi od szafy. To taki mój patent. Polecam każdemu, kto uderza w ścianę. W szafę nie boli, a jest o wiele głośniej. Tyle ma człowiek pomysłów, doświadczeń, tak wiele mógłby jeszcze dać światu. Piąta godzina, czas depresji i narastającego strachu, zakończyła się niezobowiązującym na razie pomysłem, żebym poszedł do piwnicy, odnalazł Rejczel i jej ojca. Może nam pomogą.

Pijemy trzydziestą herbatę. Smakuje jak pożegnalna. Staram się nie wierzyć w realność mojej wyprawy. To niedorzeczność. Niby po co? Dlaczego ja? Co, ja głupi jestem? Mam w zanadrzu trochę tego typu pytań z tradycji zdrady narodowej. Na szczęście jestem glazurnikiem, nie szwoleżerem, a Chuda jest ostatnia, żeby mi zmartwiałą ręką wciskać swój różaniec na drogę, abym w szale bitwy nie zmienił się w zwierzę. Mamy na szczęście swoje mieszczańskie zasady. Pod tym względem się dobraliśmy. Ja bym nigdy na wojnę nie poszedł, ona by mnie nigdy na wojnę nie puściła. Nie ma głupich.

Już prawie sam siebie przekonałem. Już zaczynałem się martwić, co w takim razie będzie, skoro nigdzie się nie wybieram, kiedy Chuda nagle porzuciła nasze ideały.

– Idę z tobą – mówi i od razu wstaje, że niby nie ma czasu do stracenia.

– Wykluczone – oznajmiam, co ma oznaczać, że tylko jej udział jest wykluczony.

Kobieta z Podbitym Okiem też ją od tego odwodzi, ale robi to pobłażliwie, więc tylko Chudą rozsierdza.

Nie mogę uwierzyć. Co się z nią stało, jak można się tak zmieniać? Jakim prawem człowieka spokojnego, narzeczonego, jedynego żywiciela, stąpającego twardo po ziemi i jeszcze do niedawna cenionego za asekuranctwo, przewidywalność i przedsiębiorczość, tak ni z tego, ni z owego stawiać pod ścianą, demonstrując własną odwagę i determinację? Czy to nie spisek jakiś jest żeński? Czy one się aby nie zmówiły, żeby mnie wykończyć? Wykorzystać moją męską głupotę? Typowe dziewczyńskie sztuczki, z patrzeniem na mnie z nadzieją, z wyzwalaniem instynktów opiekuńczych, z narzucaniem bohaterskich zachowań. No czuję taką panikę przez nie, no przymus typowy taki. Myślałem, że uwolniliśmy się od stereotypów, od samczego dokazywania. Muszę iść do piwnicy, chociaż się boję jak nie wiem co? No muszę?

Chuda wychodzi do łazienki zrobić siku „przed drogą", a ta cała wnusia, zamiast siedzieć grzecznie, jak nieproszony gość powinien, mówi z tą całą swoją prostacką bezwzględnością:

– Idź teraz, póki ona jest w łazience.

Czuję w brzuchu straszny ciężar. Wstaję. Nogi ze strachu mam sztywne i niezgrabne niczym japońskie protezy na baterie słoneczne. Podchodzę ciężko do drzwi, ociężale i z opuszczoną głową, jak wyrzucana przez panią z klasy Mechagodzilla z uwagą w dzienniczku. Wychodzę. Zamykam za sobą. Schodzę na tych sztywniejących kulasach po schodach i właściwie jestem bliski płaczu. Dlaczego ten zasrany studencik nie pójdzie ratować naszego bloku, dlaczego w ogóle nie ktoś inny? I jeszcze przyśpieszam jak dureń, żeby Chuda nie mogła mnie dogonić. Czy ja ją tak kocham faktycznie, czy się dałem wrobić w jakiś rycersko-samurajski kodeks honorowy prawdziwych mężczyzn z erotycznych majaków?

W piwnicy znowu ten zapach, nachylam się nad włazem, nerwowo poruszam ramionami, a głowa zwyczajnie mi się trzęsie. Zapalam latarkę. Co ja robię? Cały czas się czuję ścigany przez Chudą. Mam wrażenie, że za chwilę pojawi się tuż za mną i będzie to oznaczało natychmiastowe uschnięcie oraz odpadnięcie moich narządów płciowych, a tego bym nie chciał. Opuszczam się w dół, czuję pod nogami miękki piach. Kurwa, niech ten feminizm szybciej zwycięża. No po co ludzie narzucają sobie takie głupie role? Przede mną pachnąca ziemią czeluść.

Nie mogę zrobić kolejnego kroku. Nasłuchuję. W moich uszach oryginalna, niepodrabiana, grobowa cisza. Świecę do środka. Nic nie widać. Nachylam się. Przykładam zwiniętą w trąbkę dłoń do ust. „Rejczel", szepczę, a mój szept szeleści w tej ciszy niebezpiecznie głośno. Kulę się w sobie, czekając, co z tej ciemności wywabię. Co mi tu zaraz wylezie? Jaki stwór zemści się na mnie, durnym przechodniu, za swoje dawne cierpienia, które prawdę mówiąc, średnio mnie obchodzą. Nic się nie dzieje. Nadal pochylony szepczę głośniej, teatralnie. Wypełniam swoim „Rejczel" cały tunel.

Gdyby tam była, musiałaby usłyszeć. Właściwie skoro jej nie ma, to mogę wracać. Zrobiłem aż nadto.

Jeśli tam wejdę, to znaczy, że jestem skończonym kretynem.

Skoro jednak już tu stoję, a nic nie wylazło, to może tam nic takiego nie ma. Próbuję wypatrzeć coś w snopie mglistego światła latarki. Może się wynieśli. Zrobili podkop pod Karpatami i Anatolią wprost do Jerozolimy i teraz spokojnie kupują pamiątki. Może gdybym tam wszedł... Przypominam sobie determinację Chudej, ona zaraz tu się zjawi, wejdzie w tę ciemność jak gdyby nigdy nic i będę musiał ją gonić, poniżony, jęcząc żałosne prośby o zachowanie zdrowego rozsądku, odwołując się do wygodnictwa, które nas kiedyś łączyło, do moralnej gnuśności, która konstytuowała naszą własnościową miniojczyznę, do strachu, scalającego nas jak cement. Nie ma co czekać. Pochylam głowę i ruszam przed siebie. Przełamywanie strachu to jak nauka pływania. Człowiek stoi nad wodą i się boi. W końcu skacze i na chwilę strach mija. Poprzednim razem biegłem i przez to nawet nie zauważyłem, że takich wydłubanych w ziemi pokoików jak ten, w którym wtedy rozmawiałem z Rejczel i jej ojcem, jest bardzo dużo, właściwie co parę metrów jeden, po obu stronach. Są też przecznice, trochę jak podziemny hotel, korytarze i pokoje. Podziemny hotel znaczy tyle co cmentarz, hm, nieprzyjemne. Dreszcz mi przebiegł po plecach. Wracając do tego porównania z pływaniem – strach mija tylko na chwilę, bo kiedy człowiek już jest w wodzie, pojawia się znowu, tym razem z całą potęgą i uzasadnieniem, a każdy niezamierzony łyk wody go potęguje. W wodzie nie można się już poddać, trzeba walczyć o każdy wdech, nie można wyskoczyć na brzeg, puszczając film wstecz. Przeszedłem już spory kawałek. Zatrzymuję się i, raz kozie śmierć, świecę do środka. Ktoś tam siedzi na krześle, pochylona głowa. Śpi. Z przerażenia zbiera mi się na wymioty, a ten skubaniec podnosi powoli głowę i otwiera oczy. Pod powiekami ma puste oczodoły. Porusza łapczywie nozdrzami, wciąga mój zapach, otwiera szeroko usta, widzę owrzodziały kikut języka. Może powinienem się ukłonić i spytać, czy przypadkiem nie wie, gdzie mieszka, czy może raczej leży Rejczel; nie potrafię, może brak ogłady, może niedostatek podobnych doświadczeń, a może zwykłe tchórzostwo, dość, że ja milczę, a on zaczyna wyć, wyje jak wilk. Kiedyś to już słyszałem, myślałem, że to psy tak wyją. Wycofuję się na korytarz, kieruję snop światła w kierunku, z którego przyszedłem. Widzę ciemną postać, która wychodzi jakby ze ściany, potem następną. Nie są to ślepcy, bo ich oczy odbijają światło latarki, idą w moją stronę. Więc do zwykłego topienia się dodajmy jeszcze oplątujące nogi wodorosty, wpadające do ust z wodą małe żyjątka, a najlepiej od razu zgliwiałą rękę topielca ciągnącą w dół za kąpielówki. Odwracam się i biegnę. Tak bardzo chciałbym się obudzić. Ktoś mnie próbuje złapać za nogawkę, wyszarpuję się. „Rejczel!!!". Biegnę i wrzeszczę, nic już praktycznie nie widzę, mało co słyszę, mam wrażenie, że na korytarzu za mną robi się tłoczno. Ktoś zastępuje mi drogę. Wpadam na niego całym pędem. Przewracamy się. Próbuje mnie zatrzymać uściskiem kościstych rąk, gryzie mnie rozchybotanymi zębami w brodę i dolną wargę, ale moja krew jest już w proporcjach pół na pół z adrenaliną, która rozsadza mi mięśnie siłą zwierzęcego strachu. Wyrywam się, biegnę dalej. Gdy już dopadnie nas wszystko, co może dopaść w tej przeklętej topieli, zaczynamy dawać sobie radę i, o ile nie przypłynie rekin ludojad, może się to skończyć przemianą w pływaka. Na mojej drodze pojawiają się inni, ale ja pędzę pochylony jak amerykański futbolista, roztrącam ich, zanim zdążą na dobre wyjść z tych swoich norek. W uszach cały czas to samo wycie. Nie czuję zmęczenia, biegnę, walczę i choć ciężko sapię, wciąż mam siłę. Dopadam do blaszanych drzwi. „Nie idź tam", słyszę za sobą chłopięcy głos. Nie mam wyboru, szarpię, otwierają się bez oporu, wchodzę, zatrzaskują się za mną. Cisza.

Murowany kanał, przestronny w porównaniu z tym ziemnym, oświetlony przez zimne, wątłe światło rozmieszczonych z rzadka lamp. Środkiem płynie ściek, po bokach wąziutkie, suche chodniki. Gaszę latarkę.

KZ przyszedł na spotkanie nieco spóźniony. Tym razem coś naprawdę było nie tak. Siedzieli na szczątkach dwóch ławek w Lasku Bielańskim, słońce powoli zaczynało zachodzić.

– A gdzie Bolo i Bandzioch?

– Szyją ich – usłyszał.

Czuł się jak zdrajca. Nie został pobity. Nie został zatrzymany. Musi to wyjaśnić, skoro przyszedł. Nikt mu nie zadał pytania. Patrzą tylko wyczekująco i niechętnie. Patrzą na niego, tak jak patrzą na swoje ofiary, na tych, którzy nie są z nimi. Czy w ogóle warto się tłumaczyć? MKurdupel oczekuje odpowiedzi tylko po to, by ją podważyć. KZ poczuł strach. Nie da rady uciec. Po co w ogóle przychodził? Nikt mu tu w lesie nie pomoże. Czy faszyzm nie jest aby do dupy? – targnęła nim nagła wątpliwość.

Otoczyli go Siwy, Kolec i Banan. KZ gwałtownie rozstawał się ze swoimi, w końcu dość świeżo nabytymi przekonaniami i chęcią przebywania w towarzystwie tych nie tak znowu dawno poznanych kolegów. Zaraz się zacznie. Zamknął oczy. Na pewno złamią mu nos i wybiją zęby, czuł, że do oczu napływają mu łzy, przecież jest dość przystojny, podoba się dziewczynom, i w ogóle, a teraz? Zapach sosen i przyjemne, wieczorne powietrze tak nie pasują do egzekucji, a tak często im towarzyszą.

Czas jednak płynie, a ciosy nie padają. Najpierw Banan:

– Jakoś nie mogę.

– Co nie możesz? – zapiszczał Hitler. – Jebnij go!

– Yy, nie mogę.

KZ otworzył oczy. Siwy też kręci głową, odchodzi i siada na ławce.

– Sam go jebnij, jak taki mądry jesteś – mówi Kolec i też idzie usiąść.

– Co to, jakaś epidemia pedalstwa? – Małostkowy Kurdupel zrobił się cały czerwony ze złości. Wyjął z kieszeni mały pistolecik na gaz i wymierzył między oczy KZeta. Z takiej odległości to bardzo niebezpieczne, można stracić wzrok.

– Kurwa, co jest? – zapytuje Hitler sam siebie, zdziwiony niezrozumiałą niemocą, i chowa pistolecik do kieszeni kurtki. – Ale nas gejowizna wszystkich naszła. – Kręci z niedowierzaniem głową. – Idź stąd, szmato żydowska, kurwo sprzedajna, w dupę jebana.

KZ odwraca się na pięcie i odchodzi. On już skojarzył. Może to i głupie się wydaje, ale ściska w kieszeni srebrne serce i wie, że to właśnie o nie chodzi, i już się martwi, czy i kiedy Hitler też skojarzy, bo przecież... po co?! po co?! po co?! Pokazał mu przecież to serce i jeszcze pitolił bez faktycznej wiedzy o żydowskiej magii w służbie narodowego socjalizmu, nawiązując do *Poszukiwaczy zaginionej Arki* z Harrisonem Fordem, szkoda, że po nie tej stronie co trzeba, stanął w tym filmie. Na wszelki wypadek zaczął biec.

Stoję w kanale oparty plecami o metalowe drzwi. Stoję i nie wiem, co dalej. Staram się uporządkować myśli, wybrać strategię podejmowania decyzji. Próbuję sobie przypomnieć, czego uczyli mnie na kursach osobowości dla bezrobotnych. Może chociaż teraz mi się to przyda. Czyli najpierw, co wiem. Wiem, że nie wrócę za te metalowe drzwi, żeby nie wiem co, za Chiny Ludowe tam nie wrócę. Wiem też, że bardzo mi się nie podoba w tym kanale, i obawiam się, że mogę się w nim zgubić. Jaki jest cel? Myślę, że najwyższy czas porzucić wszelkie plany poza jednym, za to szczytnym, czyli ratowaniem własnego tyłka. Wniosek? W swej trudnej drodze budowania przyczółków moralności i bohaterstwa zatoczyłem bezsensowne koło, najadłszy się na darmo strachu i ziemi. Plan krótkookresowy? Znaleźć wyjście z kanału, najlepiej na ulicę. Plan długookresowy? O ile wychodząc z kanału, nie trafię w sam środek drugiej wojny światowej, udam się do hotelu, ściągnę tam Chudą, następnie dam ogłoszenie do prasy, opylę mieszkanie i wypierdalam na dalekie przedmieścia, których historia od wieków sprowadza się do cyklicznych zbiorów cebuli i ziemniaka.

Pozostaje zdecydować, czy w prawo, czy w lewo. Żadne kursy ani wrodzona inteligencja nie są tu pomocne. Czysta intuicja.

Po wsłuchaniu się w głos instynktu pomyślałem –w lewo. Już się miałem zastanowić, czy to aby faktycznie instynkt i czy to jego głos, i skąd niby mam to wiedzieć, gdy kanał wypełnił ryk torturowanego człowieka.

W takiej akustycznej, ceglanej rurze nie sposób stwierdzić, skąd ryk dobiega, ani nawet czy z daleka, czy z bliska.

Wszystkie techniki z kursu osobowości sypią się jak domek z kart. W panice odwracam się do metalowych drzwi. Dopiero po chwili przypominam sobie, że zawrócić nie mogę, ponieważ za tymi drzwiami kłębi się tłum, przed którym uciekłem. Próbuję iść w lewo, ale nie wiem, czy to aby nie stamtąd dobiega krzyk. W prawo – ten sam problem. Stać w miejscu też nie sposób, bo ten wrzask, oszaleć można. Nie mogli mnie, kurwa, nauczyć czegoś pożytecznego na tym kursie dla bezrobotnych? W końcu robię parę ołowianych kroków w prawo, na co moja spanikowana intuicja każe mi bezwzględnie zawrócić i udać się w odwrotną stronę. Wlokę swoje ciężkie nogi i nienawidzę się za to, że tu zszedłem, nonsens, znowu zawracam, przyszło mi do głowy, żeby jakoś zaznaczyć te drzwi, bo widzę, że takich samych jest po obu stronach więcej. Lepiej się tu nie zgubić. Stoję i grzebię po kieszeniach, ale nic do zaznaczania nie mam. No choćby takiej pierdoły mogło mnie to moje państwo opiekuńcze na kursie nauczyć; bierz, człowieku, coś do zaznaczania, jeśli idziesz do piwnicy pertraktować z trupami żydowskiego pochodzenia. Szukam dalej, to wciągające zajęcie, prawie jak tik nerwowy; dopóki szukam, nie muszę iść.

Krzyk ustał, teraz boję się ciszy. Wsłuchuję się w nią nieruchomo. Nic. Znowu więc zapamiętale przetrząsam kieszenie. Drzewo decyzyjne, na czym polegało to drzewo decyzyjne, może gdybym sobie przypomniał... Coś jednak chyba słyszałem. Znowu zamieram. Intuicja mówi mi w prawo, a potem w lewo, znowu w prawo, aż wreszcie wpada w kompletną histerię i zamiast coś poradzić pozytywnie w stronę przyszłości najbliższej, drze mi się piskliwie w samym środku mózgu. Ale nas wpierdoliłeś, kretynie! Zrób coś! No, zrób coś teraz!

Słyszę kroki. Tak to jest, kiedy człowiek nie umie podejmować decyzji zgodnie z wypracowanymi w Ameryce sposobami. Jeśli nie podejmuje decyzji, to stoi w miejscu i kłopoty same go znajdują. Niczego się nie nauczyłem na tym kursie. Jestem pasywny. Czekam, aż ktoś mi pomoże. Nie biorę spraw w swoje ręce. Stoję tu jak fiut i słyszę, że z lewej strony się zbliżają. Nie widać ich, bo kanał zatacza łuk, rozmawiają, może to niemiecki, może jidysz, a może i polski, nie rozróżniam słów, przez chwilę zastanawiam się jeszcze nad czymś do obrony, ale kieszenie gruntownie już przeszukałem. Podejmuję typowe dla człowieka o psychice bezrobotnego spóźnione działanie: stąpając na palcach, uciekam w prawo. Kłusuję coraz szybciej i coraz głośniej. Z rozstrojoną osobowością, z kołtunem chaotycznych impulsów w mózgu, z rozdygotaną, oczekującą pomocy od państwa intuicją nie jestem gotów na przyjęcie żadnych dodatkowych bodźców. W moim zasięgu, oprócz bezmyślnego biegu, jest jeszcze co najwyżej zeszczanie się w gacie, albo i grubsza sprawa, nic więcej. Nagle otwierają się drzwi i jakieś pięć metrów przede mną wyrasta oficer Wehrmachtu o czerwonej gębie. Zatrzymuję się. Na szczęście robi mi się tylko mokro. Znowu jak głupi sięgam do kieszeni i nic poza wilgocią nie znajduję. Ci za mną przystanęli i ucichli, musieli mnie zobaczyć. Biegną. Oficer odwraca się i ucieka, łomocząc podkutymi buciorami, ja się nawet nie oglądam, biegnę za nim. Jest ode mnie szybszy. Zostawia mnie w tyle. Po chwili otwiera kopniakiem drzwi, zatrzaskuje je za sobą i znika. Ci dwaj za mną też są ode mnie szybsi, potrącają mnie i wyprzedzają, upadam w ściek, oni szarpią się z drzwiami. „Zatarasował, skurwysyn", mówią po polsku, jeden z nich to doktor, drugi też dziwny, patrzą na mnie.

– Co tu robisz?

– Siedzę sobie w wodzie – odpowiadam przymilnie, całą dupę mam mokrą, przynajmniej teraz nikt nie wie od czego.

Ten drugi wyciąga parabellum i celuje mi w głowę.

– Fritzl nam uciekł, ale mamy jego koleżkę.

– To znajomek tej starej hieny, co już nie jest pod ochroną – podchwytuje doktor.

– Bierzemy go na stół czy mogę postrzelać? – pyta ten drugi, a ja już pełna degrengolada i brak inicjatywy, siedzę, głupio się uśmiecham i nie odróżniam świata od telewizji. Kursy zawiodły, państwo jest rozczarowane mną, a ja nim. Nie ma we mnie ducha walki i przedsiębiorczości, jeszcze tylko tli się we mnie jakaś iskierka narodowej dumy i godności, mamroczę więc cichutko pod nosem „walcie się" i godzę się ze swym losem, wracając do korzeni mego pochodzenia, czuję, że za chwilę rozpłynę się w tradycyjnej nirwanie chłopskiej bezmyślności, ja, bezradna cząstka tępo patrzących mas ludowych.

– Strzelę mu w łokieć – mówi ten drugi i zaczyna mierzyć. Oczy ma puste i obojętne.

Za moimi plecami kroki, nawet się nie odwracam, zdaję się na przeznaczenie. Rychło w czas, co prawda, bo lepiej było się na nie zdawać, siedząc w domu na kanapie. Cóż mi jednak zostało?

Słowa i obrazy docierają do mnie jak przez szybę i w zwolnionym tempie. Widzę ojca Rejczel, słyszę, jak z nimi dyskutuje. Tytułują go kapitanem, mają respekt. Powinny płynąć mi po policzkach łzy radości, jak na filmach o dziewiątym maja kilkadziesiąt lat temu. Słyszę jego mocny głos: „Zostawcie go". Łzy nie płyną.

Podnosi mnie za kołnierz, jest mi wszystko jedno. Idziemy do metalowych drzwi. Wchodzimy w ziemny korytarz, mijamy ciekawskie spojrzenia umarłych. Pertraktujemy w ziemnym pokoiku, jestem nieobecny, jakbym był jednocześnie gdzie indziej, i w końcu faktycznie białe światło razi mnie w oczy, widzę zamazaną sylwetkę Chudej, jak się garbi, siedząc na krześle. Nie czuję się bohaterem, czuję się śmiertelnie zmęczony.

„Zrób to sam". Kobieta z POkiem poradziła kiedyś tak bezczelnie swojemu byłemu. On jeszcze nie był wtedy byłym, a ona nie była z Podbitym Okiem. Powiedziała tak, bo miała go już dość. „Czy ty się nazywasz Sam? No to gdzie się pchasz?" Bardzo by chciała opowiedzieć ten cały dialog, świadczący o tym, że jest odważna i nader dowcipna, to całe zdarzenie jakiejś swojej fajnej koleżance. Potem zbagatelizować brutalne zakończenie historyjki, zapalić papierosa, napić się koniaku, ustalić, że faceci są beznadziejni, same gnoje i złamasy, i posłuchać trochę, jak koleżanka swoje przygody opowiada. Tymczasem jest tylko papieros, dym wydmuchiwany do wyciągu w kuchni, samotne wspomnienia, krótkie wytchnienie od dziadka i tej nieszczęsnej pary; znowu jej się chce płakać, żeby miała fajną koleżankę, toby inaczej było. Nie mówiąc już o fajnym facecie, gdyby miała.

Wróciłem żywy, a ona niezadowolona. Mogłeś poczekać i mogłeś poczekać.

– Ty nie masz pojęcia, dziewczyno, co się tam dzieje w tej naszej piwnicy, to jest jakaś nekropolia, stolica trupów, Powązki przy tym to miasteczko powiatowe, czy ty wiesz, co ja tam przeżyłem?

– Cały mokry jesteś. – Coś jakby zaczęła się mną przejmować.

– No jestem, jestem, ledwo się uratowałem, a wiesz, na co się musiałem zgodzić, kto tu zaraz przyjdzie... – Nie zdążyłem dokończyć, bo drzwi się otworzyły i weszła Rejczel z Tatusiem. On jak zwykle konkretny i stanowczy.

– Macie cały dzień, przyjdę dopiero wieczorem. Odpowiadacie za jej bezpieczeństwo. Nie mogę za wami chodzić, bo trupa w dzień łatwo poznać. Zostawiam córkę z wami, ale nie chcę być w waszej skórze, jeśli coś jej się stanie. I żadnych papierosków ani popijania. – Pogroził nam wszystkim palcem.

– A ja i dziadek możemy już iść? – Wnuczka wychyliła się z kuchni, chowając za futrynę rękę z palącym się papierosem.

Kapitan Ojciec wzruszył ramionami.

– Róbcie, co chcecie, ale to mieszkanie będzie teraz w miarę bezpieczne, a pani dziadek ma sporo wrogów.

– Jest pan nieludzki! – wypaliła ni z tego, ni z owego Chuda. – Mógłby pan wszystkich ochronić, zatrzymać to wszystko, panu się nie chce.

Popatrzył na mnie pytająco. Uspokoiłem go zaraz, że to niczego nie zmienia, umówiliśmy się, jest *deal*, a z Chudą zaraz porozmawiam, bo miałem mało czasu, ona jest porywcza, ale dobra, i będzie dobrze, a nawet bardzo dobrze i gites.

On na odchodnym powiedział jeszcze, że niestety kompletnie mu się pomieszało, co jest ludzkie, a co nieludzkie. „Na szczęście jestem już tylko trupem, do widzenia".

– Jaki *deal*? – spytała Chuda, kiedy tylko zamknęły się drzwi.

Deal

Okazuje się, że opinia przechodniów nie jest mi zupełnie obojętna. Na przystanku tramwajowym wszyscy patrzą na Rejczel, na jej ubrudzoną ziemią jesionkę, na przedpotopowe buty i rajtuzy, a ja się trochę wstydzę, a nawet boję, że te wszystkie pełne niedowierzania spojrzenia spotkają się w końcu i nie będę umiał wytłumaczyć, dlaczego prowadzamy z Chudą żydowskiego trupa prosto z ziemi wśród żywych Aryjczyków prosto sprzed telewizora. Jakim prawem!? Zastanawialiśmy się, czy jej nie przebrać, ale Chuda jest tak chuda, że nawet na Rejczel wszystko byłoby za małe, a do tego jest wyższa, więc Rejczel powiedziała „nie", a na nasze nalegania zareagowała niepokojem, więc nie chcieliśmy jej płoszyć.

– Nie jest ci gorąco? – zagadnąłem półgębkiem, jakbym bał się zwrócić na nas uwagę.

– Trupy się nie pocą. – Westchnęła nad moją nieznajomością spraw. – Gdzie jedziemy?

– Do Arkadii – odpowiedziała jej Chuda. – Spotkamy się tam z moją znajomą z internetu, Chirico, nigdy jej nie widziałam, to będzie pierwszy raz. – Chuda się nie wstydzi, rozmawia sobie z przyprószoną ziemią, martwą dziewczyną na przystanku i wszystkich ma w dupie, fajna jest, fajniejsza niż ta wnuczka, co wolała zostać z Nostromo u nas w domu i gotować mu rosołek, nawet jej nie ciągnęliśmy. Wsiadamy do tramwaju, Rejczel rozgląda się z zainteresowaniem, ona pamięta inne tramwaje. Podoba jej się.

Ja postanawiam nadrobić to swoje durne zawstydzenie, więc tłumaczę nieproszony, co to takiego Arkadia, że to zamiast miasta. Łatwiej zbudować takie coś, niż odbudować prawdziwe miasto, a wszystko tam jest, sklepy, kawiarnie, księgarnie, pasaże, kina, co tylko chcesz, i w dodatku w prawdziwym mieście jest albo za zimno, albo za gorąco, a tam zawsze w sam raz. Przerwałem, bo teraz Rejczel czuła się skrępowana. Rozumiem, zamykam się, ona jest przecież warszawianką i nie chce, żeby wyglądało, że jej ktoś tu opowiada o mieście, jakby przyjechała ze wsi jakiejś.

Właściwie nie wiadomo było co robić. Małostkowy Kurdupel i jego koledzy siedzieli nadal w Lasku Bielańskim, dopijali resztki piwa i pluli przed siebie. Brakowało im rozrywki i choćby pozoru sensu. Hitler był dziś wyjątkowo niekreatywny, a oni standardowo raczej ograniczeni. Pewnie siedzieliby w takiej beznadziei dalej, gdyby nie... Wytrzeszczyli oczy i rozdziawili gęby: tuż przed nimi pojawił się najprawdziwszy niemiecki oficer. Pojawił się, zachwycił germańskim prostokątem twarzy, czerwonymi polikami i nosem, mundurem, zwalistością, bijącą z niego tępą bezwzględnością egoizmu, egoizmu jako sztandaru, Zjednoczone Egoizmy Europejskich Nadludzi, tysiącletnia Rzesza z jej tradycją zgarniania forsy, budząca zazdrość bezrefleksyjna buta, egocentryzm, plamy krwi na rękawie, swastyka, wrona, piwne brzuszysko nad skórzanym paskiem z mosiężną klamrą, złota obrączka, zegarek Doxa; rozpiął górną kieszonkę, wyjął papierośnicę, z niej papierosa, z kieszeni w spodniach zapalniczkę, zaciągnął się głęboko, wypuścił dym, oni patrzyli, a on przemówił:

– I czo? Polszkie male gówno, chcecze bycz nazisten?

– *Jawohl Oberkommandant!* – wykrzyczeli zachwyceni chłopcy, wyciągając z entuzjazmem ręce w ulubionym pozdrowieniu szubrawców.

Nieuświadomionym priorytetem K z Podbitym Okiem było przetrwanie. Powszechnie wiadomo, że dużo łatwiej przetrwać, kiedy działa telewizor, a już z kablówką to w ogóle luz. Na razie serial, dziadek zasnął, potem będą puszczać komedie romantyczne w bloku, obejrzy ze dwie, on sobie śpi, a ona właściwie też, przez parę godzin jej nie będzie. Szkoda, że nie mam popcornu – mignęła jej ostatnia samodzielna myśl.

Chirico ma trzymać w ręku pluszowego węża. Ja trzymam szczypce do makaronu. Chirico spodziewa się, że ze szczypcami koło fontanny siedzieć będzie *donna majestic*, czyli Chuda, ale Chuda musiała pilnie pójść do łazienki z Rejczel, coś jej się odkleiło, nie wiem co, gdzie, i nie chcę wiedzieć. Boję się tylko, że jak mnie ta Chirico zobaczy, pomyśli, że to jakieś oszustwo. Jeszcze się wycofa, a potrzebne nam wsparcie. Po tym, co odpisała Chudej na jej pełne goryczy podejrzenie o zdradę z mojej strony, nabrałem sympatii do tej Chirico. Napisała: „Nie wszystko, co wydaje się dowodem, jest nim naprawdę. Na przykład ja przyłapałam swojego brata, że myje ręce żelem do higieny intymnej. Ktoś by powiedział, że jest onanistą, ktoś inny, że poznał dziewczynę, a prawda jest być może taka, że tak mu coś tylko odbiło". Mądra z niej osoba, pomogła Chudej, i mnie lżej, od kiedy przeczytałem to przez ramię mojej donny majestic. Jest wąż! Ale coś mi się nie zgadza.

– Jesteś pedofilem? – Stoi przede mną góra siedmioletnia dziewczynka o azjatyckich rysach.

– Nie, jestem w zastępstwie. Możesz zadzwonić do donny majestic. – Wiem, że ma już do niej telefon, ale że jeszcze nie rozmawiały. Chirico wyjmuje różowo-czarną komórkę z różowej błyszczącej torebki ozdobionej trupią czachą ze szklanych brylantów, wybiera numer. W mojej kieszeni odzywa się infantylny dzwonek, który ustawiła sobie Chuda. No tak, oczywiście, jeśli Chuda nie chce brać torebki, a czasem się tak zdarza, to upycha mi po kieszeniach swoje telefony, dowody osobiste, karty miejskie, szminki, słuchawki, pudry, co ja jestem? Jakiś tragarz? Chirico przygląda mi się uważnie skośnymi, czarnymi oczkami. Wygląda jak mała Japoneczka z rysunkowego filmu, włosy ma związane w dwa kucyki, krótką spódniczkę przepasaną paskiem z ćwiekami, miałem kiedyś identyczny, różowe podkolanówki.

– Chirico to japońskie imię?

– Nie, to nazwisko malarza. Włoskiego.

Taka mała, a taka mądra – pomyślałem.

– Skąd mam wiedzieć, że nie jesteś pedofilem?

– Po prostu poczekaj tu ze mną, zaraz będzie Chuda, to znaczy donna.

Chciałem ją dopytać o korzenie skośności i żółtego odcienia, ale poprawność polityczna, którą zaszczepiła mi Chuda, właśnie przyniosła pierwszy plon, ugryzłem się w język i milczałem. Szkoda, bo ciekaw jestem, czy Wietnam, czy Chiny, a może jakiś bardziej oryginalny kierunek.

KZ siedział właśnie w Ogrodzie Saskim i rozmyślał, do czego mógłby wykorzystać moc płynącą ze srebrnego serca, a przychodziły mu do głowy same niecne pomysły, gdy zadzwonił telefon. Dzwonił Hitler. Miał propozycję. Amnestia, zgoda, powrót na łono faszyzmu, tylko niech przyjdzie do Lasku Bielańskiego i przyniesie ze sobą srebrne serce.

– Taki chuj – odpowiedział słodko KZ, któremu bezkarność dodawała pewności siebie. – Nie ufam osobnikom poniżej metra pięćdziesięciu.

– Mam metr sześćdziesiąt osiem – warknął wściekle Małostkowy Kurdupel – zapamiętaj to sobie!

– Ha, ha, ha – KZ zaśmiał się na to równie sztucznie, jak bezczelnie.

Hitler zmienił taktykę.

– Jest tu ktoś, kto chciałby cię poznać, wkraczamy w nową epokę, mamy wśród nas prawdziwego weterana, funkcjonariusza NSDAP, w mundurze, z doświadczeniem. Opowiadałem mu o tobie, jest bardzo ciekaw, mówi, że się przydasz. To jak?

KZ poczuł wreszcie to, czego pragnął przez całe krótkie i liche życie, był ważny, po całym ciele rozlewała się orgazmiczna błogość.

– Dobrze – zgodził się łaskawie. – Ale nie w lasku, tylko w Arkadii. – Małostkowy K jeszcze trochę grymasił, że ich nowy przyjaciel nie może się za bardzo pokazywać w takich miejscach, gdyż ma zabronione prawem naszywki, ale w końcu ustąpił.

– Arkadia, na parterze, w korytarzu, gdzie są toalety, za czterdzieści minut.

Taki kompromis, wprawdzie nie ma tam zbyt dużo ludzi, ale jest monitoring i do ludzi niedaleko.

Zaczęliśmy od lodów, myślałem, że trupy nie jedzą, ale jedzą, tylko Chuda colę light, a my po dużej porcji.

– Więc na czym polega ten *deal*? – zagadnęła Chirico prosto z mostu. Chuda chciała ją kopnąć pod stołem, ale niepotrzebnie, bo odpowiedziała jej sama Rejczel, wzruszając lekko ramionami, jak to się opowiada o fanaberiach rodziców.

– Mają coś zrobić, żebym się uśmiechnęła.

Chirico zamyśliła się na chwilę

– A co to? Jakiś obowiązek się uśmiechać? Po co niby masz się uśmiechać?

Rejczel westchnęła ciężko i zapatrzyła się w pucharek, w którym dłubała bezładnie długą łyżeczką.

– Tata by chciał, żebym poszła do nieba, tyle że tam przed wejściem wypada się uśmiechnąć, no a ja nie umiem. On też przeze mnie utknął.

– A inni, całe to podziemne miasto? – wtrąciłem się. – Co oni tu jeszcze robią?

– Różnie. Pod Warszawą zostali tylko ci, z którymi coś jest nie tak, najwięcej jest tych w szoku. Nie potrafią się pozbierać, niektórzy obrażeni na Boga nie chcą zrobić ani kroku dalej, różnie, niektórzy boją się, żeby, o zgrozo, wszystkiego nie zrozumieć, albo jeszcze gorzej, że będą musieli wybaczyć. Są i tacy, co pracowali w policji i w Sonderkommando, ci mają jeszcze inne powody, wszyscy tak czy owak utknęli. Czekają, żeby minęło trochę czasu, a po śmierci czas płynie inaczej. Mój ojciec to co innego, twardziel, zero szoku, był w powstaniu żydowskim, potem w polskim, wszyscy go szanują, został dla mnie, nie chce mnie zostawić tu samej.

Słuchałem Rejczel i narastało we mnie przekonanie, że dzieje się coś nieuchronnego. Tłumaczyła, że te nasze kłopoty to dlatego, że wydarzyło się coś dziwnego i dużo osób jest pobudzonych – już mało kto umie spokojnie przez parę dni poleżeć w piachu, wszyscy się kręcą, wiercą, jak człowiek, który nie może zasnąć. Utworzyła się grupa najbardziej zwichrowanych. Mają taką w sobie chęć, żeby wysłać na przemiał kogoś, kogo nie kochają. Widzieli, jak wysyłano tych, których kiedyś kochali, to teraz chcą zobaczyć tych, których nie lubią. Zaczynało mi się wszystko układać w głowie. Wrócił do mnie strach, który czułem w podziemiach, nie zatrzymam tego, niedobre myśli kłębią się w tysiącach żywych i martwych głów, i choćbym był jeszcze bardziej obojętny, niż jestem z natury i z całych sił, i przekonań, to oberwę nie mniej niż inni, mam gęsią skórkę, ale może to lody plus klima.

– I do tego magia – mówiła dalej Rejczel. – Coś się poruszyło, zaburza ład, czuje się, że wielka siła może trafić w złe ręce.

– A dlaczego ty się, Rejczel, teraz nie uśmiechasz? – Chirico podobała się opowieść, ale nie zrobiła na niej przytłaczającego wrażenia, bo raz, że nie była w piwnicy, a dwa, że nie takie filmy ściągała z internetu. – Zjadłaś lody i w ogóle fajnie przecież w tej Arkadii. Ja się zawsze uśmiecham, jak tu wchodzę.

Rejczel skrzywiła się lekko.

– Bo dziwnie na mnie patrzą. – Miała rację. Konsumenci przy innych stolikach z odrazą, gorzej, że obsługa z oburzeniem i poczuciem obowiązku, no i w końcu widzę, że idzie w naszą stronę dwóch ochroniarzy. No tak, to nie ich wina – usprawiedliwiam ich w myślach, Arkadia nie jest dla kloszardów i oberwańców, po to są, żeby ich wyrzucać, a Rejczel wygląda, jak wygląda. Podchodzą i informują, że ta pani musi opuścić, bo przeszkadza klientom, i że ją odprowadzą do wyjścia.

– Ale dlaczego? – Chuda trochę histerycznie.

– Bo przeszkadza innym klientom – odpowiadają swoją formułką.

– Ta pani zapłaciła za lody i ma prawo zjeść je do końca – zauważam tonem tylko trochę zaprawionym adrenaliną. Pomysł teoretycznie dobry, ale lody już praktycznie zjedzone, co jeden z nich wskazuje grubym paluchem.

– O rany! – wtrąciła się Chirico bardzo głośno: – Czy my, proszę pana, wyglądamy na żuli?

– Wy nie, ale ta pani... – wskazał na Rejczel – ...przeszkadza innym klientom.

– Ale ta pani jest harcerką z grupy rekonstrukcyjnej! Była przed chwilą na państwowych obchodach! Ściskała rękę pani prezydent miasta, a wy ją chcecie wyrzucić?

Lekko zbaranieli. Bystra ta Chirico.

– To będzie straszny skandal – dodałem. – Nie tylko wy, ale i wasz szef będzie się tłumaczył mediom.

– Zaraz pójdę się przebrać, nie chcę nikomu przeszkadzać – powiedziała ze smutną miną Rejczel.

Prawdziwa aktorka, w lot wyczuła, o co chodzi – pomyślałem z podziwem i zaraz też uświadomiłem sobie, że nie takie numery musiała odstawiać, jeśli się kiedyś ukrywała. Jeden z panów odszedł na moment, aby skonsultować się przez krótkofalówkę.

– Dobrze, przepraszamy państwa. – Zdobył się nawet na krzywy uśmiech. – Ale jak już pani zje lody – spojrzał wymownie na pusty pucharek – to proszę pójść się przebrać, musimy dbać o komfort naszych klientów.

Poszli.

Idąc do Arkadii, KZ zdążył wykorzystać moc srebrnego serca do następujących czynów: a) celowo zderzył się ramieniem z nadchodzącym z przeciwka osiłkiem, po czym głośno zakwestionował jego heteroseksualizm, osiłek tylko patrzył i dziwił się sobie; b) bezczelnie złapał za tyłek prowadzącą wózek z dzieckiem atrakcyjną trzydziestolatkę: stała potem z szeroko otwartymi oczami, nie mogąc wydobyć z siebie słowa. KZ odchodził tyłem i parodiował ją, równie szeroko otwierając oczy; c) dosiadł się na ławce do zakochanej pary, obmacał dziewczynę, pstryknął w nos oszołomionego chłopaka, na odchodnym zaklasyfikował dziewczynę oraz matkę rzeczonego chłopaka do jednej, najstarszej ponoć kategorii zawodowej.

Po tej serii radujących jego coraz gorszą duszę sukcesów stanął przed głównym wejściem do Arkadii.

Nie było mowy, żeby pozwolili Rejczel skorzystać z przymierzalni. Chuda i Chirico chciały się awanturować, ale zaprotestowałem, nie chciałem już dziewczyny narażać na upokorzenia, miała się zacząć śmiać, a nie płakać. Wystarczy, że nasza skośnooka mądrala zapytała ją o matkę, i chociaż myślałem, że trupy nie płaczą, to okazało się, że i owszem, i nawet bardzo, i nawet nos muszą wycierać, i się z tym płaczem chcą schować w dowolne objęcia, więc ją objąłem i czułem, jak jej nieżywa głowa podskakuje mi na piersi, a moja zdrowa obojętność niebezpiecznie topnieje. Stanęło na tym, że dziewczyny pójdą kupić ciuchy na oko, a ja zaczekam z nią przy łazience. Nie pomyślałem, że w takim miejscu może jej zagrozić Ktoś Zły, więc zostawiłem ją na chwilę w korytarzu i poszedłem się odlać.

Ktoś Zły wszedł w korytarz, w którym były wejścia do toalet. Kiedy znalazł się mniej więcej w połowie, w miejscu, gdzie korytarz przechodził w niewielki hol, na przeciwległym końcu dostrzegł nadchodzącego Hitlera z chłopakami i... zaniepokoił się; wkoło żadnych innych ludzi, tylko dziwnie ubrana dziewczyna. Na wszelki wypadek schował się więc za stand reklamujący środki przeciw biegunce. Naprawdę szedł z nimi jakiś tłusty, paskudny szwab. Nie wiadomo, czy srebrne serce na niego podziała, po co ryzykować. Zaczął się bać. Parę godzin bez strachu i znowu to samo. Nie ma innego sposobu, żeby sprawdzić, niż sprawdzić. Musiałby wyjść i walnąć szkopa w pysk, ale po co? Za dużo ma do stracenia. Jego szybko biegnące myśli zakłóciła czyjaś obecność, czyjś strach tuż obok. Koło niego schowała się ta dziwnie ubrana dziewczyna. Patrzyła mu w oczy, gdzieś już ją widział, skądś ją zna.

– Tu zaczekajmy – usłyszał głos Hitlera. – Na pewno się spóźni, szmaciarz.

– Ja, ja, Polaken, spózna szwajne!

Dziewczyna przysunęła się bliżej, jakby się chciała przytulić.

– To Fritzl – powiedziała bezgłośnie, przerażona, ale on dobrze usłyszał jej głos, poznał go.

– To ty mnie straszyłaś ze studzienki – wyszeptał. Pokiwała energicznie głową, a w jej oczach dostrzegł nadzieję. – Ty nie żyjesz – mówił powoli, jak ktoś rozwiązujący zagadkę. Pokiwała głową, a w jej oczach pojawił się strach, że ta prawda ją dyskredytuje. KZ zaczął dedukować. Trup, studzienka na terenie getta, żydówa jak nic, może dałby ją im jako fant na zgodę, byłaby dobra zabawa.

– No, gdzie on jest? – zaczęli się niecierpliwić, chociaż nie czekali nawet pięciu minut. Nie są do niego dobrze nastawieni. W przeciwieństwie do niej. Od razu widać, że na niego leci. KZ nie jest może superdoświadczony, wystarczająco jednak, aby zobaczyć w niej tę nadzieję na kino, kawiarnię i spacer, romantyczne sceny w deszczu, liściki, wycinane na ławce inicjały. Jest bystry, potrafił już parę razy wykorzystać takie zapatrzenie. Spojrzał na nią swoim najbardziej uwodzicielskim wzrokiem i natychmiast zobaczył w jej naiwnych oczach efekt. Dziewice są najgłupsze, człowiek się tylko ubabrze, nic nie potrafią i zamiast podziękować, to im się wydaje, że jakieś braterstwo krwi zawiązały albo że nie wiadomo jaki skarb oddały, a potem wiecznie płacz i niedowierzanie. Patrzył na tę małą i już to wszystko widział, miał nad nią ogromną przewagę. Śmiech go ogarniał, że tak się jej wtedy wystraszył. Chłopcy coraz bardziej się irytowali, nie lubią czekać, co chwila określali go jakimiś brzydkimi przymiotnikami, a on po każdym bluzgu robił zdziwioną i śmieszną minę, dzięki czemu dziewczyna poczuła się z nim w zmowie i ze słabo ukrywaną ekscytacją zauważyła, że jest podrywana. Nie wyda im jej teraz, bo jeśli wyjdzie z ukrycia w żydowskim towarzystwie, Hitler może to wykorzystać przeciw niemu. Inny plan. KZ wyciąga komórkę i pisze SMS-a: „Gdzie jesteście? Czekam na parkingu H-1". Dziewczyna patrzy w niego jak w obraz.

– Nie no, kurwa, co za cwel, na parkingu na nas czeka, chodźcie.

Poszli. KZeta opuścił strach, zło wylazło w nim ze wszystkich zakamarków, otrząsając się ze strachu jak pies z deszczu. Rejczel przysuwała się do niego, bezbronna całą swą nastoletnością. KZ uśmiechnął się szyderczo. Wydymać żydowskiego trupa – pomyślał. Wydymać i porzucić tam, gdzie jego miejsce, spenetrować trzonkiem łopaty, obsikać, zakopać na cmentarzu i zaprosić do tego wszystkich chłopaków, kto to zrobi, jest w oddziale, poćwiartować szpadlami, żeby się ten Niemiec cieszył, albo nawet spalić, bo to upiór przecież, nie będziesz, żydowska zmoro, polskich chłopców prześladować. Nie była to myśl, która przychodzi nie wiadomo skąd, oburza nas i nie daje się przegonić, nie było to też ćwiczenie z wyobraźni, była to prawomocna myśl poprzedzająca czyn, myśl, której nie da się wyprzeć na Sądzie. Nie była też ta myśl niczym w Warszawie nowym i zaskakującym. Należała ta myśl do wielkiej rodziny myśli wypowiedzianych i wykonanych tak wiele razy na tak małej przestrzeni, że system immunologiczno-mistyczny miasta zareagował natychmiast. Nic więc dziwnego, że gdy tylko wybrzmiała do końca owa myśl, wewnątrz KZeta raptownie zaczęło rosnąć coś naprawdę złego. Rosnąć i pęcznieć, wypełniać go i zastępować. Każda niedostatecznie zła cząsteczka musiała ustąpić nowej, w pełni złej. Stawał się zupełnie zły, trawiony piekącym bólem rozstawał się ze sobą i z człowieczeństwem. Jeszcze przez chwilę czuł swój zwykły, dziecięcy strach, ale i on wyparował bezdźwięcznie przez pory w skórze, wypchnięty razem z innymi ludzkimi resztkami ciśnieniem narastającego przyczółka piekła. Sam KZ ocknął się jeszcze na moment w innej rzeczywistości, poczuł, że spada, i zniknął w płomieniach, wróciło do niego wszystko, co miał wcześniej, w największej porcji strach i ból, sporo żalu, nienawiści itd., nie warto się nim więcej zajmować, bo stamtąd, dokąd trafił, nie ma powrotu. Problemem jest to, co albo kto będzie teraz łazić odziany w jego skórę ze srebrnym sercem w kieszeni. Nazwijmy go Zupełnie Złym.

Wyszedłem z kibla, ale nie widzę Rejczel, już miałem biec w panice, szukać, dawać ogłoszenie przez megafon, kiedy ona jakby nigdy nic wychodzi sobie zza reklamy środków przeciw rozwolnieniu, a z nią nikt inny, jak nasz fakir, tylko jakiś odmieniony. Sprawiał wrażenie kogoś zupełnie złego. Bierze Rejczel wcale nie czule za kołnierz, pokazuje zęby w okrutnym uśmiechu.

– Biorę tę małą na cmentarz, zobaczę, co ma pod jesionką, a potem tak ją sprofanuję, żeby...

Nie mogłem tego słuchać.

– Jak ci zaraz jebnę – mówię, a on taki pewny siebie, podchodzi do mnie i pstryka mnie w nos. Rejczel patrzy na niego rozanielona. Jak ci tak dobrze, to może od razu się uśmiechnij – pomyślałem.

– A teraz ja ją zabiorę, a ty będziesz tu stał przy kiblu i się zastanawiał, jak to możliwe – powiedział do mnie i nie wiem, co sobie myślał. W głowie brzmiały mi słowa Rejczel o czarach i sile, przed oczami zobaczyłem ruiny Warszawy i osmalone ciała, o które niedawno się potykałem. Co on sobie myślał, że ja jakimś cwelem jestem. Nie lubię się wtrącać, ale są jakieś granice; tak go pierdolnąłem, no, takim cudnym sierpem, że powinienem wystąpić o nagranie z monitoringu, może sami wpuszczą do internetu, mam nadzieję, aż poleciał na ziemię, a że nie jestem taki znowu rycerski, to podbiegłem i jeszcze z fleka go, i bach, i bach. Zrobiłbym mu krzywdę i może wcześniej bym sobie przypomniał o srebrnym sercu, co mi ukradł, ale Rejczel na mnie skoczyła i zaczęła go bronić. Chwilę później patrzę, a tu biegną na nas jacyś skinole, złapałem Rejczel za rękę i w nogi. To wszystko.

ZZ w odróżnieniu od KZ wiedział o srebrnym artefakcie właściwie wszystko. Wiedział też, że i bez tego serca nie musi obawiać się Fritzla. Większe zło rządzi mniejszym. Chłopaczki takie grzeczne. Zastali go z rozbitą gębą zwiniętego na podłodze, a są posłuszni i ulegli. Kiedy więc spotkał pułkownika, odesłał całą bandę z Hitlerem na czele. Zeszli na parking. To nie dla gówniarzy widok, mogliby jeszcze nie zrozumieć. Za wcześnie. Podają sobie ręce z Fritzlem, he, he, ha, ha, he, he, koledzy. Pułkownik na wszelki wypadek salutuje po hitlerowsku i stuka obcasami, ale minę ma niewyraźną, wie, że zło wymaga hierarchii. ZZ łapie go za wyciągniętą rękę, obraca w tanecznym piruecie, popycha lekko i już Fritzl leży brzuchem na masce samochodu VW Golf. ZZ nadludzką siłą zdziera mu jednym szarpnięciem szare wehrmachtowskie portki i bez specjalnego rozkoszowania się widokiem wielkiej, różowej, narodowosocjalistycznej dupy pakuje mu ogromny, rozgrzany do czerwoności metalowy świder, w który aktualnie zamieniło się dawne, przeciętne dość prącie KZeta.

– Błagam – jęknął Fritzl, ale jak to między złymi, ZZ włączył udar.

Jak ty to zrobiłeś i jak ty to zrobiłeś. Rejczel nie mogła wyjść z podziwu, przecież on miał srebrne serce.

– No miał, złodziej jeden – mówię. – Miał, bo mi ukradł.

– Nikt nie potrafi uderzyć kogoś ze srebrnym sercem – wyrecytowała. – Srebrne serce to bezkarność i władza.

Wzruszyłem ramionami. Zdzwoniliśmy się z dziewczynami, z przebierania już nic nie będzie, bo po kiblach szaleją skinheadzi. Rejczel też ma na dzisiaj dosyć. Wracamy, przymierzy ciuchy w domu. Z Chirico będziemy w kontakcie tel & int. „Do jutra, pa, pa". Sami wracamy taksówką. Taryfiarz kręci nosem. Uspokajamy go tekstem o grupie rekonstrukcyjnej, więc udaje, że rozumie i okej. Byle do domu, wszyscy zmęczeni. Rejczel zadumana patrzy przez okno i nie widzi mijanej Warszawy, tylko smaruje palcem serce na szybie. Do uśmiechu to nam daleko, a ja w dodatku jestem głodny.

Pułkownik Fritzl odchodził na szeroko rozstawionych nogach, każdy krok podkreślał syknięciem i cierpiętniczym skrzywieniem twarzy.

– Spotykamy się tu jutro o tej samej porze! – krzyknął za nim ZZ. – Nikomu nie powiem, kotku! To zostanie między nami. Chyba że...

Fritzl zatrzymał się i odwrócił.

– Co chyba że...?

ZZ rozejrzał się teatralnie wokół.

– Tu wszędzie są kamery, skarbie, jutro cały świat pozna naszą tajemnicę, chyba że pójdziesz do pokoju, gdzie się to wszystko nagrywa, i załatwisz sprawę.

Fritzl sapał ciężko.

– Nie możesz ty pójść? Masz srebrne serce, sami ci wszystko oddadzą.

– To by było zbyt mało brutalne – powiedział ZZ, ale w skrytości ducha niepokoiło go, że trafił się ktoś, kto przełamał czar. Może coś przestało działać, musiał się uspokoić i zebrać myśli.

– Ja nie mogę – upierał się Fritzl. – To zakazane.

– Ach, ci Niemcy – westchnął ZZ. – Nawet złe rzeczy muszą robić zgodnie z prawem. Możesz, tłumoku, skoro tamci zaczęli się czepiać żywych, to i ty możesz, rozumiesz? Mam ci podpisać rozkaz?

– No i co, jak tam, jak tam? – ojciec przepytuje nas i córkę, jak tylko ojcowie i martwi żołnierze potrafią, sucho i bez sensu. Rejczel mówi, że jeszcze chce przymierzyć ubrania, a on kompletnie nic nie rozumie i znowu swoje: – Ale jak tam, jak tam i co?

– I jajeczko – odpowiada mu Chuda. – Daj dziewczynie poprzymierzać ubrania.

– Jeszcze zdąży, musimy iść.

– Panie kapitanie – wtrącam – może pan się herbaty z rumem napije, musiał pan zmarznąć w tych podziemiach. Zostawmy dziewczyńskie sprawy dziewczynom – przekonuję jak jakiś mądry, doświadczony człowiek. Zgodził się. Przez chwilę myślałem jeszcze, czy aby nie zostało trochę amfy, żeby mu dosypać, ale odpowiedzialnie odstąpiłem od tej myśli, bo chyba nie zostało.

– Zapaliłbym cygaro – rozmarzył się kapitan.

– Mam papierosy – zgłosiła z zaangażowaniem wnuczka.

– Jakie?

– Marlboro lajty.

– Co to znaczy lajty?

– No, że są lajty.

Skrzywił się trochę, poczęstował, powąchał, urwał filtr, wsadził papieros do srebrnej fifki i podpalił bardzo fajną benzynową zapalniczką. Rejczel poszła z dziewczynami przymierzać, a ja siedzę przy herbacie z rumem i papierosie z weteranem drugiej wojny światowej i tak sobie myślę, o czym z nim tu, kurde, rozmawiać.

ZZ miał ciało i pamięć KZeta, nawet po norwesku pamiętał kilka słówek, siedział w pozycji kwiat lotosu i myślał o chłopaku tej suki, która mu nie zapłaciła za jogę. Ma dar. Nie działa na niego srebrne serce. ZZ dotykał językiem bolących miejsc w obitej jamie ustnej. Kiedy tylko te kloce wyjdą ze szpitala i oddział odzyska sprawność bojową, uderzymy na mieszkanie, pomagier żydowskich trupów się znalazł, może i Fritzla weźmiemy, ma doświadczenie bojowe – myślał, próbując oddzielić zło od emocji.

Pojawienie się Rejczel, która szła się przejrzeć w dużym lustrze w przedpokoju, wybawiło mnie i Kapitana Ojca od męskiego surowego milczenia i przerwało nasze nienaturalne rozglądanie się po mieszkaniu. Rejczel wyglądała bardzo współcześnie i trochę podobnie do Chirico. KO nie załapał tej współczesności i aż się zerwał na równe nogi. Pomyślał, że jaja sobie z jego córki robimy – co to, jak to, co, no? Bo faktycznie bardzo to do niej pasowało, trupie czachy i czernie nawiązywały do cmentarnego pochodzenia, a infantylne róże i błyskotki do młodego wieku.

– Tak się teraz chodzi, spokojnie.

– Co spokojnie? Jak? Co spokojnie? One tak nie chodzą. – Pokazał na Chudą i wnuczkę.

– No tak – próbuję uspokajać – bo one są trochę starsze i każda w innym stylu.

Nie zrozumiał. Gasi nerwowo papierosa i każe się Rejczel przebierać z powrotem w te piwniczne, wilgotne łachy. Nic dziwnego, że ona nie chce, tupie nogą i w końcu w płacz, zaczyna tak szlochać, takich spazmów dostała, że nawet wnuczka i Chuda mają łzy w oczach, bo ja to jak zwykle, tak jak przy filmach, cały zaryczany od razu razem z nią, tym bardziej że magiczny ten jej płacz, nie naturalny, nie wywołany kwestią mody, ale opłakujący co innego, coś o wiele poważniejszego, ubranie to błahy pretekst, incydent, płacz jak ocean, jak wojna.

– Przestań – prosi ją ojciec. – Chcesz to nosić, to noś. – Kapituluje szybko, ale i tak za późno, obejmuje ją, przytula, lepiej późno niż wcale. Ja też obejmuję Chudą i pociągam nosem. Wnuczka patrzy na nas smutnie szklanymi oczami i ze skrywanym wyrzutem. Tylko Nostromo jakby nigdy nic coś tam pierdoli z podłogi, że też by herbatki z rumem chętnie.

Kobieta z Podbitym Okiem jest silna i nie przyjmuje do wiadomości, że może być od kogoś gorsza. Nie jest głupia i wie, że niektórzy mają ją za gorszą. Nienawidzi tego. To obrzydliwe i niezrozumiałe, wypływa ze zła jej zdaniem, więc mogłaby to zło zabić w imię równości, a właściwie we własnym imieniu, w imieniu takich babek jak ona, no bo czemu ta tutaj tak zadziera nosa, no co? Że chuda jest jak patyk? Czy że czyta książki? A może że ma faceta? Tego faceta to akurat i ja miałam – myślała rozgoryczona, a już najbardziej nie mogła darować tego, że i on się wywyższa, to ją naprawdę bolało. I dziadka traktują jak śmiecia. Kim oni są?

Gdy tylko szloch trochę ustał, Chuda zaproponowała, że można by na jutro zrobić coś jeszcze z włosami Rejczel, podciąć, upiąć albo chociaż uczesać. Kapitan Ojciec spiął się na takie propozycje, myślał chyba, że to znowu może być powód do płaczu, ale cóż ojciec może wiedzieć o powodach do płaczu.

– Tylko że mi już strasznie dużo włosów wyszło. – Rejczel trzymała się za kosmyk i kręciła głową. – W końcu leżą ze mną w ziemi już ponad sześćdziesiąt lat – wyraźnie zażartowała, a Chuda, o dziwo, śmieje się głośno i o jeszcze większe dziwo widzę, że Rejczel trochę kokietuje, a tak naprawdę chętna jest bardzo na to robienie czegoś z włosami. Wnuczka też podeszła do niej, wzięła od niechcenia jej dłoń, przyjrzała się przez chwilę.

– Ja ci potem zrobię paznokcie, nie możesz takimi straszyć.

Popatrzyliśmy na siebie z KOjcem, chciał, nie chciał, musimy wrócić do herbaty z rumem i spróbować o czymś pogadać.

– To ile dokładnie tak już pod ziemią? – zagadnąłem, siadając ciężko.

Kapitan O miał wygląd i postawę żołnierza, nie weterana, kogoś, kto tylko na chwilę odłożył stena, żeby zajarać fajkę, i zaraz wraca walczyć ze złem – twardy, doświadczony cierpieniem, z pustymi oczami rekina mściciela, bez oczekiwań co do własnego losu. Rejczel musiała zginąć przed nim – pomyślałem, a on aż drgnął na tę moją myśl, przymrużając oczy, spojrzał na mnie przez papierosowy dym. Wyobraziłem sobie, że i ja mam broń i jestem jego kolegą, wypalimy i wracamy na posterunek w dymiące ruiny, zapolować na łowców głów, patrzeć z lubością, jak zdziwieni krwawią od naszych razów. Nie byłbym do tego gotów, uśmiechnąłem się przepraszająco. Byłem tam przez moment i mało się w gacie nie zesrałem, *sorry, captain*, siorbnąłem herbatki. W tym momencie w pokoju obok erupcja kobiecego śmiechu, Chuda i wnuczka jednocześnie. Kapitan przestraszył się bardziej niż wybuchu pocisku, zmieszany, nie wie co i jak, śmierć musiała go zastać w samym środku bezwzględnej walki, kobiece śmiechy, choć są źródłem nadziei, wydają mu się niedorzeczne. To straszne – myślę sobie, patrząc, jak niezdarnie i łapczywie nasłuchuje, czy aby nie usłyszy śmiechu Rejczel, ale nie, ona gada tylko coś głośno razem z nimi. Biedny, od tylu dziesiątek lat emocjonalnie zastygł w środku strzelaniny i tak skonfigurowany do walki musi opiekować się córką, znosić jej nastoletnie dąsy, dbać, pocieszać, być delikatnym. Zamiast wbić bagnet w bawarskie brzuszysko pełne ludzkich podrobów i kanibalskich kolek, sztywną ręką gładzi matowe włosy swojego niewiniątka. Ze mną też mu nie idzie, bo na takich cywilów szkoda mu czasu, no ale Rejczel to jego zadanie i obowiązek, więc się do mnie krzywo uśmiecha i na krześle się kręci.

– Naleję też staremu – mówię, pokazując głową w stronę podłogi i dziadka.

Kapitan Ojciec położył mi szorstką, zimną jak podłoga w piwnicy dłoń na przedramieniu, lekko uścisnął, a ten uścisk, chłodny i automatyczny, przeszył mnie dreszczem. Tak sobie wyobrażałem uścisk trupa, wzdrygnąłem się mimo woli, nie musiałem przepraszać, jego byle drobiazgi nie wzruszają.

– Rób, co chcesz, ale dopiero jak wyjdę. Jeśli mu nalejesz teraz, to będzie, że z nim piłem, a nie chcę. Jasne?

– Jasne – odpowiedziałem i znów mimo woli spojrzałem na jego zaciśniętą dłoń. W oczach KO pojawiła się iskierka rozbawienia, zwolnił uścisk. I tak sobie miło siedzimy, ja znów rozglądam się po własnym mieszkaniu, jakbym mógł coś ciekawego wypatrzyć.

– A to prawda, że zaraz przy murze getta stała karuzela? – wypaliłem jak kto głupi i on patrzy na mnie jak na kogo głupiego, a Nostromo rzęzi ze śmiechu.

Cisza. Nic mi nie odpowiada, tylko tak patrzy, chyba nie chce się wypowiadać na taki niepoważny temat jak karuzela, ja brnę dalej:

– Jeśli faktycznie działała podczas likwidacji... to... – Oj, nie wychodzi mi ta rozmowa.

– Chcesz znać prawdę o tamtych czasach? – pyta i patrzy pustym wzrokiem. – To pójdź jeszcze raz na wycieczkę, tylko nie wracaj tak szybko i weź ze sobą bliskich.

Przyjemniaczek. Ja mu tu chamowatych absztyfikantów córeczki skutecznie obijam, ryzykuję na miarę naszych czasów starcie z watahą neonazistów, a on... Wzruszyłem ramionami, przyjąłem pozycję zamkniętą i siedzę naburmuszony. Co, mam żałować, że żyję w pokoju, w Unii Europejskiej, w NATO, w anorektyczno-ekologicznym porozumieniu sił Zachodu, w globalizacji kolorowych fotografii, że dostępne są prezerwatywy z różnymi bajerami, że w kółko oglądam filmy o dyskryminacji czarnoskórych w Ameryce, chociaż nie znam żadnych czarnoskórych osobiście i nigdy nie byłem w Ameryce, i nawet mogę napisać oświadczenie, że mimo to jestem już od dawna przekonany o tym, iż dyskryminacja czarnoskórych jest niesprawiedliwa, ale oni i tak co drugi film na ten temat dalej puszczają; że Chuda ciągle siedzi w internecie mam żałować, że są fajne centra handlowe, że zamiast patefonu z trąbą i szafy z płytami mogę nosić w kieszeni taki malutki dzyndzelek podpięty do słuchawek, że zamiast socjalizmu prowadzącego do komunizmu jest wegetarianizm prowadzący do weganizmu, że chłopi na wsi muszą się liczyć ze swoimi kundelkami i dbać o ich szczęście oraz o godne życie i śmierć dla zwierząt rzeźnych, że zupełnie nie wiem, dlaczego zaczęły mnie obchodzić prawa gejów i lesbijek, chociaż mam ich kompletnie w dupie, że na kler się patrzy z przymrużeniem oka, byle dzieci nie ruszali, że polskie wojsko pierwszy raz w dziejach to hufce kombinatorów i tłustych, strachliwych bab, że ludziom masowo odbiło i nagle postanowili być zdrowi, biegać, jeść sałatę, nie palić, no co, mam żałować tego wszystkiego?

– Że Żydów nie ma – dodał Nostromo.

Powinienem zareagować ostro, tylko nie wiem jak wobec chorego staruszka.

Pojawiła się Rejczel i dziewczyny. Włosy podcięte, ułożone, nie widać prześwitów, coś tam sobie mówią, że teraz to można dopinać itd., i że załatwią, trajkoczą jak trzeba, jak w normalnym życiu, paznokcie pomalowane.

– No, czas na nas – mówi KO.

Wychodzą.

– Ale zada szyku w piwnicy – zażartowałem, kiedy wyszli, i znowu te spojrzenia pełne dezaprobaty. – No co? Muszę ćwiczyć – tłumaczę pełen obaw, że moje poczucie humoru zrobiło się nieteges ostatnio. – Ta dziewczyna ma się śmiać.

Pan Jerzy Rosiak, pracujący jako ochroniarz, siedział w niewielkiej pakamerze bez okien, za to z wieloma ekranikami. Grał w grę zręcznościową, którą wgrał mu na telefon komórkowy jego bratanek Adrian, rezolutny trzynastolatek. Wtem otworzyły się drzwi, a w nich... nawet nie kierownik ani nie nielubiany kolega, w drzwiach stał hitlerowski żołnierz z gapą na czapce i mierzył do niego z pistoletu. Chwila ciszy. Zamarli tak w tej filmowej scenie, po czym

Niemiec wolną ręką zaczyna gmerać w kieszeni płaszcza, wyciąga karteczkę, rozwija ją niezdarnie, mruży oczy, nie może przeczytać. Jerzy Rosiak, którego wzrok też już nie jest idealny, ściąga z nosa okulary, które włożył do gry, faszysta skwapliwie wkłada podane binokle i czyta:

– Masz nagrana bojka obok kibel und incident na parking?

– Ja nie wiem – odpowiada, uśmiechając się przepraszająco pan Jerzy. – Ja tu tylko pilnuję, tak mnie posadzili, nie znam się na tych wszystkich. – Wskazał ruchem głowy ekrany i tablice z pokrętłami.

– *Los! Los! Schnell!* – Szwab nie ma ochoty na dyskusje; mając po drugiej stronie lufy bezbronnego Polaka, poczuł się jak wygłodniały narkoman, który wreszcie dostał działkę. Pan Jerzy znał te słowa z filmów, znał też takie sytuacje; obudził się w nim instynkt, pamięć komórkowa o wojnie, zachowane głęboko w mitochondriach odruchy przetrwania, nie zamierzał protestować, sam nie wie, skąd wiedział, co robić. Zamierzał oszukiwać. Rzucił się natychmiast do pokręteł i przycisków, operuje nimi na chybił trafił, spogląda na ekraniki, jakby spodziewał się na nich coś zobaczyć.

– To trochę potrwa – mówi przez ramię – mamy tu tyle nagrań, że... normalnie... aż trudno coś znaleźć.

– *Ausweis!*

Patrz pan, ile człowiek zna słów po niemiecku – pomyślał Jerzy Rosiak i podał szwabowi dowód osobisty. Ten korzysta z okularów, czyta bezgłośnie, ruszając ustami, chowa dokument do kieszeni i wymachuje pistoletem, krzyczy:

– Cala familia kaput, sonszedy, kinder, frau, alles kaput. Jutro! – Pokazał palcem ekran, sięga po karteczkę. – Masz nagrana bojka obok kibel und incident na parking, jutro. *Alles klar?*

– Okej, okej – uspokaja Jerzy Rosiak. – Tylko dowód mi oddaj.

Nie oddał.

– To chociaż okulary, ty złodzieju.

– *Ruhe!* – wrzasnął nazista, zamachnął się kolbą pistoletu i uderzył polskiego ochroniarza w prawie nową komórkę, którą ten zasłonił odruchowo twarz. Kiedy tylko Niemiec wyszedł, Jerzy Rosiak przystąpił do akcji, poskarżył się przez krótkofalówkę, że został napadnięty przez jakiegoś niemieckojęzycznego świra z grupy rekonstrukcyjnej i że ten zabrał mu dowód osobisty, okulary i zniszczył telefon. Podjęty przez kolegów pana Jerzego niemrawy pościg nie przyniósł rezultatu. Najgorsze, że kradzież dowodu musi zgłosić na policję, a nie chce mu się tam łazić.

Położyliśmy się do łóżka z Chudą, wnuczka na kanapie w salonie obok dziadka.

– Co za dzień, mam nadzieję, że jutro będzie lepiej – wyszeptałem Chudej do ucha i poczułem wyraźnie zapach jej głowy.

– Masz mnie za głupią – powiedziała i odwróciła się do mnie plecami.

– Co? – pytam inteligentnie i dotykam dłonią jej talii. Nie poruszyła się, wyczuwam ten obrażony bezruch, znam to drewniane zastyganie.

– Jak to się skończy, to odejdę – powiedziała, a moje próby konwersacyjnej akcji ratunkowej ucięła zdecydowanie: – Chcę spać.

Zbierałem jeszcze nerwowo myśli, aż usłyszałem jej miarowy oddech. Zasnęła. Może nie jest tak źle, skoro zasnęła. Może tylko tak straszy. Ja też sobie zasnę – pomyślałem. Zobaczymy, co będzie jutro. W tym momencie coś zagulgotało, warknęło, charknęło, a po chwili zamieniło się w regularne BARDZO głośne chrapanie – może by zanieść tego Nostromo do piwnicy i mieć spokój – zdążyłem pomyśleć, zanim dołączył drugi, wyższy głos, chrumkająco pojękujący, to ona, dziewczyna z pięknym biustem. Po co mi to było, po co ja sobie tę dwójkę na kark ściągnąłem? Leżę na wznak, patrzę w sufit, próbuję nie słuchać podwójnego chrapania. Nie zasnę. Prześcieradło parzy mnie w plecy. Jedyny z całego towarzystwa się nie wyśpię. To już druga noc z rzędu.

Więcej

Obudził mnie szczęk naczyń i zapach jajek smażonych na boczku. Jestem niewyspany, znów miałem porywający sen z białym światłem w roli głównej, tym razem przeszedłem sam siebie, bo w tym śnie nie było nawet Chudej, tylko ja sam. Leżałem i gapiłem się na powiewającą w uchylonym oknie firankę. Przez cały sen gapiłem się bezmyślnie i zastanawiałem, kiedy przyjdzie Chuda. Na zegarku siódma czterdzieści siedem, a więc spałem niespełna trzy godziny, jestem nieprzytomny, a mimo to od razu wiem, że to nie Chuda jest w kuchni, nie muszę jej nawet odgrzebywać spod kołdry, w którą się zawinęła, i tak wiem, że jest na mnie wściekła. Nienawidzi zapachu smażenia, a jeszcze bardziej dudnienia garami o świcie. Wreszcie mogę doświadczyć tego, co ona, bo zawsze to ja smażę i hałasuję, tym razem jestem ofiarą wraz z nią, ale ona mnie do swojego towarzystwa nie dopisuje, zatyka sobie uszy kołdrą, kołdrą izoluje się od kuchennych aromatów i pewnie nie ma już tam czym oddychać, więc jest coraz bardziej rozżalona i obrażona, a ja jestem zdrajcą, bo to ja wpuściłem tu tę cycatą babę, nie wspominając o łóżku, na które nie ma dowodów, a ja się jej nie przyznaję, i nie raz przecież sam smażyłem i szczękałem, więc wprawdzie nic nie mówi, tylko zaczyna tam pod kołdrą ciężko sapać z braku powietrza, ale ja to sapanie sobie moim intuicyjnym translatorem tłumaczę na – idź do niej, proszę bardzo, przecież chętnie zjadłbyś jajka na boczku, idź, usiądźcie sobie w kuchni i napierdalajcie w garnki oraz inne naczynia, jak każda normalna rodzina, przecież jest wesoły poranek, czas przykładnych śniadań, idź się wytarzaj w tych jej cycach, idź i pozwól mi tu umrzeć pod kołdrą… tylko pamiętaj, z nią staniesz się zwykłym glazurnikiem, pół roku takich śniadań i jedzenia rosołu punkt czternasta, a wyrosną ci wąsy, wygładzi ci się tym samym kora mózgowa, bo to są równoległe procesy, i będziesz chodził uśmiechnięty we flanelowej koszuli w kratę. Chuda wygrzebała się spocona spod kołdry, myślałem, że będzie kontynuować klątwy już wprost po polsku, a nie po sapiącemu, wyłączam swój translatorek i kręcę głową z dezaprobatą, wskazując w stronę kuchni. Ona patrzy na mnie smutno, zmęczonymi oczami, jakby też nie spała, a jej oczy pasują raczej do tych wczorajszych gorzkich słów o rozstaniu niż do tych wysapanych przekleństw.

– Przynieś mi kawy, bo jak ja tam pójdę, to ją zabiję – mówi i kładzie się, rezygnując z kołdrowego bunkra.

Zupełnie Zły zaraz po przebudzeniu gładko uczesał włosy, ogolił się i odszukał wśród bambetli w jednej z szuflad swoje okulary. Wybrał najbardziej schludne, nigdy dotąd nienoszone ubranie, w które wyposażony został kiedyś przez rodzinę KZ i które trudno byłoby nazwać młodzieżowym. Przejrzał się jeszcze w lustrze, uśmiechnął sympatycznie, po czym w tej nowej jakże przyzwoitej i konserwatywnej postaci pokazał się swojej grubej gospodyni. Ledwo go poznała, ta ogląda, dzień dobry, jak się pani czuje, pogoda zmienna, ciśnienie skacze, ten nowy proboszcz to nie to co stary, w samie oszukują przy wydawaniu reszty, zachwycił ją. Aż poczęstowała go śniadaniem i nawet nie wspomniała o zaległym czynszu. Taki miły młody człowiek. Zobaczymy – myślał ZZ. Jeśli nałożą się na siebie efekt srebrnego serca i tego bajeru, to być może nawet po moim wyjściu nie będzie kombinować, jak się mnie pozbyć. Co ja bym zrobił z tym cielskiem? Tu uśmiechnął się słodko. Trzeba by tu jakieś zwierzęta sprowadzić. Szczury? Mrówki? A może odcinać po kawałku, przetopić i w słoiki. Ale ile by tego było? Tak czy owak, ciężka praca, nie mord, ale mordęga. Chyba żeby Fritzl coś wymyślił, tu potrzebna organizacja, samodyscyplina, wytrwałość, nie słomiany ogień.

– To nieprawda, że otyli żyją krócej! – wypalił dla żartu, kiedy dokładała mu jeszcze na talerz, mówiąc, że dzisiejsza młodzież przesadza z odchudzaniem.

Wszedłem w piżamie do kuchni, wciągnąłem brzuch i chyba zbyt łapczywie patrzyłem na jej dekolt. Miałem złudną nadzieję, że ani jednego, ani drugiego nie zauważa i że zupełnie przez przypadek ciągle spada jej ramiączko podkoszulki, w której spała. Nastawiłem ekspres, zrobiłem dwie kawy, dla siebie i dla Chudej. Jej nawet nie spytałem, uznała to, zdaje się, za niеładne zachowanie czy wręcz chamowate, bo spojrzała na mnie tak z ukosa. Ja udaję, że nic nie rozumiem, więc ona pyta:

– Chcesz trochę? – I pokazuje na talerz z jajkami.

Pokręciłem głową, ale musi być widać, że chcę. Czego innego też chcę.

– Zjedz jajka, przyda ci się – namawia mnie z pełnymi ustami i patrzy bezczelnie w twarz. Odwracam dumnie głowę. – Swoich już chyba nie masz.

Ignoruję te zaczepki, odwrócony plecami spieniam z sykiem mleko w dzbanuszku i sprawiedliwie rozkładam łyżeczką piankę do filiżanek. Odrobina ciszy. W końcu odwracam się i próbuję bez słowa wyjść z kuchni. Musiało ją to zaboleć, że niosę z godnością angielskiego kamerdynera te dwie ładne filiżanki i w dodatku przechodzę sobie obok niej jak obok stołu, szafki czy innej zawalidrogi. Jest bezwzględna. Ma ogląd sytuacji. Umie podejmować szybkie decyzje. Jednym szarpnięciem obsuwa mi spodnie od piżamy. Do kolan. Jestem bezbronny, obie ręce zajęte. Pełen wzwód. Ona dotyka mnie sprawnie.

– Coś tam jednak zostało – szepcze, jest gotowa do seksu oralnego, jest gotowa świntuszyć na temat dodatkowej śmietanki do kawy, może zamienić się w dziwkę z filmu porno czy skądkolwiek, byleby nie zostać odtrąconą, bez ładnej filiżanki, poważania, czułości, z bezprawnym i nad wyraz kalorycznym śniadaniem przełykanym przez łzy.

Odstawiłem na chwilę kawę, zwalczając pożądanie i niby empatyczne usprawiedliwienia, odsunąłem jej głowę, bohatersko podciągam spodnie, biorę kawę i brawurowo, niczym Hannibal przez Alpy, przeciskam się do dużego pokoju obok jej atakujących piersi, a we wszystkim, co robię, jest siła, determinacja. Tak odmawiać seksu to potrafili tylko wielcy goście w starych filmach, John Wayne na przykład.

Kobieta z Podbitym Okiem wstała, żeby wziąć coś do wytarcia nosa. Ale się dzień pięknie zaczął – pomyślała.

Kłopoty ze wzwodem oznaczają na ogół jego brak, ja miałem prawdziwe kłopoty ze wzwodem, który był i był, i był, a ja utknąłem w drodze z kuchni do sypialni, trzymając dwie stygnące kawy. Nie mogę tak wrócić, więc czekam, aż opadnie. No i wtedy dzwonek do drzwi. Z sypialni wychodzi Chuda, aby sprawdzić, kto przyszedł, z kuchni wnuczka z tego samego powodu, a przez drzwi wejściowe, nie czekając, aż ktoś otworzy, wchodzi Kapitan Ojciec, Rejczel i jeszcze jakaś drobna postać w kapturze. Ja pośrodku, w zasadzce, w dodatku przodem do drzwi, więc wszyscy, Chuda z lewej, cycata z prawej, goście od przodu, a Nostromo od dołu, gapią się na mój imponujący namiot, a ja trzymam tę kawę i już nie wiem, co robić. Jest wcześnie rano, to fizjologia, chciałem powiedzieć, ale tylko postawiłem kawę na szklanym stoliku i usiadłem na kanapie. Chuda zaprosiła przybyłych, sama usiadła na fotelu, rzuciła mi, nie patrząc na mnie, poduszkę, położyłem ją sobie skwapliwie na kolanach i postanowiłem zamknąć się w poczuciu niesprawiedliwości. To jest przecież mój dom! – krzyczałem w duchu. Jeszcze nie ma ósmej rano! Ledwie otworzyłem oczy! A tu już się okazuje, że mój wacek jest problemem! Zebrała się rada polsko-żydowskich delegatów i mam się tłumaczyć, że mi stanął!

Tymczasem Chuda wypytuje Rejczel o nastrój i przede wszystkim, kim jest postać w kapturze, a ta kuchenna rura pyta debilnie, czyby nie zjedli jajek na boczku. Oni nie ukrywają konsternacji, więc wychodzi obrażona, a przecież no, oni nie jedzą wieprzowiny, głupolu, mógłbym jej powiedzieć, ale nie pójdę za nią, nie z tym, co skrywam pod poduszką. Dawid. Miły chłopiec podobno, kolega Rejczel, będzie grzeczny, nie będzie przeszkadzał, ma czternaście lat. Cóż ja ci mogę powiedzieć o życiu, chłopcze – myślę sobie zamknięty w twierdzy mojej nieprzeniknionej, naburmuszonej miny – wiesz, chłopcze, z erekcją jest jak z deszczem, są na świecie miejsca, gdzie wyglądają jej bezskutecznie całymi miesiącami, ba, latami, a ona jak nawałnica pojawia się tam, gdzie jej nikt akurat nie chce, żywioł, synu, żywioł. Chuda pyta asertywnie, czy Dawida też obejmuje *deal*, ale okazuje się, że nie; bo jest mały problem. „Pokaż im, Dawid." Dawid zdejmuje kaptur, brakuje mu części twarzy. No i oczywiście wolałby Dejwid.

Pułkownik Fritzl stał naprzeciwko czteropiętrowego bloku, w którym wedle dokumentów mieszkał Jerzy Rosiak. Polski bandyta i oszust, niewątpliwie i złodziej. W skrócie „polnisze szwajne". Oczywiście nie dostarczył nagrania, mimo że obiecał. Tacy oni są. Niesłowni. Zakpił sobie z oficera, zakpił z Trzeciej Rzeszy. I zrobił to nieświadomie, jak głupi pies, który choć powinien spodziewać się kary, gryzie panu kapcie w strzępy. Tacy oni są, ale czy to znaczy, że można im wybaczyć? To w ogóle nie ta kategoria. Nie jest to kwestia tego typu ludzkich relacji. Chodzi jedynie o ocenę przydatności i selekcję.

Wszedł na piętro, za nim dziesięciu skinheadów, nie jest to wprawdzie SS albo Wehrmacht, ale i tak cudownie, Fritzl przypomniał sobie, jakie życie było wspaniałe, wręcz poczuł je znów przez chwilę w sobie, kiedy tak łomotał do drzwi pięścią w skórzanej rękawiczce i krzyczał: „Otweracz! Szwajne, otweracz!".

Otworzyła otyła kobieta po czterdziestce, spocona, oderwana od gotowania gołąbków na obiad.

Co za smród! Weszli do środka.

– Gdżie jeszt Rosziak?

Kobieta wykrzywiła swoją nalaną, zdobną lekkim wąsikiem twarz i wzruszyła ramionami.

– Jaki Rosiak!? Już mi stąd, łobuzy! – Zamachnęła się ścierką.

Fritzl nie mógł pozwolić, aby polska spocona gospodyni poniewierała go brudną ścierą, więc zgodnie z kodeksem honorowym niemieckiego oficera walnął ją pięścią w nos, aż się przewróciła.

– Zabawczie szię z nią czrochę, chlopczy – rzucił, rozglądając się po ubogim mieszkaniu. Chłopcy kręcili tylko głowami skrzywieni, któryś odważniejszy nawet się odezwał:

– Sam się zabaw z takim kaszalotem.

Fritzl zagryzł wargę niezadowolony, nic nie jest jednak jak dawniej, to nie jest jego dawny oddział.

W mieszkaniu nie znaleźli zbyt wielu cennych rzeczy i ani śladu po Rosiaku. Zmusili jeszcze gospodynię, żeby dokończyła robić gołąbki, zjedli i poszli. Taka jest ta polska administracja, *polnische Wirtschaft*, Rosiak jest tu zameldowany, ale od wielu lat mieszka gdzie indziej, czasem przychodzą tu nawet mandaty, ale odsyłają do nadawcy, nikt nie wie, gdzie się przeniósł. Pełna anarchia. Tym trudniejsza do ogarnięcia, że zamaskowana siatką bardziej lub mniej fikcyjnych przepisów, z których części czasem się przestrzega, a części zupełnie nigdy.

Dejwid z wdzięcznością przyjął moją bluzę z kapturem i zgodził się bez oporu wyrzucić swoją pelerynę. Tak się zaczął fajnie zaraz przeglądać w lustrze, że dałem mu jeszcze spodnie, musiał je sporo podwinąć, i trampki, okulary przeciwsłoneczne, a na koniec, aby już całkiem zakryć ubytki, moją bandanę z zamierzchłej epoki, którą myślałem, że kiedyś mój syn założy, ale nie mam syna, o co coraz częściej podświadomie oskarżam Chudą. Właściwie powinien wyglądać jak przebieraniec w za dużych rzeczach, ale to taki sprytny chudziutki typ, że wyglądał w tym bardzo fajnie, no może trochę nie na czasie, ale mnie się podobało.

Powłóczyliśmy się trochę po mieście. Próbowaliśmy z jakimiś galeriami, z tarasem widokowym w Pałacu Kultury, parkiem jednym i drugim, no, nie ma w tej Warszawie nic jednoznacznie wesołego, nawet lunaparku ani cyrku. Aquaparki odpadają. Może w kinie się uśmiechnie, spekulowała Chuda. Największe wrażenie na Rejczel i Dejwidzie robiły kawiarnie, w których natykaliśmy się na zblazowaną młodzież z warszawskich liceów. Z drogą do uśmiechu nie miało to akurat zbyt wiele wspólnego, ale bardzo oboje przeżywali, dostosowywali się z minami (to znaczy Rejczel, Dejwid tylko połowicznie), ze sposobem siedzenia, poruszania, modulacji głosu. Bardzo pragnęli zamienić nas na rówieśników. Takie są nastolatki, trochę jak psy, kochają swoich państwa, ale jak tylko widzą inne psy, to chcą uciekać.

Po tej wycieczce pojechaliśmy do Arkadii, gdzie oboje dokonali poważnych zakupów w sklepach z ubraniami, a potem objuczeni torbami poszliśmy do kina, zabierając po drodze Chirico, która z racji swojego młodego wieku i dzisiejszych kawiarnianych doświadczeń znacznie straciła w oczach Rejczel, co na szczęście jej nie dotknęło, gdyż ma, moim zdaniem, kompletnie pokręconą azjatycko-internetową duszyczkę i czasem, jak tak patrzę na jej długie czarne włosy, to nie wiem, czy sama nie jest aby jakimś upiorem z importu, typu japońskiego na przykład. Film wydawał się fajny, taki śmieszny i dużo strzelania, ale nasi podopieczni szybko się pospali, ledwośmy ich dobudzili. Sęk w tym, jak nam potem wyjaśnili, że kiedy robi się ciemno i siedzą nieruchomo, to im się to jednoznacznie kojarzy z grobem i zapadają w ten swój śmiertelny letarg, jak tacy normalni nieżywi.

Po powrocie do domu wielka rewia mody, tak się zastanawiam, czy ten Dejwid nie jest aby lekko homo, a potem ściąganie muzyki z internetu do trzeciej rano. Zasnąłem, siedząc na kanapie. Sen mi się śnił nudny, choć optymistyczny, bo polegał na tym, że przez cały ten cholerny sen Chuda karmiła mnie rosołem, a ja wcale nie chciałem jeść, ale też nie chciałem jej mówić, że nie chcę. W każdym razie przebudzenie było lepsze niż niejeden sen. Poczułem się trochę nieswojo, miałem dziwny ciężar na ramionach, bardzo specyficzny, nie musiałem otwierać oczu, po obu stronach wtulone we mnie dwie kruche postacie, Rejczel i Dejwid w tym swoim letargu. Tak obiektywnie na sprawę patrząc, to leżałem przywalony przez dwa stare trupy, Dejwid tak się ułożył, że mogłem dokładnie obejrzeć ten ubytek w twarzy, zastanawiam się od czego, i gorąco chcę wierzyć, że pocisk, i ciach, i szybko, a że nie jakiś owczarek niemiecki albo... nie sądziłem, że będę przytulał z czułością trupy, a jednak, i to na kanapie w moim dużym pokoju, wszystko przez tę Chudą i jej egoizm, i jej światowe zażywanie środków antykoncepcyjnych, gdybym miał dzieci, może nie musiałbym zwłok żydowskich lulać, tacierzyństwo urojone, to może być groźne, zaraz im każę odrabiać lekcje i ciepło się ubierać.

Koło ósmej przyszedł Kapitan Ojciec, chciał zabrać oba ciałka do piwnicy.

– Możecie tu trochę z nami pomieszkać – wyszeptałem. – Niech pan zostawi, mają tu tyle rzeczy. – Zatoczyłem głową, pokazując porozrzucane po pokoju ubrania.

Zatrzymał się na chwilę, popatrzył uważnie, czy aby go nie wkręcam, nie próbuję się przypodobać, żeby zyskać ochronę, ale byłem szczery, więc tylko powiedział, że przemyśli tę propozycję, i podniósł oboje jak piórka.

– Dzisiaj sobie odpocznijcie od nas – powiedział przed wyjściem.

Zupełnie Zły nie krył wściekłości. Wyzywał Fritzla i Hitlera od skończonych debili i kryptoprzyzwoitych.

– Albo trzeba po dobroci, albo bez zostawiania świadków! Jeśli nie mieliście odwagi zabić tej baby, to trzeba jej było nie bić! Takie otwarte metody będą dobre, gdy znów powstanie wielka niezwyciężona armia, a na razie musimy urosnąć, zdobywać władzę i siłę! Potrzebuję do tego jasnych, nordyckich umysłów, ale nie krypto-Słowian i kryptokatolickich bałaganiarzy. – Zastanawiał się, dlaczego od pewnego czasu największe obelgi same wiązały mu się w głowie ze słowem krypto. Może to jest wskazówka? Jaka obelga jest najstraszniejsza? Kryptokomuniści? Kryptogeje? Mam. KRYPTO-ŻYDZI! To jest trop, to jest moja droga do władzy, muszę zdemaskować te żydowskie trupy, pokazać je żywym – myślał pobudzony. Uprzedzić, wyolbrzymić, przestraszyć, obronić, panować. Jego lędźwiami wstrząsnął gwałtowny, brunatny wytrysk.

Chuda śpi. Żydzi sobie poszli. Myślałem, że kobiety nie lubią litości, a ta wnuczka odgrywa przede mną małą przestraszoną kobietkę ze łzami w oczach. Oderwany od robienia kanapek z żółtym serem i pomidorem, łapię się na to jak każdy. Włączają mi się instynkty opiekuńcze, obiecuję, że pogadam jeszcze raz o niej i dziadku z kapitanem, odkładam nóż i naprawdę robi mi się jej żal. Lękliwie patrzę w stronę pokoju, czy aby nie pojawi się Chuda, i całym sobą daję sygnał, że jestem gotów ją przytulić, ale ona obejmuje tylko własne łokcie, kuli się w sobie i naprawdę jest małą kobietką ze łzami w oczach. Odwraca się i wychodzi z kuchni.

Pułkowniku Fritzl, musimy odnaleźć tę krypto-Żydówkę, weźmie pan dziesięciu chłopców z aparatami w komórkach. Na jutro chcę mieć jej zdjęcia, chodzącej między żywymi Aryjczykami.

Sam ZZ obmyślał już tymczasem, co napisze na swoim blogu, który musi pilnie założyć. Żydowskie zmory roznoszą choroby, albo nie, lepiej nie wprost, lepiej: w całej Warszawie zanotowano liczne tajemnicze zniknięcia małych dzieci. Pojawiła się za to… hm… ZZ był niezadowolony.

Mieliśmy sobie odpocząć, tak kapitan powiedział przed wyjściem, a teraz stoi w drzwiach z tą swoją smutną, zawadiacką miną, a zza jego pleców wysypuje się dobry tuzin nieżywych dzieciaków. W różnym stanie, powiedzmy to sobie, niektóre mocno nadgryzione zębem czasu, parę zupełnie dobrze zachowanych, wszystkie uwalane ziemią. Ja nie mogę. I oczywiście mają jeden wspólny postulat, chcą do Arkadii.

– Jak ja was ubiorę tylu? – Chuda załamuje ręce.

Podobno kiedy zobaczyli Dejwida i Rejczel… i kiedy jeszcze posłuchali ich opowieści…

– To cud, że tylko tylu przyszło, ledwo to opanowałem – tłumaczy Kapitan Ojciec. – Reszta czeka na swoją kolej.

Poczułem na sobie wzrok wnuczki, patrzy na mnie nagląco i zerka ze strachem na naszych nieżywych gości.

– Kapitanie – mówię śmiało – chciałbym, żeby ta kobieta i jej dziadek... żeby mogła wezwać pogotowie i bezpiecznie odjechać.

Kapitan wzruszył ramionami.

– Burza magii już się skończyła – tłumaczy spokojnie. – Pozostało po niej tyle, że coraz nam trudniej zapadać w letarg, budzi nas byle co, ale telefony już działają i tak dalej, spokojnie.

– A doktor i jego kolega? – spytałem.

– No tak, doktor może być niebezpieczny, ale Warszawa jest duża, a on ma dosłownie paru pomocników. – Nachylił się do mnie i szepnął: – Ja ten oddział, co się tworzył, rozpuściłem na kwatery. – A na głos: – Niech pani dzwoni. – Pierwszy raz odezwał się bezpośrednio do wnuczki, aż się wzdrygnęła.

Zaczęło się wielkie przebieranie, wywalanie z szaf ubrań moich i Chudej, pożyczanie od Rejczel i Dejwida ich wczorajszych zakupów. W końcu udało się.

– Wszyscy gotowi?

Chuda zostaje, pomachała mi życzliwie zza pleców moich nowych podopiecznych. Wygląda, jakby nie mogła uwierzyć, że za chwilę zostanie sama w naszym mieszkaniu, jakby mi odpuściła, taka prawie szczęśliwa jakaś.

Zupełnie Zły wsiadł do taksówki. Dzięki srebrnemu sercu mógł nimi jeździć za darmo. Jechał do domu, w którym mu nie zapłacono za ostatni kurs jogi i w którym mieszkał ten bezczelny typ odporny na działanie artefaktu. Obok siedział Bolo, a z przodu Bandzioch, trzeba sprawdzić, o co chodzi, skąd ta odporność. Popatrzył na tępy profil Bola. Prawdziwy małpolud – pomyślał uspokojony – wystarczy, że on i Bandzioch się pokażą, a ta dwójka wszyściutko wyśpiewa.

Nie powiem, żeby się na nich w ogóle nie gapili, ale ludzie patrzą na innych bardzo nieuważnie, widzą głównie ubranie, chyba że im ktoś erotycznie wpadnie w oko, a może to jakiś czar, że nie widać – zastanawiałem się. Ja od razu widziałem różnicę, już na naszej klatce schodowej, zamiast wzmocnionych przez jej akustykę śmiechów i pokrzykiwań wyczuwalne skupienie, szelest nowych ubrań i chrzęst wyschniętych stawów. Kupiłem cały bloczek biletów, każdy chciał kasować sam, ciekawskie wyglądanie przez okna, nic nadzwyczajnego, ot, jedzie sobie opiekun z wycieczką nastoletnich trupków.

Arkadia zrobiła na wszystkich wielkie wrażenie, Rejczel i Dejwid odgrywali bywalców przed resztą i trochę zadzierali nosa. Rejczel zaskakująco wylewnie przywitała się z Chirico, demonstrując wszem i wobec, że ma żywą, i to orientalną, koleżankę. No i oczywiście szał zakupów, musiałem nałożyć limit na głowę, bo przecież nie mogę fundować ciuchów i sprzętu każdemu zabitemu w Warszawie dzieciakowi. „Zbankrutuję przez was". I tylko cały czas pilnować, żeby się nie rozłazili, żeby się któreś nie zgubiło, byłem zmęczony.

– Oni robią im zdjęcia.

W ferworze pilnowania porządku w grupie nie odebrałem od razu tej informacji. Moje dzieciaki obstawiły w Empiku wszystkie stanowiska ze słuchawkami do odsłuchiwania płyt, inne buszowały w książkach, albumach, materiałach papierniczych, ciągle coś spadało albo się wywracało, a ja się czułem odpowiedzialny, w dodatku mały Aron, który miał tylko jedno oko, płakał tym jednym okiem obficie i buczał nieszczęśliwy, bo widział tam niedaleko sklep z instrumentami i chciał koniecznie skrzypce, a ja mu tłumaczę, że mnie nie stać na takie zachcianki. Dopiero za trzecim albo czwartym razem Chirico, szarpiąc za rękaw, przebiła się do mojej głowy z komunikatem:

– Oni robią im zdjęcia.

Faktycznie, roześmiani skinheadzi pstrykają zdjęcia moim podopiecznym. W tym momencie zadzwoniła do mnie Chuda. Popija sobie kawkę i mnie informuje, że przed chwilą było pogotowie, zabrało ze sobą tego starego dziada i tę grubą babę, a w domu wreszcie jest cisza i spokój.

– Kto tam tak płacze? – pyta.

– Aron chce skrzypce – odpowiadam.

– To nie bądź żyła, kup mu – jeszcze mnie strofuje. – To biedny dzieciak, to ten bez oczka, prawda, błagam cię, okaż im trochę ciepła.

Nie wytrzymałem.

– To ja chodzę po centrum handlowym z piętnastoma trupami! – ryknąłem w słuchawkę, ale Chuda nie zdążyła się przejąć.

– Ktoś dzwoni do drzwi – powiedziała. – Zadzwonię później.

ZZ przetestował działanie serca, szczypiąc bezkarnie w cycki kobietę, która odprowadzała kogoś do karetki pogotowia. Chyba ją znał, ale nie pamiętał dobrze skąd. Z Norwegii? Ale czy ja byłem w Norwegii? Zanim odjechała, kazał sobie podyktować telefon i adres, grzecznie podyktowała.

Weszli na górę. W mieszkaniu zastali tylko dziewczynę od jogi.

– Gdzie on jest? – zapytał ZZ i spróbował jej włożyć rękę pod spódniczkę. Wyrwała się. Była zdenerwowana. Nie mogła wydobyć z siebie głosu, zaskrzeczała tylko:

– Ratunku!

Czyli na nią, tak jak na jej chłopaka, też nie działa artefakt, ciekawe – pomyślał ZZ. Zamknęli za sobą drzwi.

– Poznaj moich kolegów, Bolo i Bandzioch, obaj chętnie cię wyruchają.

Niedobrze, robię zbiórkę, ale to niełatwe odciągnąć ich od tych słuchawek, płyt, komiksów, wszystkiego, wyrywają się, płaczą, bo „ja dopiero zaczęłam słuchać, a cały czas czekałam" – i tak dalej, aż się spociłem, a co drugie płacze głośno, ludzie się oglądają, aparaty skrajnie prawicowych komórek cały czas pstrykają, na szczęście Chirico trochę mi pomaga.

– Wychodzimy stąd, nic nie kupujemy, odkładajcie wszystko na półki.

Skinheadzi śmieją się z tych łez i mojej paniki, pokazują piąchami, co mi zaraz zrobią. Wychodzimy, dzwoni bramka. Szymek wyrywa się i ucieka, biegną za nim ochroniarze, a za nimi skinheadzi, na szczęście wszyscy, taki instynkt, jak psy za kotem. Daję bloczek z biletami Chirico i obarczam ją zadaniem dowiezienia całej grupy do domu, do piwnicy. Sam ruszam w pościg za Szymkiem i resztą. To znaczy za dziesięcioma skinami i dwoma ochroniarzami, wygląda to, jakby wszyscy uciekali przede mną, powinienem jeszcze tylko gdzieś na moment wskoczyć i się przebrać w niebieski trykot z czerwono-żółtym „S" na piersiach i kusym czerwonym płaszczykiem na ramionach, łamię swoją świętą doktrynę niewpierdalania się, dobiegnę tam zaraz w roli bohatera z gołą dupą, odbiorę bęcki i tyle w tym sensu, typowe romantyczne zachowanie, powinienem sobie biec do pustego domu lepiej, do Chudej, herbatki się zielonej napić, póki mam wszystkie zęby. Jednego małego martwego Żydka nikt się nie doliczy – myślę trzeźwo, ale biegnę dalej, już jestem cały mokry od potu.

Bolo i Bandzioch są wreszcie szczęśliwi.

– Rozbieraj się – mówi ZZ wesoło i dodaje teatralnie, ciesząc się tą teatralnością: – Chłopcy nie mogą czekać, chyba że wolisz im to zostawić, ale wtedy podrą to twoje ubranko.

Nie ma jeszcze dobrego planu. Nie chodzi o to, żeby ją sponiewierać, choć oczywiście bardzo mu się ta myśl podoba, ale żeby się czegoś dowiedzieć. Drapie się w głowę – co najpierw? Pytania i odpowiedzi czy gwałt? Znowu się drapie, wyczuwa powyżej skroni zgrubienie, coś jakby twardy guz, sprawdza z drugiej strony. Taki sam. „Holenderrr!" Jego zła treść zaczęła przybierać adekwatną formę. Trzeba to opanować, bo takiego z rogami ludzie boją się bardziej niż trupów, a tu w planie przecież kłamstwa i iluzje, i w ogóle. Dwóm młodym nazistom cieknie z gęby ślina i już rozpinają rozporki. Dziewczyna ucieka do łazienki i zamyka drzwi na zasuwkę, niewiele jej to pomoże.

Ochroniarze, biegnąc, wzywają pomoc przez krótkofalówki. Okazuje się, że nie do łapania Speedy Szymka, ale do powstrzymania hordy skinów, którzy za nimi biegną i wydaje im się, że ich gonią. Ja już układam sobie w głowie, jak to będę tłumaczył, że ten Szymek cały to biedna sierotka chora na rzadką chorobę i niespełna rozumu, a ja jako opiekun przepraszam i pokryję wszelkie koszty. Tymczasem dochodzi do starcia ochroniarskich posiłków ze skinheadami, takiego burdelu centrum handlowe Arkadia jeszcze nie widziało, kotłowanina, teraz skinole uciekają, ktoś łapie też Speedy Szymka, ale ten się wyszarpuje, znowu ktoś go łapie, ale on znów się wyszarpuje i znika w tłumie gapiów. Ja też się przez ten tłum przedzieram, muszę go znaleźć. W końcu jest, widzę, że wchodzi do H&M, wchodzi i chowa się wśród wiszących płaszczy. Nie ma wyjścia; żeby zmylić monitoring, przymierzam płaszcz i przemycam złodziejaszka pod jego połą do przebieralni. Kupuję mu czapkę z daszkiem i kurtkę, obsłudze tłumaczę, choć wcale ich to nie interesuje, że synek uparł się, że chce iść w nowych rzeczach, stare pakuję do torby, którą dostałem. Żeby ominąć zbiegowisko, wjeżdżamy schodami na górę. Przechodzimy kawałek na piętrze i zjeżdżamy na dół przy samym wyjściu. Wychodzimy jakby nigdy nic. Czuję się jak jakiś bohater Armii Krajowej albo sam nie wiem czego, jakiegoś filmu wojennego z lat sześćdziesiątych. Idziemy na przystanek.

Bolo to jednak wyjątkowo tępy zwierzak. Kiedy tylko dziewczyna zniknęła mu z pola widzenia, jego myśli nagle się rozproszyły, a potem równie nagle skoncentrowały na innym obiekcie, tym razem była to lodówka. Pognał do niej, otworzył, żłopie piwo i coś żre. Bandzioch potrafi dłużej zachować spójne myślenie, stoi z ZetZetem pod łazienką i rytmicznie się masturbuje.

– Otwórz, bo tylko pogorszysz swoją sytuację – tłumaczy Zupełnie Zły i czuje, że coś dziwnego dzieje się z jego stopami. Coś jakby zrastały mu się palce, a paznokcie twardniały w kopytka.

Szymek wyjął zza pazuchy płytę Red Hot Chili Peppers, ogląda ją i pochlipuje.

– Czemu płaczesz? – pytam. – Skoro już rąbnąłeś kompakt, to się z tego ciesz.

– Nie o to chodzi – mówi, pociągając nosem.

– A o co? – pytam. Mam już dość dzieciarni, myślę, ciężko oddychając.

– Ręka – mówi.

– Co ręka?

– Zgubiłem gdzieś. – Pokazuje na pusty rękaw.

– Jak to zgubiłeś? Gdzie? – Robię typowy dla wielu rodziców błąd; zamiast się użalić i pocieszyć, daję upust własnym nerwom i krzyczę na niego, że zrobił sobie krzywdę. – No jak mogłeś zgubić rękę, trzeba trochę uważać!

– Wyszarpnęli mi ją, a potem gdzieś mi wyleciała – powiedział jeszcze ostatkiem sił i na dobre się rozbeczał.

Tego mi tylko brakowało, muszę wracać i szukać tej jego ręki.

– Od którego miejsca ci się urwała, od ramienia?

– Nie, tylko od łokcia.

Dobre i to, łatwiej będzie schować.

– No, nie rycz, w domu ci jakoś przynituję.

Prowadzę go do oddziału Raiffeisen Bank, przez chwilę się zastanawiam, czy austriacki bank to dobry pomysł, no ale to tylko oddział, pracują tu sami Polacy, i powinienem zwalczać swoje uprzedzenia, przynajmniej trochę. Najważniejsze, że jest ochrona. Wracam, po drodze dzwonię piętnaście razy do Chudej, ale nie odbiera, wściekam się, wyzywam ją pod nosem i obiecuję, że, kurwa, nie będę więcej płacił za tę jej komórkę, skoro nigdy nie raczy odebrać. Dzwonię w zastępstwie do Chirico. U niej okej, wysiedli już z tramwaju i idą w stronę domu. Opowiadam jej o Szymku, sam nie wiem po co, ale ona fajna jest, wczuwa się w rolę wspólniczki, towarzysza broni z tej naszej neo-Żegoty.

Rękę znalazłem bardzo łatwo, leżała sobie pod ławką, ktoś ją pewnie kopnął. Już po nią szedłem, a tu widzę, że jakiś smarkacz po nią sięga i pokazuje kolegom. Macham do niego, krzyczę, ale nie zwraca na mnie uwagi. Biegnie z tą ręką do sklepu, gdzie czekają jego koledzy. Sklep jest dla nastolatków, widać, że obsługa i grupka klientów to koledzy, gadają sobie wesoło, jeden wymachuje ręką Szymka i straszy resztę, bardzo wszyscy zadowoleni.

– Proszę mi oddać tę rękę! – mówię stanowczo.

Wybuchają śmiechem. Ewidentnie najarani jak bąki.

– Dlaczego?

– Bo to moja ręka.

Znowu erupcja śmiechu.

– No dobra, dosyć żartów, dawaj to! – Próbuję ją złapać, ale chłopaczek jest szybszy i łapię w garść tylko powietrze.

– Spadaj, dziadek!

To mnie zabolało.

– CO!? – zapytałem na głos, a w myślach: DZIADEK!? Oni tymczasem rozbiegli się po sklepie i rzucają do siebie tę rękę. Biegam za nimi wzdłuż alejek z ubraniami, a oni coś tylko wykrzykują do siebie i świetnie się bawią. W kotka i myszkę ze mną grają. Ja wam dam dziadka. Może i jestem już dziadkiem, bo jedyne, co mi przychodzi do głowy, to złapać któregoś i mu przywalić, a to kiepski pomysł.

Co by na moim miejscu zrobiła Chirico? – pomyślałem niespodziewanie. Stanąłem w miejscu, przymknąłem oczy, czuję, jak przepełnia mnie jakaś wschodnia, smocza energia, uspokajam oddech, wyciągam telefon i mówię tak:

– Jak sobie chcecie, dzwonię na policję.

Oni się śmieją.

– Powiem, że się tu dilerka odbywa regularna, sprzedawcy naspidowani i jeszcze mają gości z miasta z kieszeniami pełnymi różnego syfu.

Podziałało, niby się śmieją, ale nie wiedzą, czy uciekać, czy co robić, czy może gdzieś wszystko powyrzucać? W końcu:

– No dobra, dziadek, na żartach się nie znasz?

Oddają mi rękę.

– I nie mów do mnie dziadek – rzuciłem jeszcze na odchodnym. No dobra, teraz do domu. Po drodze pożałowałem, że czegoś od nich nie kupiłem, takie łebki mogą mieć fajne, sprawdzone rzeczy, no, ale nie ma czasu. Dziadek, kurwa, ja nie mogę.

Zza drzwi łazienki zdesperowany głos ostrzega, że jeśli się zbliżą, to podetnie sobie żyły żyletką, ZZ tylko się na to oblizał długim, rozwidlonym, fioletowym jęzorem.

– Wywalaj drzwi, Bandzioch!

Pech chciał, że Bandzioch właśnie w tej sekundzie doszedł i zamiast w drzwi walnąć, tylko je opryskał.

– No nie, co za łajzy! Bolo!

Pancerny Zagon wyłonił się zza węgła z ustami pełnymi jedzenia, wytytłany musztardą i sosem HP.

– To ma być nazistowska awangarda!? – Zupełnie Zły zgrzytał w niedzisiejszy sposób zębami. – Wywalić mi te drzwi, świnie! Ale już!

Bolo wytarł ręce o brzuch, Bandzioch schował interes i zapiął rozporek. Bach! Zasuwka rozleciała się jak krucha zabawka. W środku stała dziewczyna. Przykładała sobie do przegubu nożyk Wilkinsona. Do niej też pasowało sformułowanie „krucha zabawka". Pierwszy ruszył Bolo. Chyba nawet nie zauważył, co ona trzyma w ręku, bo podszedł i od razu rozdarł jej bluzkę na piersiach. Już miał zdaje się wygłosić uwagę w stylu „ale decha", kiedy ona zamachnęła się i rozcięła mu twarz od oka do brody. Pancerny Zagon spojrzał w lustro, zobaczył rozchylające się bladoróżowe brzegi płytkiej rany, dotknął ręką, poczuł i zobaczył napływającą krew, zaskowyczał i z dzikim kwikiem wybiegł z łazienki jak spłoszony słoń indyjski, o mały włos nie tratując po drodze Zet Zeta.

– Bandzioch, bierz ją, tylko ostrożnie.

– Mnie się aktualnie nie chce, szefie – poinformował Bandzioch, wzruszając ramionami. – Musi mi się nazbierać. – Wyszczerzył zęby w przepraszającym uśmiechu.

– No... – Zupełnie Zły chciał ich obu zmieszać z błotem, uznał jednak, że szkoda czasu na takich tumanów. – To chodź, przytrzymasz mi ją – rozkazał Bandziochowi. – No, nie stój tak, zarzuć jej koc na głowę i łap za ręce!

Wróciliśmy taksówką. Po drodze minąłem Chirico z wycieczką. Byłem wykończony. Miałem złe przeczucia. Biegłem po dwa stopnie. Otworzyłem drzwi i nogi się pode mną ugięły. Chuda na stole zupełnie goła, zakneblowana własnymi majtkami, które poznałem po wzorku, wierzga nogami, za ręce trzyma ją jakiś wielgachny facet, a nad nią ze spuszczonymi portkami pochyla się KZ, jakby odmieniony, i nogi ma owłosione jak kozioł, a jego wacek... jak płonąca żagiew. Cały dom ufajdany krwią, na fotelu drugi gość wielkości słonia trzyma się za twarz, ale na to już nie zwracam uwagi. Tak rodzą się bohaterowie. Zapominam o strachu.

Zapominam o swojej rozsądnej, mieszczańskiej doktrynie. Widzę wszystko wyraźniej i jakby w zwolnionym tempie. KZ, który, jak widzę, jest Zupełnie Zły, odwraca się do mnie. Podbiegam i w pierwszym odruchu chcę mu dać z dyńki, powstrzymuje mnie niejasne, intuicyjne wrażenie, że facet ma twardy łeb i jakby trochę rogaty, zmieniam więc błyskawicznie zamysł, kopię go z woleja w żagiew, aż idą iskry, zadaję cios wibrującej pięści w splot słoneczny, następnie, nawet nie przypuszczałem, że to potrafię, serwuję kopnięcie z pełnego obrotu prosto w żuchwę. Ma gość pecha do mnie: przewraca się na plecy, a z kieszeni wypada mu srebrne serce, przykucam, zbierając się do skoku, łapię serce i trzymając je w ręku, wyskakuję pod sufit, opadam mu nogami na żebra jak Bruce Lee niejakiemu O'Harze w *Wejściu smoka*. Dalej sprawy toczą się już zupełnie po mojej myśli. „Leć po doktora", rzucam do Szymka, a sam chwytam za wielką kryształową popielniczkę po ojcu i zaczynam bić nią tego, który trzymał Chudą, czuję, jak pękają mu kości twarzy, nie broni się (dopiero później przyszło mi do głowy, że to efekt serca). Wreszcie uwalana we krwi i glutach popielniczka wyślizguje mi się z ręki i rozpryskuje w drobny mak, uderzając o sufit. Wydawało mi się, że jestem w tej walce zimny jak stal, ale był to raczej ślepy amok. Powstrzymują mnie dopiero silne ręce Kapitana Ojca.

– Uspokój się – mówi – zostaw coś doktorowi.

Obejmuję Chudą, nie wiem dlaczego nie chce, żebym ją okrył kocem, okrywam ją więc obrusem i widzę, jak sanitariusze krępują ręce grubym draniom. Dają im jakieś zastrzyki i wynoszą otumanionych na noszach.

– Chcecie popatrzeć? – pyta nas doktor na odchodnym.

Chuda chce, ja się waham, ale kapitan stanowczo odradza.

– On jest chirurgiem, bardzo dobrym, nazywamy go doktor Ojboli, a nawet doktor Ojbardzoboli, to nie jest widok dla dobrych ludzi. Zostańcie tutaj, ja też zostanę. Trzeba się zastanowić, co zrobić z tym. – Wskazał głową na ZetZeta.

ZZ

Zaraz pan złota rączka przyczepi ci rączkę – zażartowałem do Szymka rozochocony tym, że wszyscy zaczęli mnie szanować po moich bohaterskich wyczynach, w każdym razie wszyscy umarli. Może to jednak tylko wpływ srebrnego serca, które miałem w kieszeni. Na Chudą to serce ewidentnie nie działa. Doszła trochę do siebie, ale coś ma mi za złe, a nie mówi co, czy tamto z tamtą, czy że tak późno przyjechałem ją ratować. Szymek karnie położył kikut na kowadełku, odwraca głowę, żeby nie patrzeć, odważny chłopak, wytrzymał wywiercenie otworków, a teraz trzyma się dzielnie, gdy ja specjalnym młoteczkiem rozklepuję aluminiowe nity.

– No i gotowe. Trzyma się? Pomachaj ręką. Nie tak mocno. No to co, może być?

– Może być, dziękuję panu.

– No dobra – mówię do Kapitana Ojca – bierzmy się za naszego rogasia.

KO ma niepewną minę, po raz piąty pyta mnie, czy jestem pewien, chociaż dobrze wie, że to jedyne wyjście. W końcu kiwa do mnie porozumiewawczo głową, jak żołnierz do żołnierza przed akcją. Wyciąga pistolet Vis, przykłada do ucha ZZ, które teraz zrobiło się prawie całkiem spiczaste, i mówi:

– Tylko żadnych numerów, masz być miły i szarmancki, ona się uśmiecha, ty znikasz, jasne? Mam cię cały czas na muszce.

Na wszelki wypadek przywiązaliśmy go jeszcze do kaloryfera, sznurek biegnie pod kanapą, na której siedzi. KOjciec obserwuje go przez uchylone drzwi sypialni i przełyka nerwowo ślinę, jest pełen obaw. Nie dziwię mu się, ale nie ma innego wyjścia, widziałem, jak ona reaguje na tego kolesia, jedyne, co może wywołać jej uśmiech, to jakiś megatrafiony podryw z jego strony, tak uważam. Chuda, kiedy już dojdzie do siebie, też mi przyzna rację, bo w tym wieku nic nie cieszy bardziej niż udana randka.

ZZ czuł się rozedrgany, to trudny czas, jakby w jednym dniu zamknął się cały okres dojrzewania ze swoimi trądzikami, zmazami nocnymi i burzami hormonów. Przeistaczał się, a to zawsze boli, do tego niewola i to zadanie. Niewykonalne, jeśli nie opanuje pewnych procesów. Żeby z tego wyjść, musi jeszcze przez jakiś czas wyglądać jak KZ.

Do mieszkania weszła, a raczej wbiegła Rejczel. Na jego widok wyhamowała i spuściła oczy.

– Co tu robisz? – zapytała, podnosząc wzrok i poprawiając grzywkę.

– A tak wpadłem. – Uśmiechnął się szeroko i cały się spiął, żeby był to uśmiech miły, możliwie szczery, a nie chytry i z diabolicznym łypaniem oczami. Od tego uśmiechu aż mu jęzor fioletowy wylazł, ale szybko, z lekkim świstem, wciągnął go z powrotem.

– Co to było? – spytała Rejczel.

– Balonówa – odpowiedział sprytnie. – Jagodowa.

Przez chwilę patrzyli sobie w oczy.

– Usiądź na chwilę, oni zaraz wrócą.

Usiadła bez większego oporu, siedzi i mu się przygląda.

– Czemu tak na mnie patrzysz? – zapytał kokieteryjnie i w ramach tandetnych dowcipów z pierwszej randki udał, że poprawia włosy na ślinę.

– Jakoś dziwnie wyglądasz, tak ci włosy sterczą po bokach i... – Zmieszała się.

– I mam ostrzejsze rysy twarzy – dokończył za nią.

– No i skórę taką jakąś czerwoną – dodała ośmielona.

– Jesteś spostrzegawcza. – Kiwał z uznaniem głową, wydymając coraz bardziej fioletowe wargi. – Masz oko... prawda jest taka, że trochę choruję. Nie mów nikomu, ale... od pewnego czasu... nic nie jem ani nie piję, trochę osłabłem i mnie jakaś choroba złapała. – Westchnął. – Odkąd kogoś spotkałem... chodzę jak nieprzytomny.

Rejczel przełknęła ślinę i poprawiła się w fotelu. On też musiał się poprawić, bo z jego kości ogonowej boleśnie wyrzynał się ogon, normalne siedzenie nie wchodziło w grę, osunął się do pozycji półleżącej.

– Słabo mi – jęknął.

– Może wody? – Rejczel zerwała się na równe nogi. – Może jakiś proszek?

– Tylko nie wody – stęknął. – Zrób mi kurewsko mocnej, diabelnie gorącej kawy, takiego szatana – zażartował i na chwilę wyszczerzył swoje nowe, długaśne, spiczaste zębiska.

Na szczęście tego nie zauważyła, pobiegła do kuchni zaaferowana. Tymczasem ogon rósł jak oszalały, przelazł pod dupą i jak wąż wpełzał do nogawki. ZZły zaczął nerwowo rozglądać się za poduszką, musiał to przykryć, żeby dziewczyna się nie wystraszyła. Niewygodnie tak siedzieć na ogonie – myślał i zastanawiał się, co dalej. Rejczel przyniosła kawę. Postawiła przed nim filiżankę, widać, że przemyślała coś w kuchni i coś postanowiła, spojrzała mu szczerze i otwarcie w oczy, otworzyła lekko usta i chciała opowiedzieć wszystko o sobie, jak to było, jak cierpiała, kochała i jak pragnie; wciągnął swoimi rosnącymi chrapami jej wiosenny zapach sprzed sześćdziesięciu lat, wyczuł jej niewinność, świeżość. Poczuł, że ma na wyciągnięcie ręki takie rozkosze jak: zbrukanie, wykpienie, poniżenie, zadanie bólu. Z uszu wypłynęły mu niewielkie strużki dymu, próbował się powstrzymać, wstrzymał oddech, napiął się, ale nic z tego, z rozporka buchnął mu ogień.

– Może jednak przyniosę tej wody – wymamrotała przerażona Rejczel.

– Nhhieee! – wyryczał, otwierając szeroką, pełną ostrych zębów paszczę, i zupełnie przy okazji złapał długaśnym, lepkim jęzorem przelatującą muchę-pechowca. – Usiądź – wycedził. – Jesteś taka śliczna. – Wypił kawę jednym haustem. – Co taki facet jak ja ma do zaoferowania – wytarł fałszywą łzę – takiej dziewczynie. – Ogień przygasał, ZZ testował swoją nową umiejętność produkowania podrabianych łez i sprowadzania na złą drogę niewiniątek. Rejczel tylko czekała na odpowiedni moment, by mu zaprzeczyć. – Jestem już skończony, wpadłem w złe towarzystwo. Czy mogę ci zaufać? – Patrzył z fałszywym niedowierzaniem, jak dziewczynka z młodzieńczym zapałem i przekonaniem kiwa twierdząco głową. – Na pewno?

– Na pewno! Przysięgam – wyszeptała z przejęciem Rejczel.

– A podpiszesz tę przysięgę własną krwią? – zapytał z miną cocker-spaniela.

– Ja nie mam krwi – odpowiedziała płaczliwie.

– Ach tak? To nie szkodzi – zorientował się, że palnął gafę. – Nie szkodzi, naprawdę, to taki odruch, musiałem spróbować, wierzę ci bez tego. No więc, słuchaj, wpadłem w złe towarzystwo i... zrobili ze mnie zupełnie złego! A ja chcę być dobry, wiem, że mogę się zmienić, jeśli spotkałbym na swojej drodze odpowiednią kobietę... gdybyś ty... prawdziwą miłość...

Miał właśnie uruchomić fałszywe łzy, kiedy do pokoju wparował Kapitan Ojciec.

– Do dupy z takimi pomysłami! Chodź, córeczko, idziemy.

– Ale tato!

– Nie widzisz, że to diabeł? – Wycelował mu w głowę pistolet.

– Nieee! – Rejczel dostała histerii i dopiero kiedy opuścił pistolet, wyjąkała, wciągając łzy nosem: – Oon tyylkoo wpaadł w złe toowarzystwo, oon mooże się zmienić.

KOjcu mało serce nie pękło. Mnie też. Miał do mnie trochę pretensję, bo to niby mój pomysł.

– Aa! – wrzasnęła Chuda na widok ZZ. – To przecież diabeł! – Zasłoniła sobie usta dłonią. – U nas na kanapie, co on tutaj robi?

– Podrywa Rejczel – błysnąłem czarnym humorem.

– Co robi diabeł na naszej kanapie? – powtórzyła z wyrzutem Chuda, jakbym bez konsultacji przygarnął jakiegoś ubłoconego psiaka.

– No co robi, co robi, siedzi sobie – odpowiedziałem, wzruszając ramionami. – Nie bój się, przywiązaliśmy go sznurkiem do kaloryfera.

Chuda po dłuższych oględzinach rozpoznała ZZeta.

– To on?!

– No – odpowiedziałem.

Otworzyła jeszcze szerzej oczy, choć wydawało się to już niemożliwe.

– Jakie to szczęście, że nie zdążył mi nic, no wiesz, co ja bym teraz zrobiła?

– Och, jakie to szczęście – mówię, przytulając ją z całych sił. – Jakie to szczęście. – Dla mnie to ważna wiadomość, wreszcie wypowiedziana.

Kapitan Ojciec obejmuje wyrywającą się Rejczel i zawijają się do piwnicy.

– Hej, hola, oficerze, a co z tym potworem u nas w salonie?

– To twój problem. Masz srebrne serce, własną moc i w dodatku wy w ogóle umiecie się z takimi po swojemu obchodzić, wiesz, święcona woda, te sprawy. – Zamknął za sobą drzwi.

Stoimy objęci, patrzymy na czerwonoskórego, rogatego stwora, który niczego już nie udaje, tylko po prostu przerażająco wygląda. Jak to się stało, że w naszym domu jest takie paskudne zło? – zadajemy sobie pytanie, ale na analizę przyjdzie czas potem, na razie trzeba się go pozbyć.

– Ty! – Szturcham go kijem od szczotki. – Czego tu chcesz?

Zmrużył te swoje straszne oczka.

– Zjadłbym trochę padliny albo chociaż owada – odpowiedział, zgrzytając zębami.

– Co zrobiłeś z naszym fakirem? – spytała niespodziewanie Chuda.

– Z jakim naszym? – wtrąciłem.

– No przestań, z naszym, sam wymyśliłeś, że jest potrzebny.

– Dobra, dobra, tak się tylko zdziwiłem, nie słyszałeś pytania? Odpowiadaj, bo jak ci srebrnym sercem przywalę...

– Ja mu zrobiłem? Sam sobie zrobił, był wystarczająco zły, dojrzał jak robaczywa śliwka, szybciej od pozostałych. Pytacie, gdzie on jest? No, przyjrzyjcie mi się. Czy ja mógłbym bardziej klasycznie wyglądać? No, zgadnijcie, gdzie on może być?

– Musimy go wydostać. – Chuda wzięła się pod boki.

– To niemożliwe, on sam nie zechce, uwierzcie mi.

– Tobie nie można wierzyć – ucięła groźnie. – Wypuść go albo mój chłopak znowu ci czymś przywali.

W domu daje siarą jak sto pięćdziesiąt. Zrobiłem się ostatnio taki bohaterski, że rozglądam się za czymś ciężkim, żeby mu zgodnie z wolą mej wybranki przylutować w ten roześmiany, rogaty baniak.

– Niech będzie – on tymczasem robi się ugodowy. – Skoro chcecie, to was do niego na trochę zabiorę, Jeśli go przekonacie, wróci razem z wami.

– A nas wypuścisz?

– Nie mogę na siłę nikogo trzymać, zawsze możecie wrócić.

Na takie propozycje to ja jestem jednak za rozsądny, natomiast Chudej po tych przejściach coś się chyba pomieszało, bo mi szepcze, że miejmy to już z głowy, że to jedyny sposób, że chce tylko normalnie żyć i takie tam, i się zgadza, i pyta, czy pójdę za nią wszędzie, a ja, że tak, ale... Chciałem powiedzieć, że tak, ale niekoniecznie aż tam, i żeby się zastanowiła i puknęła w głowę, bo wszystko ma swoje granice. Nie powiedziałem jednak tego wszystkiego, bo nie zdążyłem. Pamiętam tylko, że słyszałem to swoje „tak" na zmianę z jego głupim śmiechem, a potem nagle ten jego śmiech ucichł i słyszałem już tylko przyśpieszone oddechy wokół siebie. Obok mnie Chuda, jesteśmy wciśnięci między ludzi cuchnących starym potem i odchodami. Pociąg zwalnia, skrzypi, słyszę ujadające psy, miga mi napis na białej tablicy, brama, którą znam z podręczników, Auschwitz II. Chuda, jakie to okrutne, jak ty tu pasujesz upiornie ze swoją niewinnością. Auschwitz. Fakir, Bolo, i Bandzior pozbierali się już całkiem i czekają na peronie, może nas nawet nie rozpoznają w tym tłumie.

– Nie jestem Żydem! – krzyczę beznadziejnie.

Rozdzielają nas, oprócz tych trzech znanych nam oprychów są też inni, biją, krzyczą, zdzierają z nas ubrania, prószy suchy, rzadki śnieg, jak to przy dużym mrozie. Nie wiem, gdzie jest Chuda, płynę w rzece obcych ciał i bolesnych razów, skowytu bitych i ryku bijących. Wybijają mi zęby, golą głowę na łyso, dają kusy, śmierdzący śmiercią pasiak. Mróz i strach palą mi skórę żywym ogniem. Gramolę się przerażony na głęboką pryczę i za chwilę będę miał czas, żeby pomyśleć, jak strasznie dałem się oszukać.

Współwięźniowie bardzo mało przypominają ludzi, wyglądają jak upiory, gorzej niż moje towarzystwo z piwnicy, nie czuję z nimi żadnej wspólnoty i mam wrażenie, że to jakaś piekielna, usprawniona jeszcze przez diabły wersja Auschwitz, bo nie wiem, jak było w prawdziwym, ale mam wrażenie, że tu nie ma nawet iskierki dobrego ludzkiego uczucia, choćby litości albo chęci, a ja między innymi oszukanymi. Nie jesteśmy jak ci w pierwowzorze niewinni, przypadkowi. Jestem głupi i słaby, czy to wystarczająca wina? Lituję się sam nad sobą, to i tak jakaś namiastka człowieczeństwa, nie pasuję do reszty, wybiegam, potykając się w drewniakach tak samo jak inni, ustawiam się na placu apelowym tak jak oni, ale staram się nie dopuszczać do siebie tego, co wrzeszczy ubrany w mundur SS diabeł.

– Nie jesteście ludźmi! Nie ma czegoś takiego jak ludzie! Jesteście zwierzętami! Nie zasłużyliście na to wszystko, co wam dano! To było niesprawiedliwe! Jesteście zwierzętami! Czujecie to, co zwierzęta! Powtarzać!

Wykrzykuję z pozostałymi, rozwieram popękane i spieczone usta, żeby jak najgłośniej wrzeszczeć:

– Jestem zwierzakiem! Tylko zwierzakiem! Czuję tylko to, co zwierzak!

Potem wyciągają na środek jednego, który krzyczał najciszej. Czuję ulgę, że to nie ja. Każdy ze stojących na placu, czyli z tysiąca, może dwóch, podchodzi, podnosi metalowy sprężysty pręt i wali go nim w gołe plecy albo pośladki. Potem wraca na miejsce. Trwa to strasznie długo, chciałbym już usiąść albo się położyć. Teraz wybierają tego, który bił najsłabiej, namawiają się, ogarnia mnie lęk. Patrzą w moją stronę, czuję paniczny strach i zastanawiam się, czy rzeczywiście się za mało nie przyłożyłem. Wyciągają gościa, który stał za mną. Ulga. Już wiem, że jemu przywalę z całych sił, żeby nie załapać się do następnej rundy. Apel się kończy, gdy połowa placu choć raz wystawiała się do bicia. Jak długo trwał? Nie wiem, bo tu nie ma zegarów. Zegary są dla ludzi. Wiem tylko, że minęła pora kilku niezjedzonych posiłków, bo czuję straszliwy głód, kiedy na chwilę opuszcza mnie strach. Pędzą nas z powrotem do baraków. Słyszę szczęk metalowych misek, w nozdrza uderza ciepły zapach zupy z brukwi, z ust cieknie mi ślina. Jeden dostaje podwójną porcję i jeszcze łyżkę smalcu. Zazdroszczę mu, jestem głodny, chciałbym mu to wyrwać, ale jest bardzo silny, wolę nie ryzykować, patrzę tylko spode łba i powarkuję jak inni. Zabierają go.

Wieczorem wraca z fioletową od sińców twarzą i odgryzionym uchem. Ślini palce i smaruje sobie rany. Nie pytam nikogo, o co chodzi, nikt mi nie odpowie, a kapo, jeśli usłyszy rozmowę... po co to komu? Po jakimś czasie, nie wiem jakim, nie będę przecież liczył apeli, nie chcę oszaleć, na pewno przed drugą rują, sam do tego dochodzę, nie muszę pytać, sam jakoś wiem, że ci, którzy na apelu uderzą najsilniej, idą potem ze sobą walczyć. Jakoś wiem, na czym polega sztuka, trzeba uderzyć wystarczająco mocno, by nie okazać się najsłabszym, ale nie na tyle mocno, aby iść walczyć w klatce. Widziałem te klatki. Jest ich dużo. Wpuszczają tam samice, znaczy zupełnie gołe babki. Też ogolone na łyso jak my, też poobijane i czasem bez zębów, ale nikomu nie odmawiają, wyginają się, wdzięczą, i aż im się śluz leje po nogach, takie są gotowe. Do jednej klatki wpuszczają kilka babek i kilku facetów, patrzyłem, czy nie ma gdzieś Chudej, ale nie widziałem i w końcu przegapiłem, co się dzieje, a w klatce faceci się szarpią, który dyma którą, ja się jak gamoń rozglądałem, więc mi została taka nieforemna, ale czuję podniecenie, więc walę ją szybko od tyłu. Ledwo zdążyłem, wyganiają nas. Kiedy wracałem z pierwszej rui, zobaczyłem fakira, był kapo w innym bloku. Zrobiłem wtedy straszne głupstwo.

– Ej, ty! – zawołałem. – Mogę cię stąd wyciągnąć. – Podbiegł do mnie i okładał pałą przez cztery zmiany w klatkach.

Ponownie zobaczyłem go przy drugiej rui. Tylko na niego patrzyłem, ale i to mu wystarczyło, jeszcze wziął sobie jakiegoś pomocnika, cały się zrobiłem niebieski od tego bicia, a potem czarnożółty, nikt się nawet ze mnie nie śmiał, tylko kolejka w rui mnie ominęła i nie mogłem odżałować. Kiedy przyszła trzecia ruja, stałem już z innymi w kolejce, nawet nie obcierałem ściekającej mi z ust śliny. Podpatrzyłem, że niektórzy nie wytrzymują podniecenia i spuszczają się, zanim przyjdzie ich kolej, niektórzy specjalnie się brandzlują. Ja wolałem trzymać, bo się bałem, że potem nie zdążę skończyć. Kątem oka widziałem fakira, wolałem jednak na niego nie patrzeć, nie przegapię kolejnego dymania, przecież tak długo trzeba na nie czekać. Nie rozglądałem się też za Chudą, tylko szybko złapałem taką nawet, nawet. Kiedy patrzyłem, jak moja ślina kapie na jej podskakujące w kopulacyjnym rytmie cycki, a jej obcość i obojętność tylko mi utwardzały wacka, w mojej głowie rozbrzmiewał okrzyk i sam nie wiem kiedy go powtórzyłem, bezgłośnie ruszając ustami, „jestem zwierzakiem", i jeszcze: „ty szmato", dodałem od siebie. Kiedy skończyłem, od razu wstałem i ustawiłem się do wyjścia, nawet się nie odwróciłem, żeby na nią spojrzeć.

Tak się to mniej więcej toczyło. Aż gdzieś tak chyba po szóstej rui do naszego baraku przyszedł fakir. Przyniósł marmoladę zawiniętą w szary papier, pachniała słodyczą, aż w całym baraku dało się słyszeć mlaskanie i cichutki, nieśmiały skowyt. Wywołał mnie. Podetknął pod nos marmoladę.

– Możesz to zjeść, ale oddawaj srebrne serce.

Kiedy tylko usłyszałem „srebrne serce", poczułem, jakbym wrócił na chwilę do siebie, spojrzałem na niego własnymi oczami i zobaczyłem zabiedzonego, potwornie wystraszonego chłopaczka, spętanego strachem, by nie spaść do roli takich jak ja, wypełniającego z zapałem każdy punkt w scenariuszu własnego cierpienia w obawie przed cierpieniem jeszcze większym. Zrobiło mi się go żal, a takich uczuć nie przewiduje się w tym miejscu. W baraku zapadła grobowa cisza, wyczuwało się ogromne napięcie, z którego już tylko krok do nagłej nadziei. Nie takiej nadziei zwykłej, odmiany strachu, czyli nadziei na uniknięcie kary, nadziei na przeżycie. W powietrzu wisiała nadzieja nagła, ta, która jest matką głupich i rewolucji. Nadzieja nagła, płonna i tak piękna, że nikt spokojnie nie zniesie jej śmierci. Nikt w jej śmierć nie uwierzy, choćby to miało być głupie. Taka nadzieja nie może się narodzić, nie w takim miejscu, władze musiały zareagować, dokonać natychmiastowej aborcji. Zdążyłem tylko powiedzieć do niego: „Ocknij się, jełopie", ale zagłuszył mnie dźwięk syreny alarmowej i stukot podkutych esesmańskich buciorów. Alarm! Wszyscy na apel! Znowu te psy. Bicie. „Mogę cię stąd wyciągnąć!" – krzyknąłem jeszcze, zanim kolba pogruchotała mi nos i podstawę czaszki.

Zaciągnęli mnie do karceru. Taki karcer to przede wszystkim walka z własną wyobraźnią. Człowiek stoi po pachy w gęstej od mułu i żyjątek wodzie. Nie można zobaczyć, co i jak tam cię gryzie, smyra czy próbuje wleźć do dupy, bo głowa wystaje na zewnątrz, parę centymetrów nad ziemią, przykryta i unieruchomiona włazem z dziurą o średnicy szyi. Prowadzisz więc dwa życia (o ile tak to można w tym miejscu nazywać), jedno to zmagania na ślepo w brei, a drugie to obserwacja obozu. Zacząłem tęsknić do baraku i apeli. Podobnie wyrzucony na ulicę durny pies tęskni za ciepłym kątem u złego pana. Bardzo źle zniosłem ruję, która mnie ominęła. Karcer jest blisko klatek, więc się napatrzyłem. Jakąś rozrywką były walki najsilniejszych po apelach. Nawet ich położenie wydawało mi się ciekawsze.

Byłem wyczerpany i chyba nadawałem się już do przeniesienia z powrotem do baraku, kiedy oprawcy popełnili kolejny błąd. Początkowo nic błędu nie zapowiadało. Wokół mojej głowy pojawiło się paru kapo, którzy najpierw podtykali mi pod nos różne nieczystości, potem pakowali do ust cuchnący ogon zdechłego szczura, a w końcu kopali moją głowę jak piłkę. Niezidentyfikowane żyjątka też się uaktywniły, a nawet pojawiły się jakieś nieco większe niż dotychczas, i tak cierpiałem w dwóch planach, sam nie wiem, jak długo, aż wszystko się uspokoiło i przed swoim zniekształconym nosem zobaczyłem błyszczące oficerki. Wtedy padły słowa, które znów dodały mi sił.

– Oddajesz srebrne serce i możesz wracać do baraku.

Jak to – pomyślałem. Mogą mi zrobić tyle rzeczy, a nie mogą zabrać srebrnego przedmiotu? No i zachowałem się jak normalnie jakiś bohater z amerykańskiego filmu.

– Bujaj się, kozi chuju – mówię.

No i wszystko od nowa, tylko, że już na cały sicher, bez przerwy, na dwa fronty, do szyi węże, szczury, pająki i wiele innego, trudnego do rozpoznania przez dotyk szajsu, a od szyi w górę poznawałem, czym jest futbol z perspektywy piłki. No i tak do następnej rui, i do następnej, aż w końcu takie to cierpienie zrobiło się już monotonne, że przestałem cokolwiek odczuwać, a moje myśli zaczęły odrywać się od doświadczeń ciała, co chyba ich nieco zmartwiło. Przyszli więc dwaj w oficerkach, przyglądali mi się, przyglądali i dostrzegli konieczność robienia mi co jakiś czas przerwy. No i faktycznie te przerwy były najgorsze. Odkąd się zaczynała taka przerwa, ja cały spięty i w strachu czekałem, aż się skończy, w końcu te przerwy bardziej mnie męczyły niż tortury.

Tuż przed kolejną rują mnie wypuścili. Umyli szlauchem i do kolejki. Trząsłem się z zimna, szczękałem zębami, ale moje ciało wyło ze szczęścia, fujara stała mi jak Minas Tirith, rzuciłem się na jakąś kobitkę z ładnym tyłkiem i zaciętym wyrazem twarzy, o dziwo, czułem się raczej grzesznikiem niż zwierzakiem, a po wszystkim to już w ogóle jakoś podle. Zamiast do baraku, zaprowadzili mnie do budynku, którego wcześniej nie widziałem. Prysznice, wyjaśnił mi kapo. W środku dość brzydkie kafelki na podłodze i ścianach, zielonkawe, zimne światło i postać w esesmańskim płaszczu. No, no, czyżby sam pan komendant – myślę sobie. Esesman przysunął sobie metalowe krzesło, usiadł i założył nogę na nogę.

– Pokażę ci dwie rzeczy – mówi. – Oto pierwsza.

Widzę przed sobą własny telewizor HD. On włącza go pilotem, na ekranie moje wyczyny w klatce, wiedziałem, że to nie mogło wyglądać ładnie, ale nie sądziłem, że aż tak przygnębiająco – aj! – naprawdę żałuję.

– Udostępnimy ten film twojej dziewczynie i wpuścimy do internetu.

Zanim skończyłem krzyczeć „NIEEE!", on wstał i przedstawił mi kolejną atrakcję. W podłodze była kratka ściekowa, duża, bardziej przypominała te na ulicy niż te pod prysznicami, podniósł ją i odciągnął, używając do tego czegoś, co przypominało pogrzebacz, a było takim specjalnym, zakrzywionym drutem z wyposażenia kanalarzy.

– Zajrzyj tam – polecił i wrócił na swoje krzesełko.

Podszedłem powoli, bo instynktownie wyczuwałem niebezpieczeństwo, ukląkłem przed tym czarnym otworem, nachyliłem się i zajrzałem. Nie zobaczyłem nic, a raczej zobaczyłem nic. Mówi się czasem, że można usłyszeć ciszę albo zobaczyć prawdziwą ciemność. Ja zobaczyłem, usłyszałem, poczułem każdym zmysłem i pomyślałem każdym zwojem i szarą komórką nic. Nie znajduję słów na to, co wyczułem duszą. Słowo „nic" jest trywialne i bezpieczne w moim świecie, bo nigdy nie oznacza prawdziwego, absolutnego nic. Czasami słowo „śmierć" albo „koniec" są mu bliższe. Głuchy strach rozlał się po wszystkim, czym jestem, nie umiałem zrozumieć, nazwać i w znany mi sposób skonsumować tego nic, wywołało we mnie w niespotykanym natężeniu nostalgię, pragnienie życia i przeciwieństwa „niczego". Kafelki wydawały mi się zbyt śliskie, przywierałem do nich palcami, miałem w sobie sprzeciw i chwilę zrozumienia, zapragnąłem pomocy i tylko ułamki sekund dzieliły mnie od nawrócenia. Gość w niemieckim mundurze był jednak zbyt doświadczony, aby do tego dopuścić.

– Ból i strach przed bólem to prymitywne cierpienia zwierząt – oznajmił, popychając mnie kolanem w dół do otworu. – Skoro odmawiasz bycia zwierzęciem, przyjmij prawdziwą karę.

– Nie! Błagam! Chcę żyć. Chcę wrócić do dużego pokoju. – Wyjąłem zza pazuchy srebrne serce.

– No – powiedział, odepchnął mnie nogą i zasunął z powrotem kratkę.

Nie wypuściłem serca od razu, przez chwilę trzymaliśmy je razem.

– Nagranie zniszcz – powiedziałem jeszcze.

Zastanowił się przez chwilę, przyjrzał mi się uważnie.

– Okej, keine problem, nagranie kaput – odparł z tym swoim szelmowskim uśmiechem, zabrał mi serce, a ja dopiero w tym momencie rozpoznałem w nim ZetZeta. – Nie poznałeś mnie w tym mundurze. Uwielbiam hitlerowskie ciuchy. W ogóle ładnie to urządziłem, co?

Nie zamierzałem przyznawać mu racji.

– Chcę do domu, jak najszybciej.

– Oczywiście, już w tej chwili się tam przemieszczamy. Musi to potrwać, byłeś tu dobry rok, jeśli chcesz wrócić w to samo miejsce, trzeba zwinąć, co się rozwinęło, że tak ci to skrótowo przybliżę. Jak ci się podoba ten pomysł z kratką ściekową? Zastanawiałem się, czy nie lepiej, żeby zaglądało się przez drzwiczki krematorium, bardziej by pasowało, nie sądzisz?

Wkurzał mnie.

– Nie jestem twoim kolegą – odpowiedziałem.

Skrzywił się na to z politowaniem.

– Nie próbuj być bardziej nieprzyjemny ode mnie, bo mogę na przykład nie dotrzymać słowa.

– Możesz? – przestraszyłem się. I zaraz odetchnąłem z ulgą. Gdyby mógł, toby nie dotrzymał, czyli nie może. – Długo tak będziemy tu sterczeć?

Wzruszył ramionami.

– Mógłbym ci dać złudzenie, że lecimy samolotem albo wracamy pociągiem, który cię tu przywiózł, ale mi się nie chce. Równie dobrze możemy przeczekać podróż tutaj. Masz. – Dał mi swoje krzesełko, a sam rozsiadł się w klubowym fotelu, z wyprofilowanym zagłębieniem na ogon. Nie pytałem nawet, skąd się wziął ten fotel. Spytałem o co innego.

– To nie było prawdziwe Auschwitz, prawda?

Popatrzył na mnie jak na przygłupa, ale odpowiedział tak, jak się odpowiada nieciekawemu, przypadkowemu pasażerowi w przedziale.

– W każdym razie nie to, które było na ziemi. To tutaj to taki sekłel albo rodzaj franczyzy, nie wiem, jak ci to wytłumaczyć, no, ale jest sporo różnic. To na ziemi jest niedoścignione, przede wszystkim tam byli niewinni, często dobrzy ludzie, tutaj tacy są niedostępni.

– A ja? – zapytałem oburzony.

– Ty? Ty prawdopodobnie do mnie wrócisz – powiedział z tą swoją upiorną wesołością i zaczął mnie straszyć zaglądaniem w oczy.

Zląkłem się, przyznaję, i schowałem twarz w dłoniach. W końcu mu się znudziło, dla zabicia czasu zaczął mi opowiadać o swoim uznaniu dla Trzeciej Rzeszy, przywoływał jakieś potworne wydarzenia, mordy, wynaturzenia i to wszystko na zwykłych, niewinnych, dobrych ludziach, tu na dole tego nie mamy, powtarzał z zazdrością.

– A najlepsze jest to masowe przywodzenie niewiniątek do grzechu, do nienawiści, stawianie w sytuacjach bez dobrego wyjścia, to były czasy. Na szczęście wy jesteście tacy durni. W ogóle nie chcecie przyjąć do wiadomości, że wasze przebywanie na świecie to zaledwie mgnienie oka, aż dziwne, że się wam tak chce zaznaczyć swoją obecność, przejść do historii, być wspominanym, pozostawić na świecie swój ślad. Wydaje się wam, że zostajecie Aleksandrami Wielkimi, a wydrapujecie „tu byłem" na lamperii w kiblu. Wszystko zawsze na opak. Skoro trafiacie do świata ulotności, to pragniecie czegoś, co nie przemija. Gdybyście jeszcze umieli coś z tym zrobić, gdybyście jakimś cudem to dostali. Jesteście beznadziejni.

Nudziły mnie te jego wywody, co podkreślałem głośnym ziewaniem i wyrażaną wprost sugestią:

– Przestań przynudzać.

Potem jeszcze próbował mnie nieudolnie szczuć na Niemców.

– Wiem, że myślisz o nich jak o łowcach głów, ludożercach. Wspaniale. Bingo, że się tak wyrażę. Masz instynkt ofiary. Twój szósty zmysł działa jak ruchliwy, przerażony nosek zająca, wyczuwasz niebezpieczeństwo. Tyle że nazwa „łowca głów" kojarzy się z rytuałem składania indywidualnych ofiar, chorą radością z pokonania i zjedzenia przeciwnika, z wieszaniem na ścianach, żerdziach i szyi kościanych trofeów. Nic z tych rzeczy. Pra-Niemcy gdzieś tam w środkowej Azji nie byli koczownikami. Byli osiadłymi „rolnikami", a rolnicy mają inne podejście. Potrzebują wielu czaszek, by ułożyć w domu posadzkę, piszczeli do zrobienia równego płotka w ogrodzie i wreszcie skalpów, najlepiej w jednym odcieniu, żeby pokryć dach estetyczną strzechą. Mydła, żeby dzieci nie biegały umorusane, łoju do świec, wapna ze startych na proch kości do pobielania ścian, włosów do materaców, skóry na obicia mebli i na rękawiczki, płaszcze, pantofelki, zębów mlecznych na oczka do pierścionków zaręczynowych. Potrzebują dużo materiału, nie ma czasu i powodu, żeby urządzać jakieś rytuały. Zresztą to by się wiązało z szacunkiem dla pokonanego, a tu nie ma mowy o pokonywaniu, to nie walka, tylko rolnictwo, zwykła praca. Ich osady są zwarte, bo nie musieli mieszkać blisko pól, za to musieli współdziałać przy polowaniu i przeróbce tusz. Przez wieki dorobili się wspaniałej, beznamiętnej organizacji pracy i małomiasteczkowej harmonii. Trudno powiedzieć, kiedy nazwano to czystością rasy, ale od początku zupełnie naturalne musiało być, że współżycie i, o zgrozo, mieszanie się ze zwierzyną groziło załamaniem klarownego systemu i musiało być jak najsurowiej karane.

Ze sposobu, w jaki mi się przyglądał, domyśliłem się, że liczy na wielki efekt swoich słów, na złość, oburzenie, na palącą żądzę zemsty.

– Szukasz we mnie nienawiści? – spytałem. – Taki znowu skory do gwałtownych uczuć to ja nie jestem. Chyba że mnie ktoś na kasie za robotę kantuje. Musisz być sprytniejszy i choć trochę wiarygodny. Może i jestem glazurnikiem, ale z wyższym wykształceniem jednak. Ja tak tylko gadam czasem na nich, w końcu trochę zasłużyli. W dupie mam Niemców, to teraz jeszcze większe ekologiczno-wegetariańskie cioty niż my. Wymyśl coś lepszego.

Nie przejął się.

– No, jesteśmy na miejscu. – Klasnął w dłonie i podniósł się z kanapy, a ja i Chuda stoimy tam gdzie wtedy, kiedy ona ten głupi pomysł zapodała.

O rany, co za szczęście – pomyślałem, rozglądając się po swoim kochanym mieszkanku.

Wyszedł, a ja zostałem bez srebrnego serca, za to z Chudą wtuloną we mnie i obficie płaczącą mi w sweter. Właściwie to chyba w tym momencie się zdecydowałem, że chcę się z nią ożenić. Dopiero teraz, po tym roku piekła, zrozumiałem, jakim cierpieniem jest samotność. Dopiero teraz to do mnie wróciło. Przez chwilę czułem się jak dziecko, które po przyjściu na świat nie może się pogodzić z darem indywidualnego życia, własnego, na razie bielutkiego konta. Tak jak przestraszone dziecko na siłę i rozpaczliwie szuka drugiego człowieka i wtula się w niego w nadziei, że się zleją w jedno, wpycha się w objęcia, bo czuje, że proces atomizacji da się jakoś odwrócić, że ta przeklęta samotność była tylko na chwilę, tuliłem się do Chudej i nie chciałem być już sam. Pomyślałem nawet przez chwilę z ulgą, że te czterdzieści, pięćdziesiąt lat, które mi zostało, to tak naprawdę chwila i jakoś to zniosę, byle tej samotności nie pokochać, nie zapisać tego swojego konta zbyt atrakcyjnie, nie mieć oporów, by ten świstek w odpowiednim momencie odrzucić. Mieć wobec siebie wystarczająco dużo sceptycyzmu, żeby nie dostać w nagrodę siebie samego na wieczność. Nawet herbatę poszliśmy zrobić razem, nie rozluźniając objęć.

„Nie wypuszczaj mnie z rąk" – szeptała romantycznie, a ja tylko ją całowałem w głowę i powtarzałem bez sensu, za to czule: „Moja, moja, moja". I tak razem z herbatą wylądowaliśmy na kanapie. Chwilę się zastanawialiśmy, czy nie przeszkadza nam, kto tu siedział, ale biorąc pod uwagę, skąd sami wróciliśmy, to chyba bez znaczenia. Chciałem jej powiedzieć, że może nie jest najgorzej być targanym wyrzutami sumienia grzesznikiem, bo to dość bezpieczna postawa, dająca siłę do odrzucenia doczesności, i jeszcze, że uwielbiam jej ciepło.

– Widziałeś fakira? – spytała mnie szeptem.

Przez moment wszystko stanęło mi znowu przed oczami, przypomniałem sobie to piekące zimno, przytuliłem ją mocniej.

– A ty? – spytałem drżącym głosem, obiecując sobie, że o nic nie będę miał pretensji. – Jak ty sobie radziłaś?

– Byłam tylko na peronie.

Zesztywniałem. Słuchałem jej opowieści przepełniony podejrzeniami i przerażony własną spadającą samooceną. Ona na peronie zobaczyła dziecko, małego chłopca, objęła go i zaczęła krzyczeć: „On nie ma prawa tu być!". Bili ją, a ona nie przestawała, zatłukli ją jeszcze na peronie i od razu znalazła się z powrotem tutaj.

– A ty? Widziałeś jogina? Daleko zaszedłeś? Co widziałeś?

Może z tym ślubem to trochę za szybko – pomyślałem. Piekły mnie policzki, zrobiło mi się za gorąco.

– Ale z ciebie dzieciak – powiedziałem i wyplątałem się z jej objęć. – Idę do łazienki.

– Dlaczego uciekasz?

– Nie uciekam.

– Nie musisz opowiadać.

– Wiem, że nie muszę opowiadać, ale muszę się odlać.

W łazience chłód kafelków bardzo źle mi się skojarzył, zapragnąłem wrócić jak najszybciej pod ciepły kocyk, poczuć jej lekkość i zaangażowanie, ale tylko oglądałem nerwowo swojego wacka, czy nie przywiozłem stamtąd jakiejś piekielnej francy.

Jeszcze więcej

Spędziliśmy cały wieczór sami. Co nie znaczy we dwoje. Ja sam i ona sama. Dzień jak co dzień, ona internet, ja albumy, „zrobić ci herbaty?" i takie tam kontakty słabe, często tak bywa, ale dziś wróciliśmy z piekła i powinno być tak jak przez chwilę po powrocie, a nie jest. Ja zasnąłem pierwszy. Znów przez całą noc zmagałem się z białym światłem, smutkiem i niewyjaśnioną bezsilnością. Rano, zanim zrobiłem kawę, zjadłem potajemnie dwa wielkie tosty z szynką, jeden z serem i jeszcze jeden z dżemem. Zaniosłem dwie filiżanki do łóżka. Patrzyła na mnie, jakby na coś czekała, ale skąd ja mam wiedzieć na co. Poczułem ulgę, kiedy usłyszałem: „Hop, hop, jest tam kto?". Kapitan Ojciec, Rejczel i ze trzydzieści martwych dzieciaków; stali w przedpokoju i nie chcieli wejść dalej nieproszeni. Wyszedłem do nich. Jak ja mogłem się ich bać? – pomyślałem i machnąłem zapraszająco głową. Obsiedli kanapę, parapet, dobierają się do komputera Chudej, słodkie.

– Jest tylko jeden kłopot, kapitanie.

Spojrzał pytająco.

– Nie mam tyle pieniędzy.

Zmarszczył brwi.

– No, nie patrz na mnie jak na jakiegoś szmalcownika, nie stać mnie, żeby takiej bandzie, coraz większej, codziennie kupować prezenty.

– Jeśli masz srebrne serce, to nie musisz płacić. Nikt ci złego słowa nie powie.

– No, ale to będzie kradzież – wypaliłem, jakby miało to dla mnie znaczenie.

– Co tam kradzież? – KO wzruszył ramionami i nie musiał już dodawać, co takiego widział, że tego rodzaju grzeszki jak zwędzenie paru szmat i gadżetów nie robią na nim wrażenia.

– On już nie ma serca – powiedziała bezbarwnie Chuda, sunąc przez pokój w stronę komputera niczym zawinięta w szlafrok zjawa. Nastoletni nieboszczycy usunęli się jej z drogi i zabrali swoje wysuszone tyłki z jej obrotowego krzesełka. – Oddał diabłu – rzuciła, nie odwracając głowy od ekranu. – Kto mi zrobi jeszcze kawy?

– Ja!

– Ja!

– Ja!

Zaczęli się przekrzykiwać, każdy chciał obsłużyć ekspres.

– Jak to? – Kapitan Ojciec złapał mnie oburącz za ramiona. – Dlaczego? – Brzmiało to jak początek „dlaczego mamy się poddać" albo „dlaczego odmawiają nam amunicji", albo „dlaczego nie przysyłają posiłków".

– Dlaczego? Dlaczego? Oddałem, bo musiałem.

– No to nasza umowa robi się pilna. Musimy się stąd jak najszybciej wynieść. To znaczy ja bardzo chętnie jeszcze raz wezmę karabin do ręki, ale te dzieciaki? Rachela? Coś ty zrobił, człowieku?

– Wykiwał mnie, co to, pierwszy raz w historii człowiek się daje wyrolować? Dacie sobie radę, ludzie się was boją, dziadka Nostromo czymś poparzyliście i doktorek też niezły rzeźnik przecież.

Kapitan Ojciec był poważnie zmartwiony.

– To ty zaburzyłeś porządek. Nawarzyłeś piwa, bratku, to je teraz wypij. Tym bardziej że tylko ty możesz to zrobić, już trzy razy pobiłeś tego diabła, jesteś odporny na działanie serca i... chyba nas lubisz.

Ja was lubię? Ja się was boję! A mój nieżyjący tatuś był antysemitą, że o mleku matki nie wspomnę. Od paru dni jestem w gigantycznym stresie, strzelają do mnie faszyści, biję się z diabłem, oprowadzam i sponsoruję całe to Makabi piwnica, i co z tego będę miał? Pomacham wam na do widzenia, popatrzę, jak się za wami zamkną wrota waszego żydowskiego raju, a sam co? Pójdę znowu do piekła na rekonesans? Szukam wzrokiem pomocy u Chudej, ale ona siedzi przy komputerze.

– Chuda, powiedz mu coś! – wołam.

Ma słuchawki na uszach i się do siebie śmieje, a może do Chirico, a może do kogoś innego z miliarda dostępnych w sieci, nie do mnie w każdym razie.

– Zrobię, co się da – mówię. Wkurwia mnie ta Chuda. – Jak zwykle Żydzi wykiwali durnego Polaczka – mruczę pod nosem, wspominając mądrości ojca, którego nudna postać, ubrana w wypchany na kolanach i dupie dres, majaczy przez chwilę w moich wspomnieniach na tle okna z firankami.

– Idziemy dziś na spacer do parku i do Zachęty, bo dziś wpuszczają za darmo – oznajmiam głośno. Niezadowoleni, rozczarowani, Rejczel patrzy na mnie tak, że ojczulek znika z moich myśli jak dym z ostatniego papierosa w wolnym od nikotyny świecie świeżego powietrza i biegających boso po trawie buddyjskich ekologów. Zaczynam liczyć kasę na koncie, nie dla uspokojenia jak zwykle, tylko tak kombinuję, ile mogę jeszcze wydać, nie zrywając lokat, albo trudno, jedną zerwę, chociaż może lepiej się opłaci mały debet, drapię się w głowę.

– Nie mamy żadnych pieniędzy – mówi KO drętwo. – Wiesz, jak było pod koniec w getcie.

No, mają mnie. Nie będę im przecież pomagał za pieniądze.

– Tylko się na mnie nie dąsajcie – mówię łagodnie. – Trudno, zrobimy mały debet, ale potrzebna nam ochrona, nie dam rady sam z tymi łysymi bandziorami.

– Pójdę z wami. – Kapitan wyjął zza paska swojego visa, przeładował i schował z powrotem. Rejczel przewróciła oczami. Ja też.

– Tylko nam powstania w Arkadii brakowało.

– Mam też dwa granaty – dodał poważnie.

– Idzie twój pasterz odbytu – mruknął Hitler do Fritzla na widok nadchodzącego ZZ. Czytał coś ostatnio w internecie o starożytnym Egipcie w poszukiwaniu wiedzy tajemnej i tak mu się skojarzyło. Zupełnie Zły wszystko słyszał, gdyż jego czerwone, spiczaste uszy rejestrowały, co chciał, z najdalszej odległości; z nowych umiejętności potrafił jeszcze krzesać ogień kopytami i puszczać dym nosem. Czuł też w sobie nadzwyczajną przebiegłość oraz złowrogą depresję, której przyczynę będzie próbował wypierać poprzez szerzenie zła.

– Skąd o tym wiesz?... – Chciał dodać „kurduplu", lecz odbiło mu się akurat siarką.

– Podglądaliśmy was – wyśpiewał bez bicia Hitler, trochę przestraszony nową aparycją ZetZeta, to jest głównie krowimi rogami na głowie, czerwoną skórą i owłosionymi nogami fauna. Gdyby było w nim jeszcze cokolwiek z człowieka, musiałby czuć się nieswojo, gdy tak stukał kopytkami, stawiając drobne kozie kroczki na posadzce podziemnego parkingu. On tymczasem paradował sobie jakby nigdy nic, jakby nie był ubrany tylko od pasa w górę, za to od pasa w dół okryty jedynie bokserkami w zielone samochody, włożonymi tył na przód, żeby móc wystawić przez rozporek ogon. Nie przejmował się, srebrne serce nie pozwalało ludziom okazywać nieprzyjaznego zdziwienia, nawet najbardziej szokującą obcość musieli witać z uśmiechem i życzliwością. Majtki włożył dla własnej wygody, wystarczy, że ogon mu się majta, żagiew wolał mieć pod kontrolą.

– Macie zdjęcia? – zapytał z uśmieszkiem.

Kapitan O obiecał nie wyciągać broni bez mojego pozwolenia. Ubrał się niechętnie w mój stary garnitur, kategorycznie odmawiając czegokolwiek innego, ale i tak narzekał na dziwny jego zdaniem krój oraz podciągał niemiłosiernie wysoko spodnie, co jak wyjaśniła zawstydzona Rejczel, miało być zgodne z przedwojenną modą.

– Tato, proszę cię... Wyglądasz śmiesznie, nie rozumiesz?

Nie rozumiał. Bariera pokoleniowa. Nie wyglądał szczególnie dobrze, fakt, ale mało to pojebów w Warszawie? Nikt nie zauważy. Rozglądał się dość nieufnie i co chwila sięgał pod marynarkę, szukając chłodnej kolby. „Tato". Na szczęście jedno takie ciche napomnienie załatwiało sprawę.

W Arkadii było spokojnie, żadnych skinów, może mieli na nich oko po ostatniej awanturze. Zdecydowaliśmy się na eksperyment. Chirico nas namówiła. Daliśmy wszystkim podopiecznym tak zwany czas wolny. Podjąłem kasę z bankomatu, każdemu dałem po dwieście złotych, mało mi serce nie pękło, jeszcze Chirico wydębiła ode mnie dwie paki na wszelki wypadek itd., bo jest mała i jeszcze sama nie zarabia – a bierzcie, wszystko sobie weźcie, kogo jeszcze mam utrzymywać, bierzcie. A co? To tylko moja ciężka harówa, od której prędzej czy później dostanę dyskopatii. Kto by się przejmował takim frajerem – wszystko to tylko sobie myślałem, tak dla zachowania jakiegoś pionu moralnego, bo nie można rozdawać hajsu, nie można. Na zewnątrz się jednak uśmiechałem i nawet za nimi pomachałem, mimo że już dawno się odwrócili plecami i podekscytowani zupełnie o mnie zapomnieli, gówniarze żydowscy, naciągacze małoletni, jeszcze tak sobie gderałem w duchu, ale czułem też perwersyjną, masochistyczną przyjemność czynienia dobra, która łaskotała mnie w środku milionem iskierek i nastrajała nieco płaczliwie.

Usiedliśmy sobie z kapitanem w kawiarni. Nie mógł zrozumieć, że w kawiarni nie można palić, zapytywał nawet, czy nie jest to aby jakiś relikt faszyzmu, ale mu wyjaśniłem, że to nowy wynalazek. Nie bez trudu namówiłem go na ciastko. Zamówił, zjadł. Zamówił jeszcze jedno, zjadł, i tak z siedem razy. Wyznał m, że za życia nie jadał ciastek, ponieważ mu się to wydawało niemęskie. Co to były za straszne czasy – pomyślałem trochę w stylu Chudej – eskalacja kultu męskości, nic dziwnego, że się to tak strasznie skończyło. We wszystkich rządach świata zasiadali chłopcy przebrani za Zorro, Supermana, Wilhelma Tella, Pirata, żaden nie chciał słuchać mamy, każdy uważał, że dziewczyny są głupie i że trzeba być twardym, i że jako pozytywny bohater ma wszystkich pokonać, żeby nie wiem co, zaciskali piąstki i krzywili buzie, udając gotowość do walki, straszne czasy.

– Cukier jest tak samo niezdrowy jak tytoń – powiedziałem. – Ale jest mniej męski, a męskość jest w odwrocie. Bezprecedensowym, panie kapitanie – zdążyłem powiedzieć i poczułem, że mam ochotę na piña coladę, a co, że to niemęskie, a co, ja tu na podryw przyszedłem?

Zamówiłem. Sączymy drinki z fantazyjnych szklanek.

– Czym jest właściwie to srebrne serce? – spytałem.

– Myślałem, że wiesz. – KO, akceptując przez chwilę odwrót męskości, zabulgotał słomką w drinku.

– Nie wiem. Proszę o chwilę powagi, kapitanie.

– No dobrze. – Wyjął słomkę, przyłożył do ust jak papierosa i zaciągnął się waniliowym powietrzem. – Dawno, dawno temu – powiedział, przyjrzał się przez chwilę słomce, piña coladzie i w końcu mnie. – Albo nie będę się rozwodził. To taki artefakt, który bronił Żydów przed prześladowaniami. Kiedy go mieli, przyjmowano ich gościnnie i dobrze traktowano, gdy go tracili, robiło się niewesoło, a tracili często, bo zawsze ktoś tam się w końcu zorientował, o co chodzi, i go wykradał, żeby mieć władzę. Sporo przed wojną gdzieś wsiąkł. Zgarnął go jakiś samolub. Jak już wybuchła wojna, to zamiast normalnie wystąpić w imieniu narodu czy nawet państwa, on się schował w domu i chciał przetrwać z rodziną. Potem bomba, na samoloty artefakt nie działa. Serce zniknęło pod gruzami. Przechodziło z rąk do rąk, a to artyleria, a to zabłąkana kula, a to mina, nic nam nie pomogło.

– A dlaczego na mnie nie działa?

– Jesteś czołzenłan – powiedział Szymek, który wyrósł jak spod ziemi. – Dorzuć pięć dych na prezent dla ślepego.

– Jakiego ślepego?

– Nie pamiętasz? Poznaliście się, jak byłeś u nas pod ziemią. To mój dziadek.

– To nieładnie mówić ślepy. Mówi się niewidomy. Co mu chcesz kupić?

– Daj mu to. – Jednooki Aron wykrzywiony w prawie uśmiechu podtykał mu zestaw piłeczek pingpongowych, wyjął jedną dla demonstracji i zamontował sobie w pustym oczodole. – Jak wyglądam?

Szymek zarechotał i pokazał Aronowi w szklanym blacie stolika jego odbicie, grymas Arona zamienił się w prawdziwy śmiech. Stali i rechotali jak dwa zwykłe szczawie. KOjciec nerwowo zaczął się rozglądać za Rejczel.

– Ona musi to zobaczyć, nie wiecie, gdzie jest moja córka?

– Tu jestem. – Okazało się, że stoi tuż za nim. – Ale wcale mnie to nie śmieszy. Zachowujecie się jak idioci.

– Dawno nie widziałem takich uchachanych gości, dlaczego oni nie znikają ani nic? Myślałem, że jak śmiech, to można odejść.

– Każdy tu jest z innego powodu – wyjaśnił KO.

– Mam! – powiedziałem głośno, trochę się bałem kontynuować na głos tę swoją myśl genialną, która mi przyszła do głowy zaraz po użyciu słowa „uchachani". – Wie pan, kapitanie, są takie papierosy... właściwie skręty, niestety nielegalne, gdyby pan zrobił odstępstwo i pozwolił Rejczel...

– Oszalałeś chyba – przerwała mi Chirico. – A jeśli ona złapie doła, co zrobisz?

– I tak ma doła, może warto zaryzykować – powiedziałem i na tym zakończyłem wątek, bo Kapitan Ojciec patrzył na mnie, jakby miał się zaraz zamienić w wielki pistolet Vis wymierzony w moją durną głowę, która, przyznajmy to, sama tęskniła za jakimś przyjaznym splifem. Zmieniłem temat.

– No to co chcesz kupić dziadkowi, Szymek?

– Takiego pluszowego kotka – krztusił się, walcząc z atakiem głupawki. Miał prawdziwego, ale zostało już z niego tylko parę kostek i kłaczków.

Wyjąłem i podałem mu pięćdziesiąt złotych.

– Nie mam więcej! – uprzedziłem pomysły pozostałych. – Nie dam już dziś nikomu ani złotówki.

ZZ wybrał najbardziej rozgarniętego spośród neonazistowskich hominidów i poszedł z nim do działu kadr spółki ochraniającej Arkadię. Po paru minutach wyszli z angażem. Srebrne serce jest niezawodne. ZZ wywalił fioletowy jęzor i oskubywał go z żółtych kłaczków ze sweterka pani naczelnik. Sweterek miał dekolt, więc Zupełnie Zły oczywiście musiał tam… zanim o cokolwiek poprosił.

– Obrzydliwe – prychał. Udało się, Jerzy Rosiak został zwolniony, a młody faszysta przyjęty, będzie siedział przy monitorach. – Tylko bądź uważny, wiesz, kogo masz szukać – instruował – masz mi codziennie dostarczać fajne filmiki, jasne? Tfu, tfu, cały język mi oblazł, zaraz się tego nałykam.

Kiedy wstaliśmy od stolika, kapitan z tą swoją czujną, żołnierską miną uścisnął mi rękę suchym, twardym uściskiem.

– Dzięki tobie te dzieciaki są szczęśliwe jeszcze tu na ziemi, większość rechocze jak przed wojną, chyba rzeczywiście jesteś wybrańcem.

Już się miałem rozpłakać, i to bez żartów, byłem serio gotów do wzruszeń i lekkiego patosu, ale przez ramię kapitana zobaczyłem, co zobaczyłem. Środkiem arkadyjskiego pasażu handlowego szła duża grupa piwnicznych oberwańców, w jesionkach, płaszczach, chustkach, postrzępionych czapkach, niektórzy w bardzo złym stanie.

– Musimy ich stąd zabrać, bo zrobi się skandal.

Tylko jak? Nie słuchają mnie, nie słuchają kapitana, nikogo nie słuchają. Kłócą się z nami, płaczą, że niby dlaczego oni nie mogą, dlaczego mają siedzieć pod ziemią, przecież wiedzą, że trzeba odpowiadać, że są z grupy rekonstrukcyjnej – o co chodzi?

Ledwie udało mi się ich ubłagać, żeby zawrócili, kiedy dostrzegłem kolejną grupę, tym razem zupełnie dorosłych.

– Pobiegnę im powiedzieć, żeby mówili, że idą na próbę przed wielką paradą na Halloween – pisnęła dzielna Chirico i faktycznie pobiegła. Ma rację, nie mogą wszyscy mówić tego samego.

Ale co to? Zbliża się kolejna grupa umarlaków. Pozdrawiają się: „Czuwaj, druhu Mojżeszu", „Czuwaj, druhu Izaaku". Czyli to jakaś zmowa, umówili się, udają harcerzy z grup rekonstrukcyjnych.

– Dużo ich może być? – pytam rozpaczliwie KO.

Wzruszył tylko ramionami:

– A co, nie wiesz, ilu Żydów zginęło w Warszawie?

– A Polaków?

– Polaków też trochę zostało, ale po pierwsze ich jest więcej na Woli, na Starówce i w Śródmieściu, szczególnie pod Alejami Jerozolimskimi, a po drugie nie wiem, czy to całe zamieszanie ze srebrnym sercem na nich podziałało.

– O matko! A Niemcy? – spytałem przerażony.

– Z Niemcami nie ma problemu, wszyscy do szóstego pokolenia idą do piekła bez sądu – omal się nie uśmiechnął KO.

– Został tylko jeden, pułkownik Fritzl, nie wiem, jakim cudem uchował się przed sprzątaczami*. Może po to, żeby doktor i jego sanitariusze mieli jakieś emocje?

Rozdzieliliśmy się, musimy wszystkich zebrać i wyprowadzić. Po półgodzinie zebraliśmy pół setki.

– W dwuszeregu! Idziemy!

Dobrze, że KO umie dowodzić, a oni choć trochę go jednak słuchają. Idą, nieszczęśnicy, i płaczą, bo nie chcą wracać do piwnicy. Oszukuję ich, że wrócą tu jutro, tylko muszą mieć ubrania i takie tam. Nie wytrzymam tego. Skąd ja wezmę tyle pieniędzy? Przecież w tym naszym słonecznym mieście może ich być ileś tam tysięcy. Mam nadzieję, że nie wszyscy są w mojej piwnicy. Nie dam rady. Urywam się na chwilę, wpadam do sklepu, w którym kiedyś odbijałem rękę Szymka. Po naciąganej znajomości, krótkich negocjacjach i chyba zawyżonej cenie wybiegam z nadzieją na lepszy humor. Kiedy tylko wyszliśmy na zewnątrz, zapaliłem jointa, głęboko się zaciągnąłem i trzymałem w sobie ten leniwy upał Antyli, ten spokój. Kapitan szturchnął mnie łokciem i poprosił o macha. Zawahałem się przez chwilę, ale co tam, palimy na spółkę. Wypaliliśmy, zanim udało nam się dotrzeć na przystanek. Pakujemy wszystkich do tramwaju. Ledwo się mieszczą. Pasażerowie zdezorientowani. Nasi podopieczni tłumaczą się niepytani, jedni, że to harcerska grupa rekonstrukcyjna, inni, że to parada na Halloween. Ja na szczęście zaczynam łapać luz i zdrowy dystans. Co mnie właściwie ci pasażerowie obchodzą? KO też jakby mniej spięty, szturcha mnie łokciem i leniwie podrzucając głową, pokazuje, że ulicą idzie ze dwudziestu naszych, a dalej

* Sprzątacze – rodzaj aniołów oczyszczających świat z dusz pragnących uniknąć sądu.

kolejna grupka, wszędzie ich pełno. My jednych wieziemy z powrotem, a pięć razy tylu innych idzie w stronę Arkadii. Westchnąłem ciężko. To moje westchnienie nie wydawało mi się początkowo zabawne, lecz kapitan był innego zdania. Próbował się powstrzymać, nic z tego, klasyka gatunku, śmieje się jak wariat i nie może przestać, miałem rację, żeby dać przypalić Rejczel. Im dłużej myślę o tym swoim westchnieniu i patrzę na ryczącego ze śmiechu KO, tym bardziej dochodzę do wniosku, że to jednak było zabawne. Ostatecznie wypadamy na naszym przystanku uchachani jak licealiści, a dzieciaki wszystkie karnie za nami, co nas jeszcze bardziej rozbawiło – a idźcie sobie, gdzie chcecie, to już i tak bez znaczenia. Rejczel i Chirico patrzą na nas z politowaniem. Szymek i Aron z zazdrością.

– Jak to się wszystko stało, kapitanie? – pytam, rozglądając się po alei Jana Pawła II, na której jest mniej więcej tylu przechodniów żywych, ilu nieżywych.

– No, przemówienie Becka o honorze, a potem już poszło. – Kabaretowo rozłożył ręce w geście bezradności.

– Może gdyby się pomylił, trochę przejęzyczył i zamiast o honorze mówił o homarze, że bardzo ceni sobie i gustuje, toby było jakoś lepiej? – Ja zawsze mędrkuję po blantach, Chuda dlatego nie lubi ze mną palić, chyba że od razu się kochamy, ale kapitanowi to przypasowało, tyle dekad zastygły w stresie, trudno się dziwić.

– No, może i tak. Dobrze przyrządzony homar jest dla mnie najważniejszy, lecz nie znam pojęcia pokoju za wszelką cenę, nawet jeśli ma taras z widokiem na tyłek Marleny Dietrich. Są inne hotele, mili panowie, w których też potrafią podać homara, nie dam się oskubać do ostatniego guzika, o nie!

Szliśmy chwilę zadumani. Pierwszy raz widziałem go w takim stanie, pierwszy raz nie wyglądał na gościa, który jest uzbrojony. Zobaczyłem pustą puszkę po fancie.

– Criiistianooo Ronaldo, proszę państwa, co za zwód, podaje do Raúla. – Może i on faktycznie podobny trochę z twarzy do Raúla, a może bardziej do Figo, taki poważny, ale przyjął ładnie i strzelił na bramkę, czyli w ławkę, na bramce pojawił się Szymek i obronił, podał do Arona, Aron ładna kiwka, minął kapitana, ale ja elegancko podwójne krycie, odbieram mu puszkę; podanie do kapitana, on zawodowy zwód na prawo i strzał w lewy róg po ziemi, Szymek jest bez szans. Jeden zero. Pograliśmy jeszcze trochę. Musimy zagrać kiedyś prawdziwą piłką. Mam w domu, więc nie będzie problemu.

Idziemy zziajani. Rejczel i Chirico poszły wcześniej i pewnie są już z Chudą w domu. Dziwne, że tak ją puścił samą, to nie w jego stylu.

– Słuchaj, to prawda? Bo coś mi Rachela mówiła, że jest państwo Izrael?

– No jest, chłopie, a jaką ma armię. Podobałoby ci się.

– Zabijają Niemców?

– Teraz to raczej Arabów, ale po wojnie trochę na nazistów polowali, z powodzeniem, z tego co słyszałem.

– No, a w Polsce, co się działo po wojnie?

– W Polsce? – Nie byłem ja orłem z historii, ale za to ojciec mój szanowny lubił po wódeczce ułożyć usta w kurzą dupkę i po takim wstępie opowiadać, jak zapamiętał tamte dawne trudne czasy, więc po ojcu i ja powtarzam: – No wiesz, po wojnie kraj zniszczony, trzeba odbudowywać, potrzebni fachowcy, zrobiliśmy remanent, kto przeżył, bo trzeba się zabrać do roboty, wyznaczono sektory, w których miały się zbierać gildie, cechy, zrzeszenia. Tu architekci, tu lekarze, inżynierowie, nauczyciele, operatorzy dźwigów i tak dalej. Czekamy, czekamy. Sprawa poważna, bo i granice zmienione. Nie można jednak czekać w nieskończoność. Nerwowe zerkanie na zegarki. No i klops, wszędzie pusto. Tylko dwa sektory pełne – w jednym złodzieje jabłek, w drugim złodzieje śliwek. Skłóceni jak nie wiem co. I buduj tu nowoczesne państwo. A potem była Solidarność. A teraz Arkadia, zarabianie pieniędzy, normalka, Unia Europejska, te rzeczy, może być.

– Mój ty drogi Fritzlu, Fritzlutku mój rumiany. – ZZ miał szampański nastrój. Pułkownik trochę gorszy, ale uśmiechał się spode łba, obolały, podciągając spodnie. – Mam dla ciebie zadanie, co ja mówię, mam do ciebie prośbę. – ZZ mlasnął mięsistymi ustami. – Marzy mi się czarny mundur z trupią czachą i czerwoną opaską na ramieniu, SS albo gestapo. – Rozmarzony wypuścił nosem pełne siarczanów powietrze. – To jak będzie? Znajdziesz? Kiedy znajdziesz?

Oczywiście, że znajdzie, nie ma wyboru, ZZ czuł się wyśmienicie, miał plan i go realizował. Miał do roboty ludzi i ci ludzie pracowali. Za chwilę będzie gotowy jego blog. Blog tropiciela trupów. Miał fachowców, opętani przez srebrne serce lub faszyzm pisali teksty, wklejali zdjęcia, szykowali akcję promocyjną, był u wrót sławy, a sława to jego ulubiona pokusa, ostatnio w świecie najmodniejsza.

Chuda, Chirico i Rejczel siedziały po turecku na kanapie, obejmując poduszki. Nastroje doskonałe, café latte, babskie tematy, mój powrót do domu z kapitanem wyglądał na wtargnięcie samców do zgromadzenia żeńskiego. W dodatku KO jako przedwojenny dżentelmen zupełnie nie wyczuwa, która płeć w dzisiejszych czasach przeżywa kryzys, a która jest w pierdolnięciu, więc kiwa niezbyt groźnie palcem, że kawa to jest dla dorosłych i raczej dla mężczyzn, bo pozbawia snu, spokoju oraz pobudza do intensywnego myślenia, pyta, czy i on mógłby dostać odrobinę, tylko on taką supermocną, podwójne espresso, jeśli łaska, chociaż najbardziej lubi z tygielka i nie rozumie, jak można paskudzić kawę mlekiem, rozsiada się okrakiem na pufie i zupełnie nie zważa na to, że Rejczel wywraca oczami. Chuda jest cała spięta w determinacji bycia uprzejmą i tylko Chirico pozostaje po azjatycku nieodgadniona.

Nasz kapitan klepie się po udzie, teatralnie sobie przypominając, jak to jego sąsiad, niejaki Staszek Nowakowski, zapraszał go czasem do siebie i tak siedzieli do rana, pijąc kawę z tygielka, ciągnąc raz dereniówkę owego Staszka, a raz jego własnej roboty jarzębiak, wypalali wszystkie papierosy, jakie mieli, i nad ranem musieli już skręcać z gazety, bo tytoń zawsze się znalazł, a palce mimo pory i litra na głowę jak nic, zupełnie sprawne, jak automaty, ciach, ciach, sklejali jeden za drugim, a tematy bardzo ciekawe poruszali.

Chuda ciężko westchnęła, ja nie bardzo wiem, gdzie i jak mam usiąść, widzę też wyraźnie, że KO nic a nic nie zdaje sobie sprawy z tego, że żadna z pań nie zamierza mu podawać kawy, wszystko, co mogą dla niego zrobić, to udać, że nie zrozumiały tego postulatu, nie dotarł jakoś, ominął cudem ich uszy, więc spoko, wcale nie czują się urażone. Ja w związku z tym, jako czołzenłan, bohater rozwiązujący wszelkie problemy świata umarłych, udaję się do kuchni zrobić mu to espresso i jeszcze przez ramię zapytuję, czy one nie życzą sobie czegoś z kuchni, i przez to ramię dostrzegam, że gorzko żałują, iż wszystkie naraz nie wybiegły robić tej kawy, bo mogły w ten sprytny sposób uniknąć kapitańsko-ojcowskiego ględzenia, ale wolały wierność feministycznym ideałom, to niech sobie teraz słuchają, jak nieświadomy działania konopi przedwojenny zgred rozwija przed nimi w swym nienaturalnym słowotoku wachlarz arcyciekawych tematów, które poruszali z owym Staszkiem Nowakowskim, a więc jego politycznych przewidywań, i co ów Staszek na to, oraz wyników sportowych: biegaczy, skoczków, kolarzy oraz piłkarzy, których nazwiska niewiele powiedziałyby nawet trzem siedzącym przy piwie współczesnym facetom, a co dopiero trzem mającym cały sport głęboko w dupie dziewczynom sączącym café latte.

Zanim otworzyła drzwi, Kobieta z Podbitym Okiem przejrzała się w lustrze wiszącym w przedpokoju. Granatowobłękitna obwódka wokół oka przechodziła właśnie w głębokie żółcie, zdobne finezyjną siateczką niewielkich purpurowych wybroczyn. Nie może mu się w tym stanie pokazać. Przed chwilą zobaczyła w wizjerze faceta urodą przypominającego takiego aktora Leona Niemczyka, czy może Klausa Kinsky'ego, a może Willema Dafoe. Tyle że ten jest w kapeluszu i jakiś taki niezgrabny się wydaje, jakby mu się kolana w drugą stronę zginały. Spotkała go, kiedy wsiadała z dziadkiem do karetki. Po co mu dała telefon, a niby dlaczego nie, a dlaczego się umówiła, i to w domu? To nie jest XX wiek, na co ona ma czekać. A że nie taki dokładnie jak tamci aktorzy, nie jest przecież naiwna, w życiu, a już szczególnie tu w Polsce, nic nie jest perfekcyjne. Włożyła okulary przeciwsłoneczne, poprawiła dekolt, zgrzytnął zamek. Stanęła, przenosząc ciężar ciała na lewą nogę, lekko wygięta, przechyliła zalotnie głowę, tak, by włosy spłynęły na jedną stronę, prezentując gościowi swą bujność.

– Cześć – powiedziała w miarę możliwości aksamitnie. Ale on brzydki – pomyślała – i jedzie mu z gęby siarą, a jaki brutal i niewychowany – trochę się broniła, coś ją jednak obezwładniało. Szukała w myślach jakiegoś precedensu dla takiego zachowania, z komedii romantycznej albo serialu, gdzieś widziała takie romantyczne bez ceregieli i wstępów, na pewno widziała, to nic takiego, tak bywa, wielka namiętność, nagła erupcja uczuć, ciała się splatają, umysły przenikają – gdzie to było? Nie zdążyła sobie przypomnieć. Nawet po głowie nie mogła go pogłaskać, bo – to chyba sen – facet ma normalnie rogi.

Kolejnych scen próżno by szukać w filmach o szerokiej dystrybucji. Takie filmy to może oglądał jej były z kolegami albo ściągał z internetu, zasyfiając regularnie ich wspólnego kompa wirusami. Brak oporu z jej strony spróbujmy usprawiedliwić tym, że jakoś tak wyszło. Nie można jej pochopnie potępiać, bo w końcu zaczęło być nieprzyjemnie, wręcz boleśnie i strasznie. Nie można wykluczyć, że od pewnego momentu jedynym motywem stał się dla niej strach i przypomnienie, co znaczy pięść mężczyzny, wspomnienie widoku siniaka w lustrze w przedpokoju. W końcu po co pogarszać swoją sytuację? Skąd ja to znam? – myślała depresyjnie. Z jej pełnych dziecięcego przerażenia oczu płynęły łzy, a z dorosłego sponiewieranego i spętanego ciała przyzwolenie i zachęta.

– Hentai – wyjaśnił ZZ, pakując jej do ust włochatą, cuchnącą capem końcówkę ogona. – To ci przypomina hentai, widziałaś kiedyś w internecie i nie mogłaś zrozumieć.

W kuchni zwyciężył we mnie strach przed Chudą i otłuszczonymi skutkami mojego niepohamowania, zatrzasnąłem lodówkę. Nie można myśleć o jedzeniu, dać się ponieść wielkiemu żarłaczowi to najgłupsze, co można zrobić, nie mam piętnastu lat, myślę sobie, niosąc kawę i obserwując, jak kapitan wyjada cukier z cukierniczki. Skąd się w ogóle w naszym domu wziął cukier? Zachodzę w głowę. Chuda przesunęła kolorowe czasopisma, uprzejmie robiąc mi miejsce na kanapie.

– Ładnie się upaliliście – zwróciła się do mnie, zanim zdążyłem opaść tyłkiem, by zasłużenie się rozsiąść. – A dla dam coś panowie dżentelmeni przewidzieli? – Zatrzepotała rzęsami jak w starym kinie. – Czy też samolubnie wszystko sami i teraz będziecie tu wyjadać cukier?

Zastanawiałem się chwilę nad jakąś ciętą ripostą, ale nie mogłem zebrać myśli, sięgnąłem więc do wewnętrznej kieszeni i pokazałem trzymanego w trzech palcach, skierowanego ku górze wspaniałego skręta.

– Czy użyczy pan damom swej srebrnej fifki, kapitanie?

Użyczył i fifki, i bajeranckiej starej benzynowej zapalniczki. Chuda pierwsza, jako najstarsza i, nie ukrywajmy, dosyć doświadczona w tej materii, nachyliła się z tą fifką jak gwiazda kina niemego, tyle że zaciągnęła się raczej nowocześnie i głęboko. Potem Chirico.

– Widzę, dziecko, że dla ciebie to nie pierwszyzna. – Pokręciłem głową z ubolewaniem nad dzisiejszymi czasami, zapominając, że to rola nie moja, ale KO.

Teraz kolej na Rejczel. Wszystkie oczy na Kapitana Ojca, on swoje wlepił w córkę i z rozmysłem milczy.

Traktuje to jak chemioterapię – pomyślałem sobie i łzy napłynęły mi do oczu. Liczy, że może ta trucizna ją uleczy.

Rejczel, nieco stremowana, stara się robić wszystko tak jak my, ale się krztusi i zaczyna kaszleć. To nic, to nic, wszyscy zgodnie pozwalają jej spróbować jeszcze raz poza kolejką. My z kapitanem niesprawiedliwie w ogóle z kolejki wypadamy, bo „wam już wystarczy".

– No co!? – Chuda reaguje na moje marudzenie nagłym podwórkowym ruchem głowy do przodu, uniesieniem do góry brwi i gwałtownym rozłożeniem rąk, jakby miała zaraz dodać: chcesz w ryj? Zamiast tego odwraca się, podaje do Chirico i na wdechu tłumaczy: – Bardziej się już nie upalicie.

Mnie jakoś skutecznie wzięło na płacz to wszystko, ale dzielnie się ze sobą zmagam. KOjciec niecierpliwie przygląda się Rejczel, jakby ją popędzał. Nikomu jak na złość nie idzie w stronę śmiechu, a ten cały KO to jednak inne pokolenie, zaczyna mnie tu szturchać, żebym sobie przypomniał, co to było takiego śmiesznego dzisiaj, że się tak śmialiśmy, no, przypomnij sobie, takie śmieszne, psiakość, żebyś ty to, Rachela, słyszała – i sam zaczyna się tak sztucznie śmiać – ha, ha, ha – że żenada taka, a moje kanaliki łzowe są już całe spuchnięte od wybitnie męskiego powstrzymywania płaczu.

– Tato, weź przestań, no fajnie, że mi pozwoliłeś, ale błagam. Nogi mi normalnie w ziemię wciąga, puśćcie jakąś muzę.

Postanowiłem przenieść się w czasy dzieciństwa, marzeń i beztroskiego przebywania jedynie wśród żywych, puściłem *Babylon By Bus* Boba Marleya. Wszystkim przypasowało, tylko Kapitan Ojciec kompromitował się dalej komentarzami na temat bębnienia czarnych dzikusów i takie tam wyjątkowo niedzisiejsze teksty o wyjcach i tak dalej. Za to skutecznie odeszła mi melodia na płakanie i w takim sobie zupełnie fajnym, zbalansowanym nastroju pytam:

– Rejczel, a właściwie dlaczego ty tak zawsze bronisz tego całego fakira? Coś on ci się chyba podoba bardzo?

Rejczel trochę się spłoszyła na początku, ale dostała od dziewczyn wsparcie niewerbalne, z którego wynikało jasno, że głupi jestem jak but co najmniej, więc się szybko pozbierała i tak dosyć swobodnie i chyba szczerze mi odpowiedziała:

– A dlaczego nie? – Wzruszyła jeszcze ramionami. – Fajne ciacho, i tyle.

– Ale to jest ktoś zupełnie zły – Kapitan Ojciec próbuje tłumaczyć jak dziecku. Nie ma dziś dobrej passy. Różowa guma balonowa objawia się różowym bąblem i pęka, Rejczel zbiera ją wysuszonym językiem. Ponowne wzruszenie ramion.

– Nie jest taki najgorszy – mówi do mnie, ignorując zupełnie KO. Dla podkreślenia swych słów kręci nieco infantylnie głową. – Ten, w którym się zakochałam przed samą śmiercią, to dopiero było bydlę.

Ze śmiechu chyba dziś nici, wszyscy zadumani, tylko ja nie tracę równowagi. Kapitan przebąkuje coś o powrocie do piwnicy, wyraźnie przestraszony, że córkę na zwierzenia weźmie, a to chyba nie na jego uszy. Ja w sobie też nie odnajduję ciekawości, bo mi się mdło na wspomnienie mojej wyprawy w przeszłość robi, odradzam im jednak gorąco opuszczenie tego naszego tu spotkanka, bo doświadczenie mi podpowiada, że:

– W tej piwnicy, po ciemku, takiego doła oboje złapiecie, że nie mam sumienia was nie zatrzymać.

Siedzimy więc sobie, słuchamy reggae, rozmowa się nie klei, za to moje oczy mimo licznych kaw i owszem; mam osiemnaście lat, zero fałd na brzuchu, siedzę z podwiniętymi nogami na ciepłym piasku, na ramionach czuję swoje wspaniałe dredy, przede mną turkusowe morze, za plecami słyszę śmiech moich znajomych, wygłupiają się przy bębnach, wołają, żebym do nich przyszedł, zaraz pójdę, jeszcze tylko chwilkę popatrzę na fale, wciągam głęboko czyste powietrze, wolne od planów i zobowiązań, przede mną klęka śliczna, opalona dziewczyna, uśmiechnięta rozwiązuje górę od kostiumu kąpielowego, pokazuje mi twarde, młodzieńcze, białe na tle opalenizny piersi, nie oczekuje od tej chwili niczego więcej niż ja, nie obudzicie mnie, o nie.

Jerzy Rosiak mamrotał coś przez swój robotniczy sen, gałki oczne latały mu pod powiekami jak oszalałe, twarz raz po raz wykrzywiały nagłe skurcze. Śniło mu się, że goni go ogromny niedźwiedź grizzly, on ucieka przed nim przez głęboki śnieg coraz bardziej wyczerpany, kończyny ciężkie jak z ołowiu odmawiają posłuszeństwa, czuje na karku jego morderczy, gorący oddech, w końcu pada przygwożdżony wielką łapą. Obudził się nagle. Jego otyła żona chrapała mu prosto do ucha, czuł na brzuchu jej gorącą nogę. Spojrzał na budzik, wyłączył go wyćwiczonym przez lata ruchem, usiadł na łóżku. Właściwie nie jest mu potrzebny, i tak zawsze wstaje tak jak dziś, dokładnie pięć minut przed czasem. Trudno powiedzieć, kiedy ostatni raz słyszał dźwięk dzwonka. Praca zamienia człowieka w automat, ale Jerzy Rosiak nie zaprząta sobie tym głowy, wkłada kapcie i szurając, idzie do łazienki. Jego życie jest poukładane w odcinki wyznaczane przez wypłaty pensji, święta i urlop, i wolne weekendy. Nie wszystkie weekendy ma wolne, bo nie pracuje już w Fabryce Samochodów Osobowych na

Żeraniu i nie przykłada już ręki do produkcji kompromitujących nasz kraj, kaszlących błękitnymi spalinami potworków, teraz pracuje w ochronie domu handlowego Arkadia. W takim miejscu, w tętniącym sercu kapitalizmu, jak zwykł się wyrażać jego zbuntowany kolega Wojtek Cieślak, facet łebski, po pełnym technikum, no więc w takim miejscu pracuje się świątek, piątek i niedziela. Wszyscy pracują, więc trudno, żeby akurat on jeden, Jerzy Rosiak, mógł sobie nie przychodzić w każdy weekend. Jest ileś tam godzin, trzeba je wypracować, i tyle. Jak się człowiek dobrze pozamienia z kolegami, to co jakiś czas wychodzi, że można na rybki nad zalew skoczyć posiedzieć albo jakieś tam wizyty rodzinne odbębnić. Da się żyć, i to całe gadanie Wojtka Cieślaka, o tym, że to żydowski i niemiecki kapitał tak nami poniewiera, podobnie jak inni puszczał mimo uszu, a jak już się zaczynała ta śpiewka o wolnych, samorządnych, niezależnych związkach zawodowych, to tak jak inni zawijał swoje nadgryzione kanapki i szedł jeść gdzie indziej.

Świeżo ogolony, pokrzepiony solidnym pierwszym śniadaniem, zaopatrzony w drugie przez żonę, która wstała, kiedy był w łazience, stanął punktualnie na swoim przystanku autobusowym i jak zwykle o tej porze zapalił pierwszego papierosa.

Miałem niesamowite sny. Nie pamiętam dokładnie, co mi się śniło, grunt, że nie to białe światło znowu; podniosłem się z kanapy naładowany optymizmem. Ktoś mnie przykrył kocykiem – pomyślałem z wdzięcznością. Zajrzałem do Chudej – śpi w łóżeczku moja kruszynka – więc ja teraz prysznic, zmiana ubrania, śniadanko, kawka z Chudą, a potem odsłucham wszystkie nagrane telefony i wracam do pracy. Całe miasto wyłożę glazurą bez jednej złamanej myśli o amfetaminie, taki ma się humorek!

Podśpiewując *positive vibration yeah! positive!* i rozrzucając na wszystkie strony swoją przepoconą garderobę, w dynamicznym striptizie zmierzałem do łazienki. Wtem ktoś zadzwonił do drzwi. Stałem tak sobie jedynie w majtkach i skarpetkach, wymachując w resztce radosnego nastroju podkoszulkiem, ale intuicja mówiła mi, że za tymi drzwiami stoi ktoś, kto ma dla mnie coś, co obesra ten cudowny poranek i przeszyje mnie na wskroś. Właściwie to zamierzałem nie otwierać. I chociaż w drzwiach sypialni pojawiła się rozczochrana, zaspana Chuda i powiedziała „otwórz", nawet nie drgnąłem, przestałem tylko machać podkoszulkiem.

– Otwórz – powtórzyła z naciskiem – to może być Rejczel.

Uniosłem brwi, rozłożyłem ręce – i co z tego?

– Może ma doła, może płacze, może nie wiem co, otwórz wreszcie te drzwi! Chyba że się boisz, że to ta twoja baba!

No i już. Skończyło się. Włożyłem podkoszulek i idę otwierać. Skąd u niej tyle energii o tej porze?

W drzwiach, nie mogę uwierzyć własnym oczom, stoi nie kto inny, tylko nasz nieużyty, z duszą po wsze czasy pokrytą trądzikiem, zawzięcie studiujący, sporo ode mnie młodszy sąsiad.

– Czego tu chcesz? – Zmierzyłem go wzrokiem z miną zbira pilnującego wejścia do głównej siedziby albańskiej mafii. On pełen skruchy, gotowy na upokorzenia w ramach zasłużonych retorsji, z niepewnym uśmieszkiem zagubionego wędrowca zerka nieśmiało na Chudą i pyta mnie cichuteńko:

– Nie wiesz, o co chodzi z tymi trupami?

Dużo, dużo więcej

Zupełnie Zły owinął szyję swojej zdobyczy ogonem jak wąż boa i dla rozrywki to zaciskał go, to odpuszczał. Z lubością, ale i z odrobiną znudzenia przysłuchiwał się jej rzężącemu kaszlowi. Była pod wpływem srebrnego serca, nie buntowała się, robił z nią, co tylko chciał, i jeszcze mu opowiedziała taką pyszną historię o swoim dziadku. Jego chłopcy już nagrywali z nim w szpitalu wywiad na kamerkę cyfrową, niedługo to wrzucą na stronę.

– Chcesz być sławna? – zapytał, rozluźniając uścisk.

– Tak – wyskrzeczała zbolałym głosem.

Gdyby tak bardzo nią nie gardził, mógłby jej opowiedzieć, że zajmuje się obliczeniami. Stara się wypracować wzór na wielkość sławy. Z grubsza dlatego, że nie każdego warto kusić taką samą. Nie każdy zasługuje na wielką, a niewielka niektórych nie interesuje. Irytowało go, że sława nie jest grzechem, chciałby mieć na nią wyłączność.

– Jestem fanem telewizji i w ogóle mediów – postanowił jednak przemówić. – Dzięki nim ludzie zaprzeczają stworzeniu. Wszyscy chcą „zaistnieć", jakby jeszcze nie istnieli – mówił, jak się mówi do pijanego tępaka w barze, bez cienia szacunku i przyjaznych uczuć, tak tylko, żeby pogadać. – Politycy nie chcą działać, tylko chcą zaistnieć w mediach, więc mówią coraz większe niedorzeczności, dziennikarze nie chcą informować i komentować, tylko zaistnieć, więc nigdy nie powiedzą po prostu, co widzieli, tylko silą się na jakąś oryginalną krytykę albo podejrzenie, cokolwiek, byle się przebić i zaistnieć. Skrupuły? Skru-puły. Czy to słowo nie brzmi staroświecko i zabawnie? Brokuły, skrofuły, dupę będą truły. Zwykli ludzie, przechodnie, jeśli zobaczą na ulicy kamerę, kłębią się przed nią jak idioci, machają jak małpy albo przechadzają się za plecami reportera, udając głupich. Artyści? Ci sławni to głównie skandaliści. Wszyscy zaprzeczają stworzeniu, durne misie. Zostali już stworzeni do tego, żeby jako politycy rządzić, jako dziennikarze informować, jak artyści tworzyć, jako ludzie, żeby żyć, ale ich opętało i chcą „zaistnieć", i w tej próbie zaistnienia przestają być politykami, dziennikarzami, artystami, ludźmi. Zamiast zaistnieć, przestają istnieć. Majstersztyk. Przynętą jest to, co już mają. Takie małe oszukańcze zapożyczenie. Trudno wymyślić coś lepszego niż to, co dostali jako niezasłużony prezent. Indywidualne istnienie. Wszyscy oszaleli, mówią tylko ja, ja, ja, ja, zanim się spostrzegą, zamienią się w stado ujadających psów, ja, ja, ja, ja. Będę im rzucał kostki. – Popatrzył na jej żałosne, starzejące się ciało. – Chcesz być sławna? – Tym razem nie czekał na odpowiedź. – Na mojej stronie daję tylko obietnicę sławy, obietnicę bez pokrycia, mówiąc między nami. Trzeba wypełnić formularz, przepisać parę zaklęć, potem dane osobowe i takie tam, wkleić zdjęcie, i jest też taki punkcik, ni to dla żartu, ni to nie, ale bez wypełniania nie da się zakończyć, no, łatwo się domyślić, no, że duszę mi oddają, enter i są moi. – Zaśmiał się, wywijając fioletowym jęzorem. – Działa od wczoraj, a już nie nadążam, musiałem zatrudnić dodatkowych ludzi. Wszyscy mają w dupie zakład Pascala. –

Zaśmiał się, ale zaraz spoważniał i zrobił jedną ze swych piekielnych min. – Nie zasługujecie na miłość, ścierwa. – Zacisnął ogon na jej szyi, aż zrobiła się purpurowa. – Nie zasługujecie ani na miłość, ani na wybaczenie, ja to wiem, ja to zawsze wiedziałem.

W tym momencie przywędrowała do niego skorelowana z jego przemową myśl z jednego z opętanych ludzkich mózgów i z przyjemnością wypowiedział ją na głos: „Udowodnię to, zdobędę nagrania z podsłuchów". Pogardzał tymi wszystkimi przytakującymi pomagierami, jednak ich nienawiść, chęć zemsty za własne ułomności, pragnienie upodlenia innych dowodziły jego racji i dawały satysfakcję. Dlatego lubił posiedzieć w niektórych spoconych głowach, szepnąć słówko od siebie i zbierać dowody na potwierdzenie swojej tezy. Miał przecież rację, ludzie są źli i jeśli kiedyś się jednak uda, jeśli zatryumfuje odpowiedni system, jeśli wreszcie podsłucha, podejrzy i nagra wszystkich bez wyjątku, skataloguje, upodli, rzuci na stół zdjęcia, do gazet stenogramy, a w internet wpuści filmy i nagrania, sami zobaczą, kim są, zrozumieją, że nie zasługują na wolność, a miłość jest niedorzecznym pomysłem i bolącym go błędem.

– Przecież mogę ich pilnować, od razu mogłem.

Warszawska ulica wyglądała, trzeba przyznać, dość upiornie. Szliśmy z Chudą, kapitanem, Rejczel i przestraszonym Krystianem sąsiadem, którego chwilowo staraliśmy się omamić opowieściami o grupach rekonstrukcyjnych, w stronę Ogrodu Saskiego. Mijaliśmy więcej osób nieżywych niż żywych. Sytuacja od wczoraj zmieniła się o tyle, że teraz żywi czuli się nieswojo, przemykali szybko, jakby lał deszcz albo padał grad wielkości śliwek, starali się nie patrzeć na boki i jak najszybciej dotrzeć do pracy albo do domu, czyli miejsca, gdzie można odetchnąć wśród żywych. Miałem złe przeczucia. Pocieszałem się, że trudno skrzywdzić kogoś, kto już nie żyje, przecież nie zabija się trupów, ale wiem, jak pomysłowi są żywi; coś tam wymyślą, rozpiszą konkurs na innowacyjność, sprowadzą niemieckich inżynierów, francuskich biologów, irackich chemików, skontaktują się z UFO, no, już coś tam wymyślą, żeby te moje trupki sponiewierać. Właśnie się miałem zaniepokoić użyciem zaimka „moje", gdy wśród przepuszczających nas na pasach pojazdów dostrzegłem Szymka na niebieskim skuterze. Za nim siedział, obejmując go wpół, niewidomy dziadek z zamontowanymi w oczodołach piłeczkami pingpongowymi przemalowanymi flamastrem na wybałuszone oczy z filmu rysunkowego.

– Skąd masz skuter? – kapitan zapytał ostro, jak to oficer.

– Pożyczyłem. Gość się przestraszył dziadka, zostawił i uciekł, to pożyczyłem.

– Masz go odwieźć. – KO próbował go złapać, ale mu się nie udało. Popatrzyliśmy za odjeżdżającymi. Do bagażnika przymocowany był pluszowy kot, z daleka wyglądał jak trzeci podskakujący pasażer, tyle że bardzo mały.

Straciliśmy ochotę na spacer.

– Musisz coś zrobić, kapitanie, jakoś wszystko ogarnąć, bo to źle się skończy.

Jerzy Rosiak siedział na ławeczce przed Arkadią i palił pierwszego papierosa z nowej paczki. Siedział tak i palił już ładnych kilka godzin. Wyglądało to tak, jakby coś postanowił albo coś wymyślił, a tymczasem w jego głowie nie pojawiło się nic nowego, odkąd nie został wpuszczony do pracy i dowiedział się, że wypowiedzenie dostanie pocztą. Coś się nie zgadzało. Jest chyba w tym kraju jakiś kodeks pracy i tak dalej. Powinien tu być do popołudnia i nie umiał na razie nie być, więc siedział i myślał, że coś się nie zgadza, jest chyba w tym kraju jakiś kodeks pracy i tak dalej. Palił papierosy. Jak skończy się ta paczka, kupi nową. Kupi też colę w McDonaldzie, bo mu zaschło w gardle od tych fajek. Może tam wchodzić tylko jako klient, do Arkadii. Jak to możliwe, że go nie chcieli wpuścić, nawet chłopaki się dziwili, no bo coś się nie zgadza, jest chyba w tym kraju jakiś kodeks pracy i tak dalej.

Wróciliśmy podenerwowani do domu. W telewizji na razie nic, w TVP Info jakiś mlaskacz mówi do nienaturalnie zamyślonej pani redaktor: „Sztuka w każdej ze swych fołm kałleje z pokolenia na pokolenie. Nic więc dziwnego, że niegdysiejsze kałły w połównaniu z kałłami nam współczesnymi łobią dobłe włażenie”. W TVN24 relacja na żywo z gorącego konfliktu wokół boiska dla dzieci, które znajduje się za blisko czyjegoś ogrodzenia i piłka notorycznie niszczy kwiaty w ogródku pewnej pani. Uff, no to jeszcze internet, na głównych portalach nic nie ma. Chuda wpisuje w wyszukiwarkę „trupy w Warszawie”. Wyskakuje dużo chłamu, ale jest też informacja na stronie TVN Warszawa pod tytułem *Żywe trupy na ulicach.* Czytamy z zapartym tchem – jest *flash mob*, przebierańcy udają zombi, data się nie zgadza, ale można by się podpiąć. Potem burzliwa dyskusja o wystawie jednego Niemca, który rzeźbi w martwych ludzkich ciałach, pomijamy. Chuda zaczyna czytać historię jakiejś Albanki, która pochowała czworo dzieci, męża i czterdziestu krewnych. Wszyscy zabici przez Serbów.

– Możesz to wyłączyć? – pytam. – To przecież nas nie dotyczy.

Pomijamy też wszystko o trupach cyrkowych, trupach teatralnych i o tym, że policja znalazła dwa trupy. Nabieramy optymizmu, może jakoś się uda – tylko musi pan, kapitanie, nad nimi zapanować.

– Jak to zrobić – pytam Krystiana – żeby tak jakoś zachachmęcić, żeby jakoś to pomieszać z promocją tej wystawy albo z tym marszem zombi, że niby to jedno i to samo, normalka taka, do Unii weszliśmy, to dzieją się różne światowe, dziwne wydarzenia, i nie bądźcie kołtunami, i tak dalej ze śmiechem, i o co chodzi?

Krystian drapie się w głowę.

– Najgorzej, że daty się nie zgadzają, ale możemy szybko zrobić jakąś taką stronkę i rozesłać e-maile do redakcji z info, że to powtórka tego marszu, tylko lepiej zorganizowana, powiedzieć wprost, że flashmobowy zlot z całego świata czy coś takiego, może być?

– Może być. Idź do siebie i działaj. – Odkąd się przestraszył, nawet da się z nim rozmawiać.

– O, o – mówi Chuda i klika na „żydowskie trupy zagrażają żywym Polakom w Warszawie". Wchodzi na stronę z trzepoczącym, biało-czerwonym sztandarem i ładnym tytułem – *Żywa Polska*. W środku bardzo dużo zdjęć. Opisy bezczelnych kradzieży. Ostrzeżenia przed rozpasaniem krypto-Żydów. Relacje przestraszonych dzieci i matek. Informacje o chorobach przenoszonych przez trupy i gwóźdź programu, wywiad z naszym Nostromo, przedstawionym jako bohater walczący na wszystkich frontach drugiej wojny światowej. Pokazują na zbliżeniach jego potworne ropiejące bąble, a on, ta stara menda, opowiada, jak to został porwany przez tych martwych żydowskich oprychów, że on tę zarazę zna jeszcze sprzed wojny. „Zaakaazili mniee – załkał, ocierając otwartą dłonią łzy – starego człowieka, który tyle zdrowia oddał ojczyźnie."

Niedobrze to wygląda. I jeszcze zdjęcia Arona i Szymka, jak się dobierają na chama do stoiska z lodami.

– Ale im dupy skroję – mruknął nachylony nad ekranem KO.

– To jak to jest w końcu? – Krystian przemyślał sobie wszystko i patrzy na nas przestraszonymi, niemądrymi oczami. – Powiedzcie mi całą prawdę.

– No, bardzo dobrze wymyśliłeś – mówię. – Co jeszcze chcesz, idź, działaj.

– Ale ja nie chcę kłamać, rano mi mówiliście, że to grupa rekonstrukcyjna, potem, że wielka zabawa, teraz powtórka parady i *flash mob*.

– Sam wymyśliłeś *flash mob*.

– To nie jest *flash mob*?

– Pewnie, że jest, super to odgadłeś. – Objąłem go jak brata i prowadzę do drzwi. – No nie mów, że wierzysz tym oszołomom z jakiegoś faszystowskiego portalu.

– A ten dziadek?

– No przecież ten dziadek był u nas. Kompletnie pierdolnięty jest ten dziadek. Ostatni raz się mył, kiedy go autobus ochlapał. Trochę więcej mydła i skóra wyglądałaby lepiej.

– No tak. – Krystian stanął w drzwiach, uspokojony, a skoro uspokojony, to już tradycyjnie po warszawsku: – A co ja z tego będę miał? To dużo roboty, ja się powinienem uczyć.

Miałem ochotę mu przywalić.

– Wiesz, nie ukrywam, ale o tym nie wspominaj, że na takie zloty przyjeżdża też sporo autentycznych freaków.

Na przykład naszą piwnicę odwiedza taki doktor nienormalny, taki wiesz, krojenie ludzi, preparaty, brrr, rozumiesz. Jako zaangażowany będziesz bezpieczny. – Myślałem, że znalazłem użytecznego idiotę, ale na studiach uczą już tylko, jak być bogatym. Na pewno nie uczą wrażliwości. W ogóle nie kupił tego o freakach. Po namowach zgodził się pomóc za trzy kafle. Półtora płatne z góry. Czy droga do świętości musi prowadzić przez ubóstwo?

Wieczorne wiadomości w TV wyprowadziły ZetZeta z równowagi. Miało być inaczej. Zaprosił chłopców do mieszkania swojej piersiastej zdobyczy na oglądanie tryumfu, a tu nic. Wszędzie mówili coś o paradzie przebierańców, o wesołej młodzieży i perfekcyjnych kostiumach. O jego stronie wspomnieli tylko w jednym wydaniu, i to prześmiewczo, że niby przebrania były tak dobre, że niektórzy dali się nabrać, między innymi autorzy ultraprawicowej strony... bardzo śmieszne. ZZ nie krył wzburzenia.

– A nasz dziadek bohater? Nawet o nim nie wspomnieli!

– Takie są media – powiedział zrezygnowany Hitler. – Mówiłem ci, są nam nieprzychylne, są na wskroś żydowskie, i w ogóle, pedały.

ZZ nie odpowiedział.

– Mogę puknąć twoją laskę? – zagadnął nieśmiało M Kurdupel.

– Nie teraz – syknął ZZ, marszcząc brwi i czerwone czoło w akcie intensywnego kombinowania.

– A Fritzla? – nie dawał za wygraną Hitler.

– Okej – burknął jakby nieobecny ZZ.

Ten Wojtek Cieślak okazał się porządny gość. Przyszedł po swojej zmianie i usiadł na ławce koło Jerzego Rosiaka. Przyniósł mu w ramach nielegalnej związkowej pomocy cheeseburgera z promocji w McDonaldzie, ale Jerzy Rosiak ma akurat alergię na coś, co jest do tych chemicznych bułek dodawane, więc grzecznie podziękował, wzdychając, i sięgnął po kolejnego papierosa.

– Tak nie może być – powiedział stanowczo Wojtek Cieślak, zagryzając odzyskanym z nielegalnej pomocy cheeseburgerem.

– No tak, bo coś się chyba nie zgadza. Jest chyba w tym kraju jakiś kodeks pracy i tak dalej – odpowiedział Jerzy Rosiak z przejęciem, na które prawdziwego robotnika stać tylko we własnej sprawie.

– Nie może tak być, żeby Żydzi i Niemcy poniewierali polskich pracowników – Wojtek Cieślak też mówił z przejęciem, mimo że sprawa nie dotyczyła go bezpośrednio, gdyż nie był prawdziwym robotnikiem. Był dużo cwańszy od reszty, miał temperament i wolałby dostawać dużo pewnej kasy za leserkę niż mało niepewnej za harówę.

– No mówię, bo coś się chyba nie zgadza. Jest chyba w tym kraju jakiś kodeks pracy i tak dalej.

– Zrobimy protest. Namówię chłopaków. Zawiadomię media. Jak będzie trzeba, podpalimy oponę. – Cały aż spąsowiał i wybałuszył oczy, ale chyba nie z przejęcia, tylko od zbyt łapczywego pochłaniania cheeseburgera.

Doktor Ojboli

Dziś się udało, ale miałem złe przeczucia. Wyłączyliśmy telewizor i przeszliśmy do komputera. W internecie nie wyglądało to już tak różowo. Przeważały wprawdzie wpisy pełne tolerancji i zdrowego rozsądku, nie brakowało jednak i innych, zamieszczanych przez tych, którzy na własnej skórze przeżyli „spotkanie z trupami" i domagali się prawdy. Licznik na stronie faszystów zasuwał jak opętany, coraz więcej wpisów, ludzie sami zamieszczali zdjęcia, podtrzymywali się na duchu, gratulowali twórcom odwagi i bezkompromisowości. Bez przerwy pojawiały się nowe wątki, a temat rozlewał się po wszystkich możliwych forach.

– Na moje oko to oprócz normalnych postów jest tu dużo płatnych wpisywaczy. – Chuda mówiła pochylona nad ekranem w pozie z lekka hollywoodzkiej. Młoda, seksowna pani naukowiec dostrzega nowy, ważny element. – Podkręcają temat tajemniczych wrzodów Nostromo i że epidemia murowana. „Trupy roznoszą czarną śmierć", „najbardziej zagrożone małe dzieci", „cześć, komuszki, wierzycie w kłamstwa, umrzecie tak jak wszyscy", „mam wyższe wykształcenie, jeszcze niedawno sam nie wierzyłem, ale..."

Chuda miała rację, niektóre wpisy były spod jednej sztancy, ale to nie one dominowały, ludzie chyba faktycznie się bali i chyba chcieli prawdy. Czułem, że to źle tę prawdę przed nimi ukrywać, bo jak się w końcu wyda, opuszczą nas i ci, którzy teraz są po naszej stronie. Do mieszkania bez pukania wszedł Krystian. Po pierwsze chce swoją kasę, po drugie nie wierzy już w to, co sam rozpropagował.

– To są prawdziwe trupy, prawda?

Zamiast mu odpowiedzieć, zacząłem zadawać pytania Kapitanowi Ojcu.

– Myślisz, że to może się rozprzestrzenić na całą Polskę? – Wyobraziłem sobie, jak w całym kraju wyłażą z przydrożnych rowów, spod nasypów kolejowych i idą do najbliższych miasteczek opowiedzieć o swoim cierpieniu i napić się herbaty, zjeść kruche ciasteczko albo chałkę z masłem. Boję się, że żywi nie są na to gotowi, a jak tak patrzę na przestraszonego Krystiana, to nawet jestem pewien. Przecież Polska to jedno wielkie cmentarzysko. – A właściwie dlaczego Polacy nie wyłażą? Na samej Woli tyle tysięcy podczas rzezi, Pawiak, no, całe to nasze powstanie przecież to ze dwieście tysięcy, jeśli nie więcej. A w całej Polsce? Jak tak wszyscy wylezą, będzie nas, przepraszam, was, prawie tyle co żywych.

– A bo ja wiem dlaczego? Pytałeś już. Mówiłem ci, może wyleźli, ale w innych dzielnicach, a może nie działa na nich serce. Nie kontaktowałem się z nikim od was, doktora spytaj, on jest Polakiem, może będzie wiedział.

– Doktor jest Polakiem?! – zapytaliśmy chórem z Chudą.

Zanosi się na niezłą historię. Rozsiadamy się wygodnie. Kawa, cola, chipsy dla Rejczel, Chirico i Krystiana, dla mnie tylko ukradkiem; marchewka, por i seler naciowy nie wiadomo dla kogo, bo Chuda tylko udaje, że je. Wódeczka z zamrażalnika dla kapitana i dla mnie. Obaj wyrażamy żal z powodu braku śledzika. Student nie pije, bo szkoda mu każdej szarej komórki. Zaczynamy.

– Miał narzeczoną Żydówkę. Liczył, że przejmie praktykę jej ojca. Tak mówili złośliwi. Ja tam nie wiem, bo oni byli naprawdę szczęśliwi, snuli plany, chodzili po kawiarniach, teatrach. Data ślubu wyznaczona. Kościelnego, bo z niej już była tylko taka raczej udawana Żydówka. Gdyby miała trochę mniej południową urodę i była z mniej znanej rodziny, to krzyżyk na szyję i nie byłoby kłopotu, a tak przyszły szwaby, każą naszywać gwiazdy, sąsiedzi „życzliwi", więc lepiej nie ryzykować. Naszyła. Potem zaczęli tworzyć getto. Nie puścił jej. Ukrywał ją w szpitalu, w domu nie mógł, bo wszyscy wiedzieli, że miał się żenić z Żydówką. Pamiętali, że już za okupacji chodził z nią pod rękę i musiał się legitymować, i tłumaczyć patrolom, dlaczego sam nie ma naszytej gwiazdy. W końcu zaczęli chodzić oddzielnie, bo kiedyś oboje za to wspólne spacerowanie nieźle oberwali, a mogło się skończyć gorzej. W szpitalu ją zabandażował jak mumię i doglądał. Może to by się nawet udało, ale jego kolega najpierw doniósł ordynatorowi, że nasz doktor z pacjentką „tentego, panie", że zboczeniec, bo ona cała w bandażach. To nic nie dało. Ordynator znał jej ojca i był w spisku, więc ten wredny koleżka przełamał się i poszedł prosto na gestapo. A cała sprawa przez to podobno, że wszystkiego naszemu doktorowi zazdrościł. Najpierw zazdrościł mu kariery, a jak doktor przestał dbać o karierę, to mu tego niedbania zazdrościł. Zazdrościł mu dobrych ubrań, ale jak doktor w czas wojny zaczął tu i tam nosić łaty i cery, to mu tego spokoju i nonszalancji zazdrościł. Zazdrościł mu pieniędzy, ale jak doktor swoją fortunę stracił na łapówki i pomoc dla niedoszłych teściów, to mu zazdrościł, że tak godnie i z podniesioną głową nie dojada. Zazdrościł mu narzeczonej, ale wiedział, że gdyby zwyczajnie się rozstali, toby mu zazdrościł wspomnień i braku zobowiązań. Tylko gestapo mogło go uwolnić od palącej zazdrości. Przyszedł Fritzl. Zabrali ją. Donos był podwójnie podły, bo dotyczył nie tylko pochodzenia, ale też domniemanej wiedzy o podziemnym państwie. Doktor sprzedał wszystko, co miał, łącznie z mieszkaniem. Przeniósł się na stałe do szpitala. Pracował po dwadzieścia godzin. Cztery spał, i tak w kółko. Próbował ją wydostać za łapówkę. Szukał dojścia. Nikt nie chciał pomóc. Tylko ten kolega obiecał spróbować, wziął pieniądze i poszedł na Szucha z suplementem, że doktor to jej narzeczony, niezłomny bojownik, a ona bojowniczka. Można powiedzieć, że gdyby ich nie natchnął, na ten pomysł by nie wpadli. No ale wpadli, bo uwielbiali takie sprawy. Robili jej straszne rzeczy, potworne nawet jak na tamte czasy i ich samych, a potem przywozili do niego, żeby ją zszywał, leczył i ratował. Kiedy tylko dochodziła do siebie, zabierali ją znowu. Nie wiem, czy rzeczywiście wierzyli, że coś odkryją, czy znaleźli sobie raczej wspaniałą zabawę, w sam raz dla takich upiorów.

Nie musiała nic mówić, widział dokładnie, co jej robili. Był przecież świetnym lekarzem. Nie odzywali się do siebie, bo nie potrafili znaleźć słów. Jedyny możliwy dialog to jej cierpienie i jego działanie. Jej ciało opowiadało, a on słuchał badaniem i odpowiadał leczeniem. W końcu ona przerwała tę ponurą rozmowę. Użyła słów, to był monolog. „Nie pozwól mi tam wrócić, oni się bawią z tobą moim kosztem". Dobrze to sformułowała. Układała sobie przez ten cały czas to jedno zdanie. Nie wiedziała, czy tak jest, ale mogło być. Ona nic im nie powiedziała, oni tylko pytali ogólnie, co wie. Jedyną tajemnicą, jaką miała, był on i ich miłość. Nic im nie powiedziała. Wiele więcej nie wiedziała, była bardzo młoda. Czy miała im opowiadać o sztukach w teatrach, o wystawach malarstwa, o kabaretach, o ploteczkach, skandalach towarzyskich, o dobrych stopniach w szkole, o tacie? Jedyne, co mogło ich zainteresować, to jej narzeczony, a o nim mogła im się co najwyżej prosto w ich nadludzkie twarze zaśmiać, szczerząc puste, poszarpane dziąsła. Nie dodała „uciekaj". Zastanawiała się nad tym. Miała dodać, ale nie dodała. Liczyła, że może on umrze razem z nią, nie mogła się pogodzić z tym, że na to liczy, miała powiedzieć „uciekaj" tak, żeby jej uwierzył, że ma uciekać, ale nie powiedziała.

Przez kilka godzin obmyślał skład chemiczny zastrzyku, który oprócz śmierci da jej ukojenie i rozkosz. Zaczekał, aż umrze, i uciekł. Nie chciał już leczyć, chciał pomsty. Porwał kolegę kapusia. Najpierw wydobył z niego motyw, potem zrobił, co mógł, żeby kolega znów mu zazdrościł, żeby znów bardzo pragnął się z nim zamienić. Nie wiem, czy mu się udało. Z czasem znalazł jeszcze dwóch pomagierów. Polowali razem na szmalcowników, na Niemców, zabierali ich do jego tajnej piwnicy. „W imieniu Polskiego Państwa Podziemnego", mówił bez uprawnień, i wkładał gumowy fartuch.

Zginął dopiero pod koniec powstania w czterdziestym czwartym, on i jego sanitariusze, przywaliła ich wysadzona kamienica. Nie odeszli, za dużo było w nich złości i słusznego pragnienia zemsty. Z czymś takim nie można pokazać się w niebie. Teraz nadal wyszukuje starych szmalcowników, młodych faszystów i robi swoje. Po czterdziestym piątym o Niemców coraz trudniej, ale czasem wyłowi jakiegoś turystę. No i próbuje złapać Fritzla.

Zupełnie Zły przeglądał się w lustrze. Fritzl oddał mu swój wyjęty z tajnej skrytki czarny gestapowski mundur i skórzany płaszcz. Ten szary, który nosi Fritzl, to kamuflaż, miał go ocalić podczas odwrotu, ale ludzie zawzięci, w kolory się nie wpatrywali, zabili go, i tyle. ZZ niestety nie może w tym czarnym fatałaszku chodzić, przynajmniej nie dziś, przeszkadzałby mu wykonać zadanie. Zaraz przebierze się w garnitur, on i Hitler. Biorą srebrne serce i idą zdobywać przychylność wpływowych ludzi. „Bez tego ani rusz – powtórzył za Hitlerem ZZ – bez mediów ani rusz".

– Kim jesteśmy? – zapytał wesoło postaci w lustrze. – Polskimi patrioootaaami – odpowiedział miękko i śpiewnie. Chcemy praaawdy, tylkoo praaawdy.

Kapitan Ojciec dał mi mapkę i słowo honoru, że doktor nic mi nie zrobi. Trudno mi w to uwierzyć, ale znów idę do piwnicy. Kapitan nie może mi towarzyszyć, obiecał pokazać Rejczel, gdzie pierwszy raz umówił się wieczorem nad Wisłą z jej matką.

– Wiesz, to wielki krok naprzód, że już możemy rozmawiać o mojej żonie, ty nie wiesz, jak to było, i lepiej nie pytaj, ale to duża rzecz, sam to przeżywam, potem idziemy do kina na trójwymiarowy film, a jutro do zoo.

To głupie, ale czuję się w tej piwnicy dość swobodnie, wprawdzie w porównaniu z poprzednim razem jest pustawa, większość jej mieszkańców nawet w nocy buszuje po mieście, jednak spotykam jakichś umarlaków, pozdrawiają mnie, poklepują po plecach, podają ręce, znalazłem sobie towarzystwo. Pomagają otworzyć metalowe drzwi, pytają, dokąd idę, dają wskazówki, chociaż ich nie potrzebuję, pokazuję, że mam mapę, nie zrażają się tym – w lewo, a potem przy rozwidleniu w prawo, potem napis... Kojarzy mi się to z filmem *Tańczący z wilkami*, głupie skojarzenie i oby się tak samo źle nie skończyło. Idę sobie bez większego strachu, pogwizduję przedwojenne szlagiery dla właściwego klimatu. Mijam rozwidlenie, a po chwili biały olejny napis „R-209HB", świecę na mapkę, idę dalej, nie czuję się jak w horrorze, raczej jak na podchodach w harcerstwie. Wchodzę do takiej węższej odnogi, właściwie rury, muszę iść na czworakach, niewygodnie, a rura zdaje się nie mieć końca. Świecę na mapkę, zaraz powinna być przecznica w lewo; jeszcze parę metrów i jest, ale strasznie ciasna, może to nie to? Chyba jednak to. KO uprzedzał, że będzie się trzeba przeciskać. Włażę. Przeciskać to dobre słowo; nie czołgać, tylko przeciskać jak glista, ruchem robaczkowym. Nie wytrzymam, duszno, jestem ściśnięty i prawie się nie przesuwam. Próbuję zawrócić, ale mi nie wychodzi. Zamykam oczy, staram się nie myśleć o tym, że gdybym nagle zapragnął wstać albo chociaż trochę się podnieść, okazałoby się to zupełnie niemożliwe. Staram się myśleć tylko o tym, żeby przesunąć się dalej jeszcze parę centymetrów, staram się nie myśleć źle o kapitanie i nie podejrzewać go, że nie poszedł ze mną z innych powodów, niż przedstawił. Przypominają mi się przypadki grotołazów, którzy zginęli lub zostali uratowani po żmudnych akcjach ratunkowych, oraz moje mądre pytania retoryczne: „I po co się tam pchali?". A teraz gdzie się podziała moja mądrość? Przede mną lekki zakręt. Pamiętam z mapki, że to prawie połowa przedostatniego odcinka, potem będzie coś w rodzaju zgrubienia, jakby bąbla, a potem w prawo, i już.

Zaklinowałem się. To ten zakręt przeklęty. Ani w przód, ani w tył. I po co się tu pchałem? Zaczynam się nerwowo śmiać, ale nawet na to nie ma tu miejsca. Dla odmiany wpadam w panikę, rzucam się, szarpię, nic to nie daje, przywodzi tylko na skraj szaleństwa. Zen, Shaolin, Bruce Lee, uspokajam się, wolny Tybet, oddycham spokojnie, koncentracja, medytacja, odnajdź w sobie harmonię, jest w tobie wielka siła, nie myśl, użyj mocy. Nic z tego. Kierunek jednak dobry, lepiej się nie szarpać. Medytacja to jedyne wyjście w takiej sytuacji. Wiotczeję cieleśnie, umacniam ducha. Zwiotczenie pozwala mi się przesunąć parę centymetrów dalej. Mam wrażenie, że jest jeszcze gorzej, właściwie to nawet nie mogę swobodnie oddychać, mam ściśniętą klatkę piersiową. Wpadam jednak na genialny pomysł. Śruba!

Zamieniam się w śrubę. Kręcę się wokół własnej osi, omal nie pęka mi kręgosłup i żebra, ale to działa. Za zakrętem mam wrażenie wielkiej przestrzeni, bo mogę się już normalnie poruszać swoim ruchem robaczkowym. Przeciskam się, szczęśliwy miejski owsik w swej smrodliwej drodze, jest! Wyłażę do zgrubienia. Wspaniałe to miejsce, można postać, nawet uklęknąć. Nie muszę patrzeć na mapę. Widzę zielone światełko w jednym z czarnych otworów. Przede mną ciasna rura. Nie ma wyjścia, wolę nie czekać zbyt długo. Muszę się stąd wydostać. Nabrałem doświadczenia. Ten zakręt mi pomógł. Zwykłą ciasną rurę pokonuję bez emocji, jak rutyniarz.

Jerzy Rosiak wstał powoli z ławki, rozejrzał się i ruszył w stronę przystanku. Nie wierzył w żadne akcje protestacyjne. Zastanawiał się, kogo by tu poprosić o pomoc w znalezieniu roboty, ale nikt mu jakoś nie przychodził do głowy. Prawdę mówiąc, gdyby miał kogoś takiego, to dawno już by go poprosił i odszedł z tej całej firmy ochroniarskiej, bo płacą marnie i mają za nic. „Żyć się nie chce", burknął pod nosem. Myślał o powrocie do domu i co ma powiedzieć, może jednak wpadnie po drodze do Marka, jemu powie. Kupi po drodze połówkę, Marek też coś znajdzie i będzie łatwiej, a jutro się zobaczy.

– A, to pan. – Ubrany w gumowy fartuch i kalosze doktor przyglądał się, jak niezdarnie usiłuję wygramolić się z rury. W niewielkim pomieszczeniu świeciła słabym światłem goła żarówka. Musiał usłyszeć moje sapanie, stał i czekał, ciekawy, co się pokaże w wylocie. – Czego pan chce?

– Chciałem o coś spytać – powiedziałem, rozprostowując się i próbując strzepnąć z siebie nieczystości tupaniem i gwałtownymi ruchami rąk. W tym momencie usłyszałem głośny jęk. Dochodził zza półprzezroczystej zasłony zrobionej z grubej sztywnej folii, uwalanej brunatnymi plamami.

– W takim razie proszę poczekać. – Wskazał mi krzesło. – Mam akurat pacjenta. – Na dowód uniósł dłonie w żółtych gumowych rękawiczkach. – Niewiele już wprawdzie mogę z nim zdziałać, ale chwilę to jeszcze potrwa.

Usiadłem na krześle, co po moich rurowych przygodach wydało mi się nie lada luksusem, a on zniknął za foliową zasłoną.

Po chwili jęki się nasiliły, słyszałem też odgłosy odkładania narzędzi na metalowe tacki, bzyczenie drobnych urządzeń elektrycznych, jakieś nieprzyjemne chrupnięcia, głuche uderzenia młotka i do tego beznamiętny głos doktora: „To czego najbardziej żałujesz, bratku?". Znowu odgłosy, mamrotane pod nosem polecenia i prośby o podanie konkretnego przyrządu, jęki, i znowu: „Gdybyś nie zrobił tego głupstwa, mógłbyś sobie teraz spokojnie leżeć przed telewizorem, bratku, albo pójść do kina, albo z dziewczyną się umówić, tylko sobie wyobraź". Do mojego nosa docierały nieprzyjemne, szpitalne zapachy.

A jeśli to pułapka? – pomyślałem zdjęty nagłą paniką, spojrzałem na rurę, może podstawię krzesło i dam dyla. Dźwięk, bodajże szlifierki kątowej, i woń organicznego dymu przyprawiły mnie o mdłości. Nie zwymiotowałem jednak. Zważywszy na to, gdzie już w tym tygodniu zdążyłem być, trudno się dziwić, że jestem dość odporny. W razie czego będę walczył. Nie dam się. Niedoczekanie. Kiedy dzieją się takie złe rzeczy, do głowy przychodzą mi w ramach misji ratunkowej solipsystyczne myśli. Może to wszystko nieprawda – myślę sobie. Może mi się tylko zdaje. Może ich wszystkich nie ma, a przynajmniej ten obrabiany jest nieprawdziwy, takie złudzenie dane doktorowi, żeby się wyładował. Może właśnie tak jest i może bytów realnych, takich jak ja, tego typu nieszczęścia nie dotykają. Czego bardzo bym teraz pragnął, nie przeczę, no a tak w ogóle, ile to mi jeszcze zostało na koncie? Nie jest tak źle, na razie tylko niegroźny debet, a konta lokacyjne nieruszone, jeśli wezmę się wreszcie do pracy, szybciutko spłacę, co mam spłacić, trochę ograniczymy wydatki i wrócimy do równowagi, muszę sprawdzić te fundusze inwestycyjne, wszyscy na ich punkcie zwariowali, szkoda, że Chuda nie może się tym zająć, być księgową, finansistą domowym, wspólnikiem odpowiedzialnym.

Za kotarą z elastycznego, prawie przezroczystego plastiku sprawy dobiegały końca. Ustawało gardłowe rzężenie, cichł charczący, nieregularny i ciężki oddech. Szczęk sprzątanych narzędzi, leje się woda ze szlaucha. Sprzątają.

Nie uspokaja mnie ta ich krzątanina, nie mogę się pozbyć wrażenia, że czekam tu w kolejce do upiornego gabinetu. Wreszcie koniec. Słyszę zamek błyskawiczny. Szelest plastikowego worka i głuchy łoskot zrzucanego na ziemię ciała. Wychodzą do mnie. Wszyscy trzej. Nic się nie zmienili, odkąd ich pierwszy raz zobaczyłem. Wstaję, chcę być uprzejmy. Może robię to zbyt gwałtownie, a może raczej od razu to planowali. Rzucają się na mnie, przewracają. Fachowcy, trzeba przyznać, próbuję się uwolnić, nie udaje mi się. Czuję ukłucie, a zaraz potem straszliwą niemoc. Puszczają mnie, ale ja się poruszam jak przewrócony nakręcany dobosz, nie mogę się podnieść, a moje daremne ruchy w końcu całkiem ustają. Przeciągają mnie do drugiego pomieszczenia. Przypomina salkę operacyjną u jednego weterynarza, do którego pomagałem kiedyś koledze zanieść jego doga, tyle że dużo większy syf. Kładą mnie na blaszanym stole. Ja pierdolę, ale się wpakowałem. Na moment tracę przytomność, rozglądam się z niedowierzaniem i ulgą po sali operacyjnej z prawdziwego zdarzenia, światła w kole, ludzie w maskach, monitorki, rurki, kabelki, czysto. Ulga nie trwała zbyt długo. Ocknąłem się. Znowu jestem w podziemiach. Przywiązują mi ręce i nogi.

– Jestem prawdziwy – informuję. – To pomyłka. – Użycie słowa „pomyłka" uświadamia mi, jak żałosne jest moje położenie. – Zaraz wszystko wytłumaczę. – Beznadziejne te moje oklepane teksty ofiary. Próbuję się jeszcze powoływać na kapitana, na Rejczel, na moje zasługi wobec umarłych Żydów i ogromną do nich sympatię. – Proszę mi wierzyć.

– Niech się pan nie boi, jestem lekarzem. – Jego głos brzmi zupełnie beznamiętnie, prosto z przychodni rejonowej.

– To dlaczego mnie przywiązaliście?

– Dla pańskiego dobra.

– Jakiego dobra, przecież ja nic sobie nie zrobię.

– Pan nie. – Mrugnął do mnie i uśmiechnął się porozumiewawczo do swoich pomagierów.

– To o co chodzi?

– O dobro pacjenta.

– Nic nie zrobiłem.

– Czasami to prawdziwie odrażające nic nie zrobić. Proszę spokojnie oddychać. Jeśli będzie bolało, może pan krzyczeć, jesteśmy przyzwyczajeni, nie ma problemu. Sąsiadów też nie mamy, nie ma w tym względzie ograniczeń. W pewnych sytuacjach krzyk jest zupełnie zrozumiały.

– Niech mi pan nic nie robi, błagam. – Muszę wymyślić coś lepszego, sam słyszę, że mówię jak typowa ofiara. Więc na tej najważniejszej lokacie, tej królewskiej, pod koniec roku będę miał już sto dwadzieścia siedem tysięcy, mój ojciec nigdy nie miał tyle pieniędzy, a to przecież nie wszystko; trochę mnie to uspokaja, ale standardowe techniki uspokajające nie są w tym wypadku rozwiązaniem, muszę się bronić, za wcześnie na eskapizm, dałem sobie radę na zakręcie w rurze, dam i teraz. – W domu czeka na mnie narzeczona – wypalam oskarżycielsko. – Być może jest w ciąży – kłamię. – Ja jestem wrogiem nazistów i rogatych skurwieli, a ty co? Mścicielem jesteś czy odmianą gestapowca? Chcesz się mścić? To głupi jesteś! Powinieneś już tę swoją dziewczynę gonić po łące gdzieś w niebie, a nie w trupiarni jak czubek z dwoma tępymi pojebami. – Coś jakby błysnęło przez moment w tych matowych ślepiach doktora medycyny.

– Przygotujcie narzędzia – polecił beznamiętnie. – Mów, mów – zachęcił mnie sympatycznie. – Lubię słuchać, co ludzie wymyślają. Jeśli to będzie ciekawe, mądre, pouczające, to zacznę od dołu, głowę zostawię na koniec, żebyś mógł mówić jak najdłużej. Nie jestem jakąś ślepą siłą przyrody, mam wzgląd na pewne rzeczy. – Zdjął mi buty i skarpetki. Widocznie uznał, że jako mówca dobrze rokuję. Moje stopy zupełnie nagle stały mi się tak bliskie i bezcenne, takie nagie i bezbronne jednocześnie, spodziewające się bólu, że łzy mi stanęły w oczach.

– Jaki masz problem?! – Chciałem spytać jak mędrzec, psycholog, kurator czy ktoś z poradni telefonicznej, ale wyryczałem płaczliwie to moje pytanko raczej jak ranny pawian albo okularnik wciśnięty w kąt grubą łapą klasowego osiłka sadysty. – No co!? – dodałem w tej samej tonacji.

Ku mojemu zdziwieniu zastygł na kilka cennych sekund.

– Większość ludzi nie umie żyć, a ja nie umiem umrzeć – powiedział, wyraźnie zamyślony. – Żyć umiałem, ale mi nie dali – dodał i zakończył to tak fajne i cenne dla mnie zastygnięcie, wziął nożyczki i powoli zaczął mi rozcinać nogawkę spodni.

– Umiałeś żyć? – spytałem tonem straceńca. – Wątpię! – wypaliłem przez łzy i trochę niemęsko. On na to wysunął dolną wargę i z uznaniem kiwnął powoli głową.

Nie ma na co czekać, muszę się teraz zdobyć na przemowę jak z amerykańskiego filmu, taką, która wszystko wyjaśnia nawet największym tumanom z ostatniego rzędu, co przez cały film majstrowali dziewczynom pod bluzkami i w majtkach, nawet niemądrym dziewczątkom, które dopiero teraz podniosły głowy do pionu i ocierają spracowane usteczka, im wszystkim, otwierającym szeroko swe durne oczęta w wyjątkowej chwileczce skupienia, które ma maskować zapinanie garderoby i przygotowywać do wyjścia; zaczynam:

– Jesteśmy zbieraczami pięknych chwil. – To nawet nie jest amerykański film, to bardziej angielski wodewil, a ja jak zerwana do czupurnego przedstawienia sprawy blondwłosa ptaszyna w pięknej sukience, dźwięcznym głosikiem, z zaciśniętymi piąstkami, tak cudnie i niemęsko, z takim wzruszającym patosem i zaskakującą trafnością, zamieniam się w Chudą z początku dwudziestego wieku. – Nie potrafimy cieszyć się nimi głęboko, w pełni i długo. – Spróbowałem bezskutecznie przełknąć ślinę, której nie miałem ani odrobiny w piekącym, suchym gardle. Nie nadaję się na mówcę. Nie mogę dłużej mówić w liczbie mnogiej. Może dlatego, że innych ludzi nie znam, może dlatego, że mnie nie obchodzą, może jestem niedojrzały emocjonalnie, zgodnie z twierdzeniem Chudej, i dlatego nie potrafię wykrztusić z siebie zdania zaczynającego się od „my". Nie potrafię przemawiać nawet teraz. Zamiast pociągnąć temat, zainteresować i wzruszyć, sam zaczynam się zastanawiać nad swoimi słowami. Po pierwsze, skąd mi się wzięły? Ano, chyba przestraszyłem się śmierci i zgodnie z tradycją umierających homo sapiens zaczynam patrzeć wstecz i żałować. Wspominać te wszystkie wspaniałe chwile, którymi się dość nie napasłem. Przecież trochę tego było. Przelatują mi przed oczami obrazy, czuję zapachy i nawet słyszę. Dlaczego nie umiałem na dłużej stanąć w miejscu? Wydaje mi się, że teraz jestem gotów. Że dziś każdej z tych wspaniałych chwil poświęciłbym odpowiednią ilość czasu. Wiecznie szedłem szukać dalej. Wszystko było takie ulotne i nawet jeśli najpiękniejsze, nie mogłem się tym przecież zachwycać w nieskończoność. Nikt mi nie dał nieskończoności, stąd ten pośpiech. To nie moja wina, że światem włada ruch, kto się nie porusza, ten przestaje żyć. Jestem niewinny, bo przecież próbowałem.

Przymuszałem siebie i innych, starałem się rozciągać te chwile zachwytu najdłużej jak się da, ale nie przynosiło to skutku, bo nie mogło. Próbowałem nadrabiać wspominaniem. Wspominanie często boli.

Nie potrafiłem być z Chudą, nawet z nią, nie potrafiłem jej poznawać. Mówiłem, przytulając się do niej: „Chciałbym, żeby ta chwila trwała w nieskończoność", a był to jedynie rytualny wstęp, żeby wstać i tę chwilę zakończyć. Czekałem na coś latami, a potem rzucałem okiem i już byłem znużony. Zupełnie jakby życie służyło do wielkiej inwentaryzacji, katalogu zdjęć i nagrań. Japońskiej turystyki. Szaleństwo zbierania pamiątek, na później. A teraz? Gdzie jest wystarczająco długie „teraz?" Nie ściśnięte dwoma wielkimi betonowymi blokami przeszłości i przyszłości, nie popiskujące w stanie ciągłej agonii, ale wielkie jak preria, nieskończone „teraz". Przełknąłem głośno, wręcz tryumfalnie powracającą na swoje miejsce ślinę.

– Od tego jest śmierć – powiedziałem na głos i dalej już znowu tylko w myślach do siebie. Po śmierci będzie czas na oglądanie zebranych skarbów. Wyjmę ze skrzyni tę chwilę znad morza i będę się nią cieszył poza czasem, tyle ile jest warta. Śmierć to bezruch, wreszcie nie będzie pośpiechu. Z planowanego wodewilu zrobiła mi się przedśmiertna próba zebrania myśli z konfesjonalną szczerością, ostatniej generalnej rozkminki i oswojenia śmierci. Dlatego tak lubię oglądać albumy. Sztuka tworzy sztuczne chwile, sztuczne, czyli martwe, martwe, czyli nieruchome. Można powiedzieć, że dużo ćwiczyłem przed śmiercią, potrafiłem kontemplować, obejrzeć wiele razy to samo, cieszyło mnie, że mogłem się zatrzymać i żyć. Takie złudzenie, jak to sztuka, czy może sztuczka. Moje albumy były namiastką śmierci, pozwalały mi odetchnąć od życia. Nie wiedziałem. Zerknąłem na niego, nie ruszał się, uwielbiam jego bezruch, jestem wielkim fanem jego zajebistego zastygania, mógłby jeszcze odłożyć skalpel.

– Chcesz umrzeć? – zapytał z cynicznym uśmieszkiem.

We mnie jakby coś pękło. Pękła we mnie ta świeża wiara, że wszystko może się potoczyć tak jak w radosnych anglosaskich finałach. Już nawet nie robię sobie wyrzutów, że zamiast sklecić ze swoich myśli fajną przemowę, bąknąłem trzy zdania bez sensu. Tylko hen, hen, na dalekim Zachodzie, jest tak, że ludzie sobie coś tłumaczą, następuje ogólne zrozumienie, na czym polega właściwie życie, że przecież na tym, żeby się uśmiechać do siebie, i to nie cynicznie, tylko tak uprzejmie i ładnie, żeby coś zażartować trafnie albo wręcz zaśpiewać czy zatańczyć, do nas to jeszcze nie dotarło, dopiero parę lat w UE, czego chcieć? Zamknąłem oczy, zacisnąłem usta i zapragnąłem śmierci, takiej, jak ją przed chwilą zrozumiałem, żeby jakoś zakończyć to po swojemu, po polsku. „Chuj wam w dupę!" – zabrzmiał mój ostatni wewnętrzny okrzyk, ja na pewno nie będę się tu plątał po piwnicach, nawet wam nie pomacham, idę szybkim krokiem prosto do światła i mam was wszystkich gdzieś.

– Tak, chcę umrzeć, tylko bez cierpienia, bo na nie nie zasłużyłem – powiedziałem, nie otwierając oczu i solennie sobie postanowiłem, że nie będę się więcej odzywać. Co on na to?

Cisza.

Nadal cisza.

Już trzecią linijkę cisza, więc budzi się we mnie nadzieja. Uchylam odrobinę powieki, jak dziecko, które udaje, że śpi. Doktor odłożył bezgłośnie skalpel i stoi zafrasowany.

Czyżby te moje trzy zamokłe, emocjonalne pociski gdzieś tam wybuchły z opóźnieniem, wyczarowując w tej jego mrocznej duszy różowy zamek Disneya otoczony blaskiem sztucznych ogni? Otwieram oczy. On podnosi swój matowy wzrok na mnie i mówi:

– Coś sobie przypomniałem.

O raju, a co to takiego? – chciałbym zapytać, byle tak sobie stał i przypominał, bo mi ta chęć śmierci jakoś minęła szybciutko.

– Przypomniałem sobie – mówi – że miałem się napić herbaty. – Patrzy na tych swoich niewydarzonych sanitariuszy. – To co? Napijemy się herbatki, chłopcy? – Oni kiwają głowami ochoczo i durnowato, jak to niżsi rangą mają w zwyczaju.

– Herbatki to i ja bym się napił – wtrącam śmiało, bo niby co mam do stracenia.

– A czemu nie? – Doktor zrobił się gościnny. – Rozwiążcie pana. Napijemy się dobrej cejlońskiej herbatki ze zrzutów. Zachowałem jeszcze jedną puszkę – poinformował mnie konfidencjonalnym szeptem handlowca. – Doskonała, rzadko piję, ale jak już sobie o niej przypomnę, nic mnie nie odwiedzie.

Rozwiązali mnie, przeszliśmy do kolejnego pomieszczenia. Wyglądało mniej upiornie. Trochę jak zaplecze, trochę jak graciarnia, usiedliśmy na sfatygowanych stołeczkach w stylu art deco przy niewielkim, pasującym stoliczku.

– Ładne meble – zauważyłem wcale nie przez grzeczność.

– Należały do mojej narzeczonej. Karolku – zwrócił się do jednego z sanitariuszy – wstaw czajnik, serdeńko. – A potem już do mnie: – Odzyskałem po wojnie, część z ruin, część od ludzi, co je kiedyś kupili za grosze. Ktoś powie rupiecie, a mnie jakoś lepiej się wśród tych rupieci pije herbatkę. Niech pan zwróci uwagę na filiżanki, wzór z dwudziestego trzeciego, bardzo nowoczesne kształty, ale ja tu gadu-gadu, herbatka, a pan pewnie głodny, Karolku, wstaw zupkę dla naszego gościa.

– Nie trzeba – bąknąłem nieśmiało, niepewny, czy mogę już w pełni oddać się błogości syndromu sztokholmskiego, czy za chwilę znów mój los się nie odwróci.

– Ależ nie wypuszczę pana głodnego, to żaden kłopot, ta zupa to moja specjalność. To co? Da się pan namówić na talerzyk? No? Co? Tak? Nalej panu od serca, Karolku.

– Nie wie pan, panie doktorze – zagadnąłem, bawiąc się pustą filiżanką – czy oprócz pana są jeszcze jacyś polegli Polacy? To znaczy czy są aktywni polegli. Czyli czy chodzą sobie?

Doktor wstał, sięgnął za siebie i odwiązał troczki. Zdjął fartuch – bardzo, ale to bardzo mnie to uspokoiło – przewiesił go przez krzesło stojące przy toaletce z lustrem.

– Jeśli chcecie pić herbatę, to się przebierzcie – mruknął do pomocników. Usiadł na stołeczku, chwilę jakby się zastanawiał nad moim pytaniem, a potem przyjrzał mi się badawczo. – A co ci za różnica, czy akurat Polacy, kochaneczku?

No właśnie – pomyślałem. Co mi za różnica? Przypomniałem sobie to przeciskanie się przez rurę, ten stół operacyjny – po co to wszystko? Żeby się dowiedzieć, kto Żyd, kto Polak?

– No właśnie, sam nie wiem – powiedziałem i zarżałem głupkowato. – Co mi z tej wiedzy, tak sobie myślę. No co?

Jeszcze gdyby to nic nie kosztowało, to można sobie zapytać tak jak o inne rzeczy. Choć co prawda, to prawda, jeśli coś nie jest warte takiego poświęcenia i ryzyka, to nie warto pytać.

– A tak z czystej ciekawości – mówię.

– Ciekawość rzadko jest czysta. – Doktor spojrzał na mnie podejrzliwie spode łba. – A już taka ciekawość nigdy nie jest czysta.

Nalewają nam herbaty. Przede mną staje dodatkowo talerz z parującą zupą.

– Może byłoby łatwiej – próbuję odszukać swoje dobre intencje – gdyby tak razem, może by żywi lepiej zareagowali...

– Lepiej niż na Żydów? – Patrzy na mnie surowo.

Kurwa, po co mi to było? – myślę.

– No nie wiem, różni są ludzie – tłumaczę.

– No właśnie, ludzie są różni i pogódź się z tym albo zapraszam na stół. – Wygłosił tę radę po lekarsku, z udawanym zaangażowaniem, zupełnie jak „więcej spacerów, rzucić palenie i takie tam, bo inaczej niezbędna będzie operacja".

Zupa szara, wodnista, za to w smaku dość wyrafinowana, trudna, a między nami mówiąc, strasznie cuchnie. Pływają w niej białe sprężyste krążki, kalmary chyba, jakaś taka łykowata odmiana, co mi się udało przeżuć, przeżułem, a czego nie, połknąłem, bo nieładnie wypluwać. Za dokładkę pięknie dziękuję, że nie, bo wcale nie jestem taki głodny itd., nadwaga, a on na to, że to w ogóle bez tłuszczu, i tłumaczy dalej.

– Próbuję ludzi zjednać, przekonać, nauczyć, ilu ja już antysemitów obrzezałem, co, chłopaki!? – Pokiwali głowami i zarechotali. – Takie im się te napletki wydawały ważne, a tu ciach i nie ma. Niektórzy tylko to tracą, takie niegroźne dzieciaki. Wracają w zakrwawionych gaciach do domu i mądrzeją. A jak złapię prawdziwego faszystę, to też, zanim co, najpierw obrzezanie. Po co? A tak. Żeby przez chwilę myślał, że na tym się skończy.

– I co pan robi z tymi wszystkimi napletkami? – pytam podejrzliwie.

– Nieważne, nie marnują się, jedz.

Rzygać też nieładnie, więc dzielnie się powstrzymuję, on tylko się śmieje. Może zażartował. A skąd kalmary w kanałach? – pytam sam siebie, wypychając językiem pozostałe między zębami włókna. Próbuję się uśmiechać, lecz twarz mi się wykrzywia i czuję, że mi ślina wzbiera.

On dalej swoje:

– Im się wydaje, że to już, że na tym polega nauczka, że zostaną obrzezani, i bardzo się tym martwią, czasem złorzeczą, ja zdejmuję fartuch i słucham, słucham, a potem z powrotem wkładam fartuch, oni myślą, że to przez te złorzeczenia, i przepraszają. A co, nie smakuje ci?

– Co to było? W tej zupie?

Tylko się śmieje i śmieje, w końcu dopija herbatę, wstaje i wkłada fartuch.

– No dobrze, odpoczęliśmy, a teraz czas popracować.

Zrobiło mi się gorąco, już mi te podejrzane kalmary wcale nie podchodzą do gardła, do gardła podchodzi mi własne przerażone serce. Chcę błagać, prosić o dokładkę, ale opadłem z sił, ta chwila złudnego bezpieczeństwa pozbawiła mnie woli walki.

– Czyli chcesz wiedzieć, dlaczego Polacy nie wyłażą z grobów? – Popatrzył na mnie pustymi oczami przedstawiciela służby zdrowia. – Otóż wyłażą, ale nieliczni, i nie odróżnisz ich od Żydów.

– Nie rozumiem. – Nic innego nie umiem z siebie wydobyć, a chcę rozmawiać jak najdłużej, chcę pić herbatę ze zrzutów i zajadać się tymi kalmarami, byle nie na stół, błagam.

– Wyłażą tylko ci, o których nikt nie pamięta, ci, co nie mają rodzin, nikt nie zaduma się nad ich grobem. Człowiek po śmierci potrzebuje trochę ciepła, zainteresowania, szczególnie po tragicznej śmierci. No a jak cała rodzina, od mamy po najdalszych kuzynów, w piachu, wszyscy znajomi w piachu, cóż, nie da się tak leżeć, pojawia się serce, daje złudzenie jakiejś obłędnej miłości, wstajesz, otrzepujesz się z ziemi i idziesz się rozejrzeć. Polacy są napasieni zniczami, kwiatami, modlitwami, wspominkami. Jeśli nawet komuś mało, bo go coś dręczy, to i tak chce uciekać z cmentarza jak najdalej od tych wszystkich apeli poległych, uroczystych mszy, przemówień, akademii, salw armatnich. Jak szukasz katolików, to wielu ich nie znajdziesz. – Przyjrzał mi się, jakby pytał, na co jeszcze czekam. – Nie męcz się już nad tą herbatą, idź, ja mam pilną robotę.

Co za szczęście. Nie pamiętam takiej radości. Pomocnicy założyli mi worek na głowę i wyprowadzili. Szliśmy długo wąskimi korytarzami, czasem musiałem się pochylać, czasem szedłem wyprostowany. W końcu usłyszałem szum samochodów, a przez materiał zobaczyłem światło. Stałem prawie na jezdni Wału Miedzeszyńskiego, zatrzasnęły się za mną pomalowane na czarno metalowe drzwi. Odwróciłem się, popatrzyłem na pomnik berlingowca z wyciągniętą ręką. Zabiję tego KO – pomyślałem i ruszyłem, trzepocząc rozciętą nogawką, w stronę mostu Śląsko-Dąbrowskiego. Tylko że skubaniec już dawno nie żyje.

ZZ był z siebie zadowolony, srebrne serce jest jak idea, wspaniale usprawiedliwia. Można dać się skorumpować, dać się omotać obietnicami, przestraszyć, kłamać, być stronniczym i nawet tego nie zauważyć, srebrne serce przecież. Jak ja gardzę rodzajem ludzkim – pomyślał Zupełnie Zły, przypominając sobie ludzi, z którymi rozmawiał.

Przed blokiem spotkałem kapitana. Miałem mu właśnie wygarnąć, kiedy się zorientowałem, że na mnie czeka i że w związku z tym czekaniem na mnie ma bardzo niewyraźną minę.

– Jak poszło?

– Skoro jestem w jednym kawałku, to chyba nieźle.

Wiem, że naburmuszony dorosły facet wygląda zabawnie, nic na to nie poradzę, jestem naburmuszony i to moje niezbywalne prawo człowieka, czuję, jak grymas wykrzywia mi usta, a oczy są zimne jak stal, koniec przyjaźni polsko-żydowskiej, porozumienia żywych i umarłych, muszę spokojnie przeliczyć, ile mi zostało kasy, pójść z Chudą na jakiś koncert, zająć się sobą, ratować związek, zaplanować wyjazd na narty może, przegadać kwestię potomstwa, a wam, jak to tam się u was robi? Każdemu położę kamyk dla pamięci i pa, pa, proszę się ode mnie odpierdolić. Zostałem wyleczony ze złudzeń, z bajek o tym, jak Śnieżka pomaga zwierzątkom, a potem zwierzątka Śnieżce. Zawsze doskonale wiedziałem, że życie od bajek różni się tym, że tu Śnieżka sprząta krasnalom chatę, gotuje zupkę, a one po powrocie nawet żadnego „dziękujemy, Śnieżko", ani innej bajkowej gadki, tylko od razu ją łapią i w kolejarza na wszystkie strony po trzy razy, a jak jej się uda uciec i biegnie przez las w podartych łachach, wycieńczona, to ją te zwierzątka, które kiedyś karmiła, otaczają i żądają żarcia, a że nie ma, to zżerają ją samą. Taki jest świat, w nim nawet zatrute jabłko to już jakiś gest, nie mówiąc o możliwości porządnego wyspania się. Tak sobie stoję zamyślony ze zmarszczonym czołem, obolały jak sponiewierana przez krasnale Śnieżka. Wszystko to wiedziałem, ale zapomniałem, i znowu mi się wszystko plącze, bo ta Śnieżka ma buzię Rejczel, nie moją, i tylko wściekły jestem na siebie i los, że nie urodziłem się gdzie indziej albo w innych czasach, w jakimś spokojnym miejscu, które od głębokich wód podziemnych przez piach, glinę, beton i cegły, korzonki, drzewa, koty, okna, dachy, powietrze, ptaki, chmury i ludzi z ich dobytkiem nie jest targane wyrzutami sumienia i bolesnym doświadczeniem. Cała ta przeklęta szerokość geograficzna na każdej wysokości i głębokości jest gruntownie przesiąknięta bólem i strachem, o który ja się ledwie otarłem. Te wszystkie jęki i krzyki, te łzy i krew, jedni odeszli, inni się błąkają, tu każdy atom jest zbrukany złem. Jeśli świat jest pełen rudy zła, to tu u nas została wytopiona w piecu. Wielka produkcja najczystszego zła w piecach, w których ludzie palą ludźmi. Zło to pierwiastek promieniotwórczy, wszystko tu jest napromieniowane, wszystko jest zło aktywne. Mogę sobie to obłożyć nawet podwójną warstwą kafelków, na spód nasze z Opoczna, a na wierzch terakota importowana ze spokojnych, słonecznych miejsc, gdzie żyje się od wakacji do wakacji, mogę nimi wybrukować całą Warszawę i całą Polskę i możemy się po nich wesoło ślizgać w samych skarpetach z wełny od górali, co to wszystko zapomnieli oprócz sabałowego pierdolenia, ale i tak nie będziemy beztroscy jak najarani Holendrzy, wywijający piruety na zamarzniętych kanałach. Żeby to był chociaż zwykły cmentarz. No dobra, dochodzę do siebie, jestem przekonany o wyjątkowości swej polskiej doli; fatum, nieszczęście i rozczulanie się nad sobą, jednym słowem, łapię równowagę.

– Zapomniałem ci powiedzieć, żebyś nie jadł tej ich zupy z tych, no...

– Z kalmarów?

– Z czego? A... uuu... – Skrzywił się i splunął. – Zjadłeś tę ich zupę?

– Nie, no co ty, tak ohydnie wyglądała... – Też splunąłem, a potem jeszcze raz i jeszcze raz, aż w końcu stanąłem, zgiąłem się wpół, oparłem o ścianę budynku i porządnie wyrzygałem. Czułem, jak wylatują ze mnie niepogryzione do końca elastyczne krążki. – Nie mów Chudej! – zażądałem.

– Nie powiem – obiecał szybko, łaskawca. – Wiesz co, mam do ciebie prośbę. Bo w zasadzie nie znam nikogo żywego. Nie wiem, co i jak. Nie mam żadnych pieniędzy ani nic, a jutro są urodziny Rejczel i ona chce takie coś, nie wiem, czy dobrze zapamiętałem, ajpoda, mówi, że koniecznie chce, jak coś przekręcam, to mnie popraw, ajpoda nano szesnaście giga, nie wiem, co to za zaklęcia, mam nadzieję, że to coś nie jest drogie. Strasznie głupio prosić o pieniądze. Sam nie wiem, może mogę jakoś odpracować.

Bardzo nie lubię wymiotować, wyjąłem chusteczkę, wytarłem usta i pomyślałem sobie, że to jakiś błąd w matriksie, ktoś pewnie przy nim grzebie, jacyś młodzi rebelianci w stylu tego mojego sąsiada, tylko z jajami, i coś się kompletnie jebie, a najgorsze, że i we mnie samym, nie tylko w otoczeniu. No co ja powinienem odpowiedzieć jakiemuś obszczymurowi, który wylazł przed chwilą z piwnicy i mnie tu po chamsku na dobrych siedem stów naciąga, no bujaj się, Fela, powinienem mu powiedzieć, albo *get a job*, żeby było bardziej neoliberalnie, a ja? Ja już właściwie wiem, że mu dam tę kasę, i tylko się zastanawiam, którą lokatę zerwać, bo z debetem dalej nie pociągnę. To po to ja cię na studia wysłałem, żebyś ty glazurę kładł, a za pieniądze, które taką niegodną fizyczną, typowo polską pracą zdobywasz, żebyś martwych Żydów faszerował amerykańską elektroniką, wcale nie tanią? Takie tasiemcowe pytanie by mi tatko zadał, gdyby żył, i jeszcze by zapytał, czy mi nie wstyd, że on się przez dwadzieścia pięć lat golił radzieckiej produkcji golarką, która przez to całe ćwierćwiecze od młodości drażniła mu policzki i która miała wewnętrzną potrzebę rozkładu, powstrzymywaną jedynie poprzez liczne i cyklicznie wymieniane gumki recepturki, trzymające ją w jednym kawałku. I nie byłoby okolicznością łagodzącą, że im była starsza i im dłużej z dala od sowieckiej ojczyzny, tym stawała się łagodniejsza, mniej szarpała skórę, mniej podskakiwała w ręku. Fakt faktem, że mojego tatusia na żaden amerykański elektroniczny rarytas nie było stać aż do śmierci, a Żydom to wszystko, miodu i mleka, Apple i Sony. Jak cię stać, jak taki hrabia Monte Dudi jesteś, to płać, może jeszcze pożałuj, że nie ma czegoś droższego, może jakiegoś ze złota iPoda, takiego szwajcarskiego, z czterdziestoma kamieniami, wodoszczelnego, na łańcuszku. Jak to dobrze, że mój tatuś nie był facetem, co to by za dużo kombinował, że nie został w ziemi i tu teraz do mnie nie przyłazi. Umarł, powiedzieli „idź do światła", to poszedł, na nic się nie oglądał, bo i na co, poszedł i tylko po drodze wyłaziła mu z głowy taka waciana mgiełka jego życiowej mądrości, z którą do nieba, podobnie jak do Unii Europejskiej, by go nie wpuścili, ale wyrzucić szkoda, więc mój ojczulek szanowny ulepił z tej chmurki taką niewielką kulkę i bach mnie nią w głowę: „No, dam mu, skoro muszę wyrzucić", tak, jego pierwsza zasada: wszystko się przyda. No i kołaczą mi się po głowie te jego durne myśli, a KO już mi rękę ściska i nawet zaczyna obejmować jak druha, oj, kapitanie, gdybyś ty znał tę białą kulkę myśli, tobyś się ode mnie odwrócił z odrazą jak wycieczka młodzieży w niebieskich kurtkach, która wie swoje. Wszystko się wywraca do góry nogami.

– Mówiła, w jakim kolorze najlepiej?

Sytuacja Jerzego Rosiaka uległa zmianie. Po pierwsze, był pijany. Po drugie, wyniośle dumał, ignorując rytualne utyskiwania swojej małżonki. Po trzecie, przetrawiał rozmowę telefoniczną z Wojtkiem, który wezwał do buntu i chyba tym razem się uda, bo z dnia na dzień wyrzucili z roboty jeszcze pięciu chłopaków i przyjęli jakichś młodych wygolonych łebków, i jeszcze więcej im płacą niż starym, i nikt już nie jest pewien swojego miejsca pracy, nie zna dnia ni godziny, można powiedzieć. Poczuł w sobie ducha walki – dobrze mówi ten Wojtek, nie będą nas te szwargoczące Szwaby i Żydy poniewierać. Jeśli się wszystkie chłopaki zbiorą, to zobaczą, co to znaczy z nami walczyć. Nawet dla żony znalazł w dobrodusznym geście wojownika słowo pocieszenia: „To jeszcze nie koniec jest, od razu mówiłem, że coś się nie zgadza. Jest chyba w tym kraju jakiś kodeks pracy i tak dalej”.

Zignorowana przeze mnie przedziwna uwaga Chirico

Ta historia powinna układać się zupełnie inaczej. Wszystko przez to, że jesteś strasznie egotyczny.

Walka o duszę Wojtka Cieślaka

IPod zapakowany w ładny papier. Wypasiony, nowoczesny tort zamówiony. Została jeszcze lista gości, którą tworzą Chirico z Dejwidem. Chuda wycina meksykańskie dekoracje, bo wymyśliła sobie, że urodziny będą właśnie w stylu latino. Nie pytałem dlaczego. Staram się schodzić jej z drogi. Może dlatego, że sumienie mnie gryzie. Tymczasem próbuję ustalić z KOjcem liczbę świeczek.

– Uważam, że to bez sensu, liczyć te wszystkie lata po śmierci – mówię prosto z mostu. Przecież bez sensu cały tort zadzióbać kilkudziesięcioma świeczkami.

– Tak, tak. – Kapitan O jakby nieobecny. – Postaw tylko czternaście.

– Hm, dałbym jej szesnaście.

– Wystarczy czternaście. – Wyraźnie rozkojarzony ten KO.

– Coś cię gryzie, kapitanie – kontynuuję strategię stawiania wszystkiego po żołniersku prosto z mostu.

– Te jej urodziny...

– No, też mi powód.

– Jej urodziny zbiegają się w czasie z takim świętem, bardzo smutnym, a tu w Warszawie to jeszcze dodatkowo trudny dla nas czas, skoro serce wpadło w takie łapy, w jakie wpadło. Jesteśmy w niebezpieczeństwie. Krótko mówiąc – podniósł głowę i spojrzał mi prosto w oczy –

jeśli to ma być wesoła, a nie tragiczna uroczystość, to musisz odzyskać to srebrne serce i coś wymyślić dla nas wszystkich.

– Ja?

Wychodzi na to, że ja. Już nawet nie zadaję sobie pytań typu „dlaczego ja?". Zachowuję się jak w jakimś śnie. Słyszę „musisz odzyskać srebrne serce" i zamiast odrzec tradycyjnie „musi to na Rusi" lub „przepraszam, śpieszę się bardzo", lub „może kiedy indziej", lub chociaż w ostateczności „a za ile?", ja zawijam się i wychodzę, zdeterminowany, aby to, o co mnie proszą jakieś nieżywe istoty, wykonać. Wstaję i wychodzę. Dokąd? Do mojej kochanki, bo widziałem jej zdjęcie na stronie Żywej Polski; półnaga, uśmiechnięta, siniak usunięty w Fotoshopie, podpis pod zdjęciem – gorące dziewczyny wspierają walkę z krypto-Żydami. Odwiedzę ją, musi coś wiedzieć.

Jerzy Rosiak nie miał zbyt wielkiego doświadczenia w protestach. Przyszedł na miejsce zbiórki mocno stremowany. Czuł się nieswojo i zachowywał się sztucznie, bo on się do takich rzeczy nie nadaje, ale co robić. Wojtek to co innego. Zaczynał w niego wierzyć, inne chłopaki też. Plan był taki, że zwolnieni stają pośrodku Arkadii, rozwijają transparent, a ci, co są na służbie, nie interweniują, a jeśli któryś z nowych albo łamistrajk spróbuje ich ruszyć, to wpierdol. Nie ma się co bać, próba generalna już była. W Carrefourze dwóch martwych Żydków urządziło nielegalne zakłady. Wszyscy o tym wiedzą. Dyrekcja kazała ich usunąć, a ochrona – wała! Nikt ich nie rusza, dobrze im Wojtek powiedział: „My się w wasze żydowsko-niemieckie interesy mieszać nie będziemy".

Nikt się nie wyłamuje, łyse szczawie się boją, może się uda. Swoją drogą to ten Wojtek trochę racji ma, żeby tak trupy łaziły po ulicach, zakłady urządzały w hipermarkecie, a w telewizji kłamią, że to wszystko na niby, i nikt nic z tym nie robi – główkował Jerzy Rosiak.

Po drodze dostałem telefon od Chudej, że jedzie z KO, Chirico i Rejczel do Arkadii po Szymka i Arona, bo te gnoje wymyśliły tam wyścigi kasjerek i przyjmują zakłady na prawdziwe pieniądze.

– Niesamowite – powiedziałem z uznaniem.

Prawdziwe warszawskie przedwojenne cwaniaki w kraciastych czapkach. Przy każdej kolejce stoi tak zwany dżokej z jednym batonikiem, można obstawiać numery kas. W pewnym momencie na dany sygnał dżokeje ustawiają się w kolejki, koniec obstawiania, zaczyna się wyścig i emocje. Kasjerki narzekają na dopingujących je widzów, mówią, że tak się nie da pracować. Wygrywa oczywiście ten, kto pierwszy dostanie rachunek za batonik. Jeśli wyścig jest wyrównany, to można sprawdzić w systemie.

– Niesamowite – powtórzyłem. – Założę się, że jeszcze skubańcy te wyścigi ustawiają. Niech zarabiają, zostawcie ich.

Chuda uznała, że głupio żartuję.

Ktoś dzwonił do drzwi. Zmaltretowana kobieta zorientowała się, że jest w domu zupełnie sama. Ktoś dzwonił, a nie pakował się bez pytania jak do stodoły, jak do burdelu. Może to jest jakaś szansa? Wstała i podeszła do drzwi, rzuciła na siebie okiem w lustrze i zawahała się, czy otwierać; wyglądała jak poturbowana menelka w halce. Rozejrzała się po zrujnowanym mieszkaniu, menelka na melinie. Poszła do łazienki, włożyła szlafrok. Ktoś dzwonił i dzwonił. Zaczęła szukać okularów przeciwsłonecznych. W końcu znalazła. Dzwonek zamilkł. Pobiegła do drzwi, chwilę szarpała się z zamkiem. Otworzyła.

Już miałem schodzić, ale się odwróciłem.

– Co ci się stało? – spytałem z przerażeniem. Ledwie ją poznałem, mieszkanie też. Chuda mnie zabije, ale musiałem to powiedzieć: – Ubieraj się, zabieram cię stąd.

Ona się do mnie przytula, jakby to miało znaczyć, że wyjeżdżamy razem do Meksyku i gdzieś tam nad ciepłym morzem będziemy w hacjendzie płodzić na potęgę małych Meksykanów polskiego pochodzenia, a ja tylko muszę ją stąd zabrać, bo nagle stałem się wrażliwy na ludzkie nieszczęście, i co więcej, wdałem się w niebezpieczny pojedynek z tym rogatym skurwysynem, który jej to zrobił. Ona musi się wykąpać.

– Mogłaś to zrobić wcześniej – mówię trochę grubiańsko, bo widzę, że tu są ślady nie jednego syfiącego jegomościa, tylko całej bandy, pety, flaszki, puszki, resztki żarcia, jakieś niezidentyfikowane papiery i szmaty, nawet skarpety i brudne slipki, stuprocentowa menelska meta, mogłaby się ubiegać o honorową apelację ze Szmulek albo z Wrzeciona, honorową, bo lokalizacja jednak nie ta. – Pośpiesz się – mówię, bo widzę wyraźnie, że jeśli będę miał pecha, to może tu nagle wparować nawet dziesięciu bandziorów. Przetrząsam tymczasem sterty gazet i innego syfu, otwieram szafki, zaglądam pod kanapę, może będę miał szczęście i okaże się, że je po prostu zostawił. Trzeba ją spytać. Uchylam drzwi od łazienki, ona goli się pod pachami.

– Czy ty oszalałaś, dziewczyno?! – Otwieram szerzej drzwi. – Na bal się wybierasz? Śpieszymy się!

Nie miała na sobie okularów ani stanika, ani niczego oprócz majtek, miała za to tysiąc sińców, pantera w cętki, wysłuchałem więc pokornie, jak pełna złości cedzi przez zęby:

– O mało się przez ciebie nie zacięłam. Śpieszysz się, to idź.

– Okej, okej – mówię milutko – chodzi mi tylko... nie chcę tu burdy.

Zamknęła drzwi.

– Nie wiesz, gdzie trzyma srebrne serce!? – pytam przez drzwi.

– Nosi na szyi!

– To pięknie – mruczę pod nosem i postanawiam gdzieś usiąść. Krzesło wygląda na w miarę nieskażone. Zastanawiam się, czy zadzwonić do Chudej i ją uprzedzić, czy może nie warto. Bo będzie przeciw, a jak będzie przeciw, to co ja jej powiem? Kiedyś nie miałem takich problemów, bo nie interesowały mnie problemy, które nie były problemami przypisanymi z imienia i nazwiska do mnie. Więc albo jedno, albo drugie. Albo zdradzać i nie bawić się w dobre uczynki, tylko konsekwentnie koncentrować się na sobie, albo nie zdradzać i wtedy można kroczyć drogą świętości. To, co ja robię, to jest po prostu pułapka! Będę chciał dobrze, a i tak wyjdzie źle. Biedna Chuda. Z tą moją spóźnioną konstatacją zbiegły się dwa odgłosy: włączonej w łazience suszarki do włosów i otwierających się drzwi.

– Proszę dalej, panie Wojtku, przepraszam za bałagan, ale pani domu to straszna fleja.

Schowałem się za zasłonę. Uważam, że podsłuchiwanie z ukrycia można czasem usprawiedliwić. To, co usłyszałem, trochę mnie uspokoiło, bo okazało się, że „wszyscy chłopcy" są pod Arkadią (a nie tu) gotowi do uderzenia i przykładnego przywrócenia porządku. Chodzi tylko o to, żeby ochroniarze nie przeszkadzali, a dokładniej, za ile ten pan Wojtek gotów jest to zapewnić. Mniej miłe dla mych uszu informacje dotyczyły tego, co wymagało przywrócenia porządku, otóż Arkadia pękała w szwach od martwych osób wyznania mojżeszowego. Pozostali klienci już się zdążyli do nich na tyle przyzwyczaić, że przestali się bać, ale i tak mają ich dość, a już kompletny bardak tam w Carrefourze, żywi, martwi, młodzi, starzy opętani hazardem. Drugie wyścigi służewieckie, a wszystkim kręci dwóch małych łebków.

ZZ i pan Wojtek właściwie się dogadali, więc uznałem, że jako bohater nie mogę stać bezczynnie za zasłonką, tym bardziej że ten cały pan Wojtek wydał mi się dość mało wysportowany, raczej taka lekko tłustawa łamaga moim zdaniem.

– Stójcie! – Wyszedłem zza zasłonki, wyciągając przed siebie w dramatycznym geście rękę z rozcapierzonymi palcami. – Robi pan wielki błąd, panie Wojtku! – Trochę się wystraszył, więc idę za ciosem: – Wszystko słyszałem i wszystko rozpowiem, chyba że się pan wycofa.

– Dorzucam jeszcze dwadzieścia tysięcy i będę świadczył, że ten tu bujdy wymyśla – powiedział rogaty, dłubiąc od niechcenia szponem najmniejszego palca w zębach.

– Dwadzieścia pięć? – Pan Wojtek uśmiechnął się przepraszająco.

– Niech będzie, lubię pana. – ZZ wyszczerzył w uśmiechu zębiska.

– Chodzi pan do kościoła? – spróbowałem, ale pan Wojtek tylko wzruszył ramionami. – Nasz kraj, Polska... – nawet nie kończyłem, bo patrzył na mnie jak na wariata. – On nienawidzi ludzi, chce pana upodlić, tak jak wszystkich.

Odwrócił się do mnie plecami i wyciągnął rękę do Zupełnie Złego.

– No, dobra, ile panu dał, przebijam o dychę.

Cofnął rękę.

– W tej chwili sto dwadzieścia pięć, dycha od pana to jest sto trzydzieści pięć, ma pan tyle?

– Mam.

– Dwieście tysięcy – powiedział powoli i dobitnie ZZ w stylu „powiedziałem i zakończmy tę sprawę", ale ja się tak łatwo nie poddaję, liczę, ile mi zostało, do tego kredyt hipoteczny pod mieszkanie, gotuje mi się w głowie, liczenie pieniędzy zawsze mnie uspokajało, a teraz doprowadza na skraj obłędu.

– Trzysta tysięcy! – Wyrykuję tę liczbę z taką wściekłą determinacją, że nie mają chyba wątpliwości, że dysponuję tą sumą. Po ZetZecie widzę, że i dla niego zaczynają to być poważne kwoty. Jeśli odziedziczył pusty portfelik KZ, to też musi skądś tę kasę zdobyć. I chyba mam rację.

– Trzysta dziesięć – mówi.

– Trzysta dwadzieścia – ja też zwalniam tempo, a pan Wojtek rozsiada się wygodnie na brudnej kanapie i słucha z uprzejmym zainteresowaniem.

Licytujemy do trzystu pięćdziesięciu, gdy ZZ traci cierpliwość, z nosa idą mu siarkowe dymy.

– Pół miliona – syczy. Ja kompletnie już oszalałem i nie wiem, co właściwie ze sobą zrobię, ale pogodziłem się już ze sprzedażą mieszkania, przeliczyłem, plus to, co mam, i może jakimś cudem kredyt.

– Milion! – ryczę.

Pan Wojtek przełknął ślinę i szoruje sobie nerwowo ręką po głowie, mierzwiąc przetłuszczone, za długie i rzadkie włosy. Do pokoju wchodzi moja nieszczęsna poobijana kochanka, odstawiona jak nie wiem co, wytapetowana, w czarnych rajstopach, więc nie widać prawie żadnych siniaków. Ja dostaję SMS-a od Chudej, a ZZ śmieje się diabolicznie:

– No to się pan obłowi, panie Wojtku. Proszę, zapłać panu – zwraca się do mnie.

– Nie jesteśmy na ty – odpowiadam, żeby zyskać na czasie, ale mina mi rzednie z sekundy na sekundę. Dociera do mnie wizja bezdomności, żebractwa i skrzywdzenia Chudej, aż boję się spojrzeć na tego SMS-a od niej, a ZZ to widzi, więc dalej pcha mnie pod górę.

– No, jaka forma rozliczenia, podpisujecie umowę?

Może to jednak bez sensu – myślę sobie. No co może się stać nieżywym ludziom, no co?

– Nie, no, umowę to nie. Jak umowę? Gotówkę bym wołał – mówi pan Wojtek, jakby z lekka onieśmielony tym, że wkracza do świata ludzi zamożnych.

Okazuje się, że gotówki nie mam. Mogę tylko obiecać, zobowiązać się na piśmie, dostarczyć w ciągu miesiąca. Tymczasem ZetZet wyciąga reklamówkę, w której jest sto tysięcy, obiecuje do końca tygodnia dostarczyć pozostałe dziewięćset i na dobry początek współpracy proponuje przelecenie tej tu pięknie odstawionej lejdi. Pan Wojtek robi przepraszający gest w moją stronę i mruga okiem do kobiety, o której nic nie wie poza tym, że strasznie jest na nią napalony, nawet nie wie, że jest cała poobijana. Ja czytam SMS-a od Chudej, w którym wzywa mnie na pomoc, bo podejrzewa, że Szymek i Aron weszli w jakieś układy z mafią, i teraz, nawet gdyby chcieli, nie mogą zostawić tego interesu. Natychmiast robi mi się weselej.

– No to dosyć żartów – mówię. – Wojtusiu, ty moja sierotko. Powiedz no mi, malutki, jak to możliwe, że ktoś robi nielegalne zakłady na dużą kasę i nie dogaduje się z chłopakami z miasta? No jak to możliwe? A może nie wierzysz, że istnieje przestępczość zorganizowana? – Ostatnie zdanie mówię po dziecinnemu. Widzę, że się przestraszył, ale jeszcze nie do końca, trudno mu się rozstać ze spełniającymi się marzeniami. – No to wiedz, że miliona nie dostaniesz, ale w czapę na bank, rozumiemy się? – pytam i przystępuję do tego, co mi ostatnio wychodzi najlepiej, a więc biorę krzesło i walę nim ZZeta w łeb, tak że krzesło się roztrzaskuje, a on się przewraca na niski stół wysoki połysk, od którego odpada noga. – Ani mi się rusz – przykazuję panu Wojtkowi, a on kiwa głową i stoi nieruchomo. Biorę tę nogę od stołu, nachylam się, walę ZZ jak mogę najmocniej, aż z nogi lecą wióry, ale on się dobrze zasłania, łapami i kopytami, więc robię się rozdrażniony, bo chciałbym go w czachę trafić, i wtedy ona szturcha mnie w ramię i podaje mi młotek. No, to zupełnie inna robota.

Trochę to trwało, zasapałem się. Ona podaje mi sznur od bielizny. Związałem Zupełnie Złego. Zdjąłem mu z szyi zbroczone zieloną juchą srebrne serce. Przetarłem, schowałem do kieszeni.

Pan Wojtek, mocno przestraszony, przepraszający i gruntownie pogodzony z faktem, że zorganizowana przestępczość ma pewne przyrodzone prawa, zamienił się w słup soli. Poobijana kobieta patrzy na mnie z podziwem.

Nachyliłem się nad podziurawionym ZetZetem: nie wyglądał dobrze, aż mi się nieswojo zrobiło, taki zmasakrowany.

– Mam dla ciebie propozycję. – Czułem się jak Bruce Willis. – Ja cię wypuszczę i oddam ci to srebrne serce, bo i bez niego sobie z tobą radzę, a ty, kochanie, oddasz mi naszego fakira.

– Ty nie jesteś z mafii. – Zaśmiał się nieprzyjemnie. – Znikąd jesteś. Jesteś człowieczkiem, który zapomniał, gdzie jego miejsce. To się zawsze źle kończy. Taki powszechny błąd. Wszystko z pychy, z braku pokory. Chcesz być dobry, to bądź grzeczny. Dopóki o władzę walczą nieliczni, nieliczni giną. Niech wilki walczą między sobą o stada owiec. Jesteś wilkiem? Jesteś jednym z władców i wojowników? Duże ryzyko, przepych i władza albo równie dobrze rozerwanie końmi, pal, wysuszone truchło rozpięte na murach miasta ku przestrodze. Pycha rozprzestrzenia się jak zaraza, każdemu się zdaje, że może być wolny. Jeśli ktoś chce być wolny, musi wejść do gry, a ta gra jest bezwzględna i krwawa. Wchodzisz do gry? Skoro owce uważają się za wilki, to są traktowane jak wilki. To jest okrutna gra. Nie można się z niej wycofać. Nie można jednego dnia wygrażać pięścią na demonstracji, a drugiego spodziewać się łaski od żołnierzy wchodzących do miasta. Jeśli suwerenem jest naród, to niech sobie ten naród poczyta o losach suwerenów w przeszłości. Ale chyba się rozgadałem. Wybaczanie to nie moja specjalność, ale powiedzmy, że puszczę wszystko w niepamięć, tylko się usuń. Zobaczysz, jaki zrobię tu porządek. Wolność nie może być dla każdego. Spójrz na siebie. Oszukujesz te kobiety. Gdybyś nie mógł robić, co chcesz, tobyś tego nie zrobił, byłoby ci lżej.

Kiedy to mówił, moja posiniaczona kochanka masowała mi ramiona i szeptała do ucha:

– Nie słuchaj tego kozła.

– Ona wie, że nie zostawię swojej narzeczonej – postanowiłem wyjaśnić; masaż na chwilę ustał, po czym powrócił, pojawiło się pociąganie nosem, trudno. – Całe twoje gadanie jest na nic, zaproponowałem ci uczciwy handel, wchodzisz w to czy nie?

Rozzłościł się, najpierw zaczęło mu się odbijać siarą, a potem dostał kwiczącej czkawki.

– Małpy, które choć przez chwilę widziały Boga, powinny zdechnąć – syknął. – Małpy już nie chcą być małpami. Myśl o tym, że mogą nimi być, przepełnia was odrazą i przerażeniem. Małpy, które powstrzymują się od kopulacji, żeby nie być małpami. To takie trudne, dodają sobie nawzajem otuchy, zakazują sobie tego nawzajem, w końcu robią to ukradkiem i cierpią. Jesteście odrażający!

– Po co mi to wszystko mówisz? Ja jestem prosty glazurnik. Zaproponowałem ci *deal* i chcę wiedzieć, czy wchodzisz, czy nie? To takie trudne jasno odpowiedzieć? No tak, zapomniałem, nie lubisz jasnych rzeczy, ale spróbuj się przełamać.

– Mój proboszcz zna egzorcystę – łamiącym się głosem wtrącił pan Wojtek. – Może po niego zadzwonić?

– O, dobry pomysł – pochwaliłem związkowca.

Zupełnie Zły chyba zrozumiał swoje położenie.

– Niech stracę, odeślę ci tego farbowanego Norwega na krótki urlop, bo nie łudź się, że do mnie nie wróci, zresztą wszyscy tu jesteście raczej dla mnie. Ty też, bohaterze, bo troszkę się z tym bohaterstwem spóźniłeś.

Do mieszkania wszedł bardzo niski człowiek.

– Serce oddaj Hitlerowi – stęknął jeszcze ZZ.

– Jemu? – Pokazałem na niskiego głową.

– Tak, takich nigdy nie zabraknie.

– Jeszcze jedno! – dodałem w ostatniej chwili. – Młotkiem biłem ciebie, nie fakira, ma tu wrócić cały, a nie zmasakrowany. – Widziałem po nim, że to słuszne zastrzeżenie, zostawiłby mnie tu ze zmasakrowanym gościem, młotkiem w ręku i Hitlerem jako świadkiem, któremu musiałbym oddać srebrne serce. O mały włos.

ZZ zaczął się przepoczwarzać z powrotem w KZ, znikały kopyta, rogi itd. Wręczyłem artefakt Hitlerowi i dałem mu kopa w tyłek na nową drogę życia, aż poleciał ze schodów.

– A teraz ty – mówię do pana Wojtka – związkowcu za dychę. Po pierwsze, wyskakuj z tej z kasy, co masz w siatce. – Grzecznie oddaje. – Po drugie, idziesz tam i ochraniasz trupy. Jak się spiszesz, będziesz żył i może ci coś skapnie.

– Nie trzeba. – Kręci głową, łapie mnie za rękę, ściska ją i potrząsa bez umiaru. – Nazywam się Wojtek Cieślak i może pan na mnie liczyć. Ja jestem wierzący człowiek, do kościoła chodzę, no i Polska nasza, a ten tu diabeł, no, na własne oczy widziałem, tylko by chciał upodlić człowieka. Może mi pan ufać. Kto by tam z mafią zadzierał.

Wszyscy wyszli, a ona została. Zostały też pieniądze w siatce. Zamknęła drzwi na wszystkie spusty. Ma pełną lodówkę piwa i wódki. Będzie pić. Nie oprzytomnieje przez parę dni, dzięki temu nikomu nie otworzy. Powinna mu powiedzieć, że i tak ją mają. Mają na zdjęciach. Takich strasznych zdjęciach. Obietnica sławy zamieniła się w tej sławy groźbę. Powinna mu powiedzieć. Tyle że tych zdjęć najbardziej na świecie wstydziła się przed nim.

Urodziny Rejczel

Nad ranem, w dniu urodzin Rejczel, miałem znowu swój sen. Leżałem w niewygodnym łóżku, byłem strasznie słaby. Przez okno wpadało białe, zimne światło. Koło mnie Chuda, siedzi i trzyma mnie za rękę. Nie wiem, gdzie jestem ani co się dzieje, ale pachnie mi to brakiem czasu, więc zbieram myśli, co bym chciał Chudej powiedzieć najbardziej, i wypalam: „Chuda, zróbmy sobie dziecko", a ona w ryk. Płacze, szlocha, pociąga nosem. „No co tak płaczesz?" – pytam, a ona przez łzy: „Bo to niemożliwe".

Niby dlaczego niemożliwe, zastanawiam się i zastanawiam, aż w końcu sobie myślę i chyba niestety mówię: „Może my do siebie wcale nie pasujemy. Wiesz co, Chuda, ty jesteś jedyną osobą, której nie rozumiem, nie umiem sobie nawet wyobrazić, co myślisz albo co robisz, jak mnie nie ma. Jak mi nie powiesz, to nie wiem, nawet mi się nigdy nie śni". I chyba miałem w tym śnie jakąś straszną gorączkę albo jakieś leki w stylu morfiny, bo jeszcze tak zupełnie głupio i okrutnie ją ranię: „Może dla mnie, dla ciebie i dla tamtej, wiesz, byłoby lepiej...". Urwałem w pół zdania, przykry obraz zniknął, a ja się obudziłem.

Rzecz naprawdę niebywała, Chuda wstała przede mną i przystraja nasze pueblo, z głośników sączą się słodkie głosiki meksykańskich śpiewaków, na mojej zaspanej głowie ląduje rozłożyste sombrero. Wszędzie pełno kolorowych wycinanek z motywem kościotrupa, ciastka oblane białym lukrem w kształcie czaszek

– Uważasz, że to zabawne? – pytam, przecierając oczy. Zaczepiam czubkiem swojego grzybiastego kapelusza o jeden z kolorowych lampionów, o mało nie spadł.

– Uważaj! – Chuda mnie strofuje, ale tak niegroźnie, zadowolona jest z siebie i z dekoracji.

– Szkoda, że to nie moje urodziny – mówię, żeby trochę się przypodobać i jednocześnie trochę pozrzędzić. – Urządzisz mi takie?

– Jak zasłużysz.

– Może zrobię indyka w czekoladzie i jakieś burritos?

– Nie trzeba, zamówiłam jedzenie z restauracji.

To mnie trochę zabolało. Zawsze mi przykro, kiedy nie docenia się mnie jako kucharza. Byłoby taniej, ja bym miał frajdę, mogliby potem wszyscy chwalić, ale to dobre, wspaniale gotujesz, mógłbyś być kucharzem, a nie glazurnikiem, a tak? A tak znowu dobry nastrój w naszym pueblo wisi na włosku, bo ja pytam lekko poirytowany:

– Czemu mi to zawsze robisz?"

Na co Chuda już marszczy brwi i:

– Raz, mam nie mówić, że coś „zawsze", bo to głupie i konfrontacyjne, i w każdej książce o tym piszą, a dwa, nie byłoby czasu na zmywanie po tych moich zabawach w kuchni i żebym trochę wyluzował, bo popsuję cały dobry klimat, atmosferę, znaczy się, przyjęcia.

To ja w takim razie, w związku z tym, że nie lubię przegrywać, nawet z Chudą, pytam przyziemnie i po chamsku:

– A mogę zobaczyć rachunek za to wszystko?.

Przegiąłem. I to poważnie. Stoi i patrzy na mnie bezradnie, zaraz gdzieś pójdzie i się zamknie, trzaskając drzwiami, będę ją musiał przepraszać, ale nie, ona mówi spokojnie, smutno i słodko:

– Potraktujmy to przyjęcie, kochany, również jako naszą imprezę pożegnalną i bądź tak miły i zapłać ten wygórowany rachunek, bo jak wiesz, ja nie mam pieniędzy. Chyba że wolisz bez przyjęcia, to spakuję się i wyjdę zaraz.

Nie lubię przegrywać, więc brnę jak osioł:

– Na szczęście są jeszcze na tym świecie zwykłe dobre kobiety, które znają takie proste uczucia jak wdzięczność, potrafią o człowieka zadbać, docenić go, wspomóc. – Kiedy postawiłem kropkę, zapragnąłem cofnąć czas i to, co powiedziałem.

– Burak.

Dopiero teraz dostrzegłem KZ. Siedzi na kanapie. Irytuje mnie. Głupkowato uśmiechnięty świadek. Chuda poszła do kuchni, brzdąka naczyniami w ramach przygotowań i jednak pochlipuje. Powinienem pójść ją przeprosić, ale wydaje mi się, że jest za wcześnie; gdybym był mądrzejszy, pomyślałbym raczej, że za późno.

Spojrzałem na zegarek, wpół do drugiej, potwornie długo spałem. Odespałem ostatnie dni. Goście mają przyjść na szesnastą, za Chiny bym się nie wyrobił z żadnym gotowaniem, nawet nie mam składników, trzeba by na zakupy, a jeszcze prysznic i odkurzyć. Potem faktycznie wypadałoby załadować zmywarkę i ogarnąć kuchnię. Gdyby mnie wrobiła w gotowanie, dopiero bym się wściekł. Od tego spania dziwnie się czuję, jakbym miał w płucach lżejsze powietrze. Idę się golić i słyszę, jak Chuda pyta przez telefon Chirico, czy nie odebrałaby tortu i żarcia z restauracji, bo ona się nie wyrobi, ma tu jeszcze sprzątanie. Domyślam się, że w słuchawce pada pytanie o mnie, Chuda łamiącym się głosem odpowiada: „Szkoda gadać".

W łazience oddaję się w leniwym tempie dokładnym ablucjom, nawet nie prysznic, tylko napuszczam wody do wanny. Narasta we mnie wdzięczność do Chudej, że tak to wszystko załatwiła, że spędzę sobie tu dobrą godzinkę w łazience, potem się ubiorę, godzinkę coś poczytam i już będą goście. Przypomniałem sobie, jaki bardak miała w domu ta cycata wnuczka, jak źle i staro wyglądała, jak przygnębiająco na mnie działa widok podpuchniętych i spękanych ust zasmarowanych warstwą zbyt czerwonej szminki. Jak ja bym tęsknił za swoją Chudzinką. Jak to dobrze, że nie ma dokąd pójść, że nie będzie jej tak łatwo mnie zostawić.

Jerzy Rosiak czuł się bardzo zagubiony. Nie miał doświadczenia w protestach, a to tutaj zaczynało go powoli przerastać. Już drugi dzień od rana stoi z kolegami jako żywa reklama i ściska drążek transparentu z napisem: JESTEŚMY ŻYWYMI LUDŹMI. Nikt na ten transparent za bardzo nie patrzy, nie wiadomo, po co tak stoją, tym bardziej że wśród przechodniów przeważają nieżywi, więc ich to hasło na pewno nie porywa. Gdyby to zależało od Jerzego Rosiaka, napisałby coś o kodeksie pracy i tak dalej, ale nikt go nie pytał. Jeszcze ten Wojtek przyszedł taki podniecony i mówi, żeby się szykowali, bo może przyjdzie tych łysych siłą przegonić.

Hitler przeglądał książkę, którą dostał od ZZ; były tam zdjęcia z dowodami zbrodni hitlerowskich. Ani przez chwilę nie przyszło mu oczywiście do głowy, że ksywka Hitler nie jest w związku z tymi zdjęciami powodem do dumy. Wręcz przeciwnie, redukował w sobie wszelkie ludzkie odruchy, tak aby na nią w pełni zasługiwać. Miarka się przebrała, kiedy doszedł do zdjęcia abażuru zrobionego ze skóry z torsu polskiego marynarza, przyglądał się wytatuowanej kotwicy i zapragnął taki żyrandol mieć, a jeszcze lepiej trochę pomieć i sprzedać na Allegro. Dzisiaj tatuaże są bez porównania ciekawsze, kombinował dalej, wzory, kolory, można by produkować, podniecił się, przymknął oczy i już widział, interes się kręci, łapanki, transport, selekcja, ubojnia, garbarnia, sklep internetowy, wysyłka, kasa na koncie. Zdążył jeszcze tylko westchnąć, rozmarzony i... wyruszył szlakiem KZ. AAA! – krzyczał, spadając w płonącą czeluść. ZZ wrócił na ziemię i kokosił się w jego hitlerowskiej skórze. Nie do końca zadowolony, bo ciałko, w którym musiał się zmieścić, było cherlawe i karłowate. Metr sześćdziesiąt osiem, dobre sobie.

Dla porządku sięgnął do przejętej przed chwilą wraz z głową pamięci. Starał się ustalić przyczyny nikczemności. Nic nadzwyczajnego tym razem. Wyśmiany przez dziewczynki w dzieciństwie, przeganiany przez chłopców. Od dziecka prześladowała go myśl, że ludzie będą go gonić po lesie z widłami i pochodniami jak dziwoląga. Dlatego to on musi za wszelką cenę stanąć na czele tych z pochodniami i wskazać im cel. Tylko wtedy czułby się bezpiecznie, to byłby tryumf jego sprawiedliwości. Bo sprawiedliwość jest wtedy, gdy ktoś inny wreszcie cierpi, najlepiej ktoś, kto miał lepiej od niego. Typowe, szkoda czasu, ilu już takich było? Jeden interesujący epizod, otoczony fosą osobistej tajemnicy, okadzany bałwochwalczą czcią, przywoływany jako dowód człowieczeństwa i uniwersalne usprawiedliwienie: „Synku, obierz ziemniaczki, tak się słabo czuję jakoś". Matka układa się niezdarnie na kanapie, zrzucając konwulsyjnymi ruchami stóp kapcie, przykrywa się kocem i z miną nietrzeźwego tajnego agenta ukrywa pod tym kocem butelkę wiśniówki. „Dla mnie tylko dwa, ale sobie nie żałuj". Zapach kuchni w starym budownictwie, aluminiowy czajnik, głosy dzieciarni z podwórka-studni.

Impreza na całego. Chirico szaleje z Dejwidem. W meksykańskich ozdobach przypomina małą Indianeczkę. Szymek z Aronem ubrani jak gwiazdy gangsta rapu, wpadli tylko na chwilę, bo muszą wracać doglądać interesu. Nie będę wszystkich wymieniał, pół piwnicy przyszło, nawet Krystian, który wbrew neooświeceniowym założeniom sponiewierał tequilą, dosłownie w parę chwil, swój cenny mózg i właściwie to już zupełnie przekonał się do nieżywych. No a gwoździem programu były tańce Rejczel i kogoś dobrego, dawniej złego, potem tak śmiertelnie przestraszonego, że chociaż nic nie pamięta, stara się być bardzo dobry, a na każdy zły uczynek, nawet drobny, jak na przykład potrącenie kogoś niosącego kieliszek, reaguje histerycznym piskiem. Rejczel, rozpromieniona, cały czas powtarza:

– Widzicie, miałam rację, on się zmienił, mówił, że może się zmienić, i się zmienił.

– Dlaczego ty się jeszcze nie uśmiechasz, Rejczel? – zapytałem, sam lekko skwaszony nad szklanką caipirinhy.

– A ty?

– Ja się pokłóciłem z Chudą.

– O co?

– Głupi jestem.

– Pogodzę was.

– No ale odpowiedz dlaczego?

– Bo jak już się uśmiechnę, to będę musiała się zbierać, a za dobrze się bawię – powiedziała tak serio i wprost jak nie nastolatka i pocałowała mnie swoimi wyschniętymi ustami w policzek. – Dziękuję – dodała jeszcze i pobiegła do Chudej, z oczu poleciały mi łzy jak grochy wprost do babskiego drinka.

– Nie wstydź się łez, zuchu. – Kapitan O podszedł i stuknął swoją szklanką caipirinhy o moją. – Uśmiech wisi w powietrzu, jeszcze moment i sobie odpoczniemy, wspaniałe przyjęcie, już dziękowałem twojej narzeczonej. Myślę, że zanim na dobre się ściemni, nas z Rejczel już tu nie będzie. – Krótka przerwa na delektowanie się alkoholem i jego twarz znowu robi się poważna i surowa. – Nie mam prawa cię o to prosić, ale jak nie ty, to kto. Chciałbym, żebyś miał na oku te wszystkie dzieciaki i starszych, nie mówię, że przez całe życie, ale przynajmniej dziś w nocy, bo to będzie bardzo ciężka noc. Oddałeś serce, więc... krótko mówiąc, w tę jedną noc w roku jesteśmy przez kilka godzin naprawdę żywi. Nie ma w tym nic wesołego, bo i tak na ogół nie wiemy, co z tym fantem robić. Dość przygnębiający czas. Niektórzy nawet nie wychodzą z trumny, szczególnie jeśli mają wygodną. Są tacy, co płaczą, jęczą, zawodzą jakieś piosenki. Znajdują się też nieliczni kawalarze, którzy straszą. Szczególnie sentymentalni idą odwiedzać jakieś swoje ulubione miejsca, a większość zwyczajnie snuje się bez pomysłu i czeka, aż nienaturalne ożywienie minie i znów przyjdzie zwykły letarg. Ta noc niesie ze sobą wielkie niebezpieczeństwo, bo skoro jesteśmy żywi, to można nas zabić. Tym razem na zawsze. Jeśli w tę noc zabijesz trupa, to znika on ze świata w przeszłości, przyszłości i teraźniejszości. Trochę tak, jakby plemnik, który go stworzył, wylądował gdzieś w trawie. Normalna śmierć to zatrzymanie w teraźniejszości – stop, nie możesz iść dalej. Ale w świecie, który składa się też z tego, co za tobą, istniejesz. Jeśli ktoś zabije trupa tej nocy, to tak jakby...

– Jakby skasował sejwy w grze – podpowiedziałem objaśniającą metaforę, ale kapitan nie załapał.

– No znikasz od początku do końca – powiedział poirytowany.

– Rozumiem, spokojnie.

– *Save us* – powiedział wpatrzony we mnie Dejwid, który wyrósł nie wiadomo skąd. – Jesteś czołzenłan.

Zamknąłem na chwilę oczy i zobaczyłem Chudą w białym świetle nachyloną nade mną, czułem, jak kapią na mnie jej łzy i jak staje mi się daleka. Otworzyłem oczy i nic się nie zmieniło, dalej dziwny chłód, płacząca Chuda i ja przekonany, że ona tak płacze bez zrozumienia, że nic o tym chłodzie nie wie, że jak zwykle jestem ze wszystkim sam. Jeszcze raz zamknąłem i otworzyłem oczy. Wszystko wróciło do normy, meksykańska gorąca impreza, tylko że ja samotnie podpieram ścianę i sączę babskiego drina. Powinienem pójść do Chudej, ale nie wiem, jak zacząć, prawdę mówiąc, liczę na to pośrednictwo Rejczel i jej urodzinowe prawo do spełniania życzeń, ale znając Chudą, nie obejdzie się bez mojego osobistego ukorzenia, zrozumienia błędu, przyznania się do porażki, deklaracji miłości, partnerstwa, analizy własnych wad i zwichnięć charakteru, pełnego uznania jej racji, odstąpienia od wszelkich prób samousprawiedliwienia, rezygnacji z samczego uporu, czyli że nie obejdzie się bez całego tego współczesnego pedalstwa, na które oczywiście jestem gotów.

Dzwoni telefon, nieznany numer. Odbieram. Wojtek Cieślak, zasapany, przejęty, mówi, żebym tym, no, nie chce przez telefon, ale wiem, o kogo chodzi, żebym im coś powiedział, żeby jakieś posiłki albo coś, bo tu zaraz może być gorąco. Widzę, że Szymek i Aron odczytują jakiegoś SMS-a, wymieniają porozumiewawcze spojrzenia i wybiegają z imprezy.

– Ale co dokładnie się dzieje? – pytam Wojtka Cieślaka.

– Nie słyszał pan? Niech pan sobie wejdzie na tę ich stronę. Przeczytam panu z ulotki, no, tam data i tak dalej, i że tam zaraza, dzieci, zaraz, o, noc żywych Żydów! Ostateczne rozwiązanie problemu snujących się trupów! Musimy się bronić sami! Niezłe, co? Nie słyszał pan? Już nawet w telewizji przyznają, że trupy naprawdę chodzą, nawet był reportaż, że będą mieszkania ludziom zabierać. Zjechało się tu łysych z całej Polski tylu, że strach. Chodzą po ulicach, wyłapują martwych, biją, na cmentarz wywożą, będą palić w nocy wielki stos, ma być marsz z pochodniami, no a wszystkie trupy tu do nas, do Arkadii uciekają. Z żywych to już tylko ja i moi ludzie tu jesteśmy. Telewizja pokazała, że najwięcej Żydów do Arkadii się chowa, nie widział pan? No nawet mnie pokazali, że niby obrońca, kurwa, żydowski jestem, wstyd normalnie. To co, pan nic nie wie?

– Zaraz przyjadę, uspokój się, chłopie, będzie dobrze. – Rozłączyłem się.

Podszedłem do KO.

– Miałeś rację, kapitanie, przed nami wielka bitwa, to będzie ciężka noc, nie możesz odejść.

Bitwa o Arkadię i dalszy ciąg walki o duszę Wojtka Cieślaka

Jerzy Rosiak stał ubrany w swój uniform razem z czterema innymi chłopakami przy frontowym wejściu do centrum handlowego vis-à-vis fontanny. Mają wpuszczać tylko umarłych i zatrzymywać żywych, szczególnie jeśli są łysi i w zielonych kurtkach. Teraz od frontu już nikt nie wchodzi, bo Żydzi albo gdzieś pochowani, albo już ułożeni w stos na cmentarzu, albo w środku. Zresztą w środku i tak już by się mało kto zmieścił, taki tłok. No a żywi, szczególnie łysi i w zielonych kurtkach, na razie nie wchodzą, tylko się zbierają na placu. Szykują się. Czasem któryś tylko rzuci pustą butelką i wtedy trzeba uskoczyć przed rozpryskującym się szkłem. Jerzy Rosiak trochę tego nie rozumie. Wszystko jakoś nie tak ten Wojtek pomyślał, od razu mówiłem, o kodeksie pracy mówić i tak dalej, że jakiś w tym kraju obowiązuje przecież, a nie że afera taka, Żydzi nie Żydzi, martwi nie martwi i zaraz się tu człowiek będzie musiał bić.

KO mi odmówił.

– Człowiek nieżywy jest inny niż żywy – coś mi tam tłumaczył – ja tu zostałem tylko i wyłącznie dla córki.

Nie chciało mi się już tych tłumaczeń słuchać, robiłem jeszcze w myślach przegląd znajomych, którzy mogliby mnie wspomóc, ale mści się na mnie, że jestem odludkiem.

Otworzyłem swoją szafę, wyjąłem z niej solidną metalową rurkę zakończoną ciężkim żeliwnym kolankiem. Przed wyjściem zbrifowałem jeszcze Krystiana, z zadaniem, żeby ściągnął tam przez internet jakichś przyzwoitych, odważnych ludzi, aż sam się do siebie w duchu śmiałem, może jacyś się tu w Warszawie zabłąkali, niech przyjdą walczyć, może jacyś anarchiści, popłuczyny po punkach, pojeby, ktokolwiek.

Nie rozmówiłem się z Chudą, złapałem tylko przed wyjściem jej pełne niepokoju spojrzenie.

Na klatce schodowej znalazłem poturbowanego ślepego dziadka. Na jednej piłeczce pingpongowej miał narysowanego chuja, na drugiej swastykę.

– Cudem uciekłem – wyjęczał. – Łapią na ulicach, przeszukują piwnice.

Opowiadał mocno przestraszony, co widział i co słyszał. Prawda mieszała się z plotkami, a więc że zbierają się pod Arkadią, że jest jakiś nowy Hitler, który wzywa do ostatecznego rozwiązania w tę noc. Dzięki srebrnemu sercu mobilizuje ogromne rzesze ludzi. Starałem się dziadka uspokoić, próbowałem wytrzeć poślinionym palcem obraźliwe rysunki z piłeczek, przytakiwałem, mimo że przejęty powtarzał mi jakieś zasłyszane głupoty o doborowych oddziałach zmechanizowanych niemieckich emerytek z ondulowanymi siwymi włosami. Dzięki nowoczesnym autokarom są ponoć bardzo mobilne i przerzucają je szybko na najtrudniejsze odcinki. Ściskają drogie, wyprofilowane szpadle, zgrzytają łapczywie bielutkimi implantami i mamroczą ulubiony fragment z braci Grimm: „Dlaczego masz takie wielkie oczy? Dlaczego masz takie wielkie uszy? Dlaczego masz taki wielki nos? Mów! A dlaczego ja mam takie wielkie zęby?! Żeby cię zjeść, zjeść, zjeść!". W końcu przekręciłem te jego piłeczki tak, żeby rysunki były schowane w oczodołach. Chciałem mu przerwać i odesłać do piwnicy, ale on uczepił się mojego rękawa i gada dalej:

– Mają twarde zęby, z najlepszych, nowoczesnych, japońskich fabryk, a my mamy kości słabsze i bardziej kruche niż za życia, patrzą łapczywie na nasze wysuszone podpleśniałe mięśnie jak na hiszpańskie szynki. Oo! Aaa! – rozpłakał się na koniec. Odprowadziłem go do mieszkania, wytłumaczyłem, żeby nie wierzył w plotki, i nakazałem reszcie, żeby zamknęli za mną dobrze drzwi na klucz i ściszyli muzykę.

ZZ odbył rozmowę z Komendantem Głównym Policji. Wspierając się mocą srebrnego serca, odwołał się do jego prawicowych sympatii politycznych i konserwatywnego umiłowania ładu, wedle którego trupy powinny leżeć w ziemi, a żywi cieszyć się zakupami w Arkadii.

– Na razie żadnych oddziałów policji nie przewiduje się – mówił do siebie po wyjściu zadowolony ZZ i oglądał breloczek zachęcający kierowców do uprzejmości, który dostał na odchodnym jako taki mały prezencik.

Szedłem aleją Jana Pawła II, ściskając w dłoni swoją metalową maczugę. Nikt nie zwracał na mnie uwagi, bo na ulicach byli tylko tacy jak ja, agresywni żywi Aryjczycy uzbrojeni w byle co. Wkurzało mnie, że mają mnie za swojego, aż mnie korciło, żeby się z nimi zacząć bić już, zaraz, tutaj, ale spokojnie, zdążę jeszcze bohatersko zginąć. Od czego to się zaczęło? To moje wyobcowanie? Czy to możliwe, że od niepłacenia podatków? Samolubstwo, brak znajomych (przynajmniej wśród żywych), olewka dla spraw patriotyczno-narodowych, aspołeczność, ahistoryczność, nihilizm, mizantropia, poczucie winy z powodu niemoralnego prowadzenia się – wszystko rozumiem, ale żeby z metalową rurą wybiec naprzeciw swoich? Tak, tak, gamoniu, powiedziałby mój tatko, do kogo pójdziesz, jak już ci swoi nie pasują, może do tych w myckach, co ich tak polubiłeś? Uważaj bo cię przyjmą. Skórki od chleba ci nie dadzą. Okruchy z macy zbiorą z serwety i kurom sypną, nic dla ciebie. Jesteś im potrzebny jak Palestyńczyk w autobusie, a może i mniej.

Wiem, wiem – burczałem pod nosem. Dlatego nie mam wyboru, tato, nie mam gdzie wracać, więc idę na śmierć, idę w bój. Pojebało mnie, jednym słowem, i tyle. Znowu mrugnąłem oczami i zobaczyłem białe światło, zamazaną Chudą, niewyraźne głosy. Biedna Chuda, co ty zrobisz, jak umrę? Nawet nic na ciebie nie przepisałem. Bliżej nieznana mi rodzinka rozdrapie moje zasoby, moją krwawicę. Dławi mnie to białe światło. Słowa nie mogę wydobyć, a chciałbym krzyczeć. Chuda! Na szczęście kolejne mrugnięcie przywraca mnie do świata. Idę szybkim krokiem. Tramwaje nie jeżdżą, nic nie jeździ. Przyszedł SMS od Chudej: „Uważaj na siebie". Dobre i to. Co ja bym dał, żeby naprawdę mafia była po mojej stronie. Drugi SMS: „W telewizji mówią, że trupy są wykorzystywane przez mafię, spalenie dla ich dobra". Nie będę już nic myślał, bo ściągam na siebie nieszczęścia. Powinienem się gdzieś zatrzymać i napisać dla Chudej upoważnienie, dostęp do konta, zamiast na bijatykę do notariusza iść raczej, ale skąd go wziąć? Jak się zatrzymać? Dzwoni Krystian: „No, wodzu, wszystko się odwraca, w mediach jedna wielka jazda, że afera, że mafia, że policja sobie nie radzi, roznoszone są groźne choroby, wszystko, jak tamci mówili, że rewindykacja majątków, że jednak to była prawda, że ujawniają. Teraz to my się trzymamy tylko w niszach, na paru porąbanych stronach dosłownie, ale jakieś drobne zwoływanie się w necie jest i jacyś goście się tam do ciebie wybierają. Więc nie zginiesz sam" – zażartował sobie na koniec. Rozłączyłem się i jako straceniec nie uznałem za stosowne odpowiadać udawanym śmiechem.

Przyszedł taki moment, nie ma już co ściemniać, trzeba stanąć z prawdą twarzą w twarz. Powiedzieć moim ciociom, wujkom, sąsiadom, całej mojej polskiej rodzinie, która dopiero co zdążyła się wygodnie usadowić na kanapie przed TV: Tak, to prawda, trupy łażą po mieście, i sam się zastanawiam, co na to sanepid, i niewykluczone, że będą szukać swoich sztućców i szpargałów, że o nieruchomościach nie wspomnę, i nawet nie wiem, czy was lubią. Mnie samego jako tako tolerują, bo kompletnie mi się wszystko pomerdało i w obliczu tej prawdy, którą już znacie, zamierzam walczyć do upadłego o ich prawo do łażenia i w ogóle robienia, co chcą. Nie podoba się wam? To wam moją rurą przywalę.

Przede mną straszny widok: dwóch skinoli wywleka z kiosku Ruchu martwą dziewczynę i starszą panią, która ją ukrywała. Przewracają je i kopią. Przyśpieszam kroku. Ulicą mija mnie wielka żółta wywrotka, do połowy wyładowana martwymi ciałami. Zatrzymuje się przy tamtych. Na stosie ciał stoi zadowolony drągal, pozdrawia kopiących uniesioną ręką:

– Dawajcie je tutaj!

– Stara jeszcze żyje!

– To w czym problem? Raz ją porządnie w łeb!

Śmieją się. Takie z was kozaki? – myślę. Zaczynam biec. Zauważają mnie, ale myślą, że chcę do nich dołączyć. Kiedy się orientują, jest już za późno. Porządny zamach z rozbiegu metalową rurą i bach! precyzyjnie w wygoloną głowę, takie wgniecenie, że aż kolanko się zagłębiło, i teraz bekhend w drugiego, nieco słabszy, ale i ten okręcił się wokół własnej osi i padł.

Z wywrotki wysiada napakowany gość w opiętym białym podkoszulku i bojówkach, biegnie do mnie, wywijając łańcuchem. Podnoszę nóż, który leży przy tym już zabitym, rzucam. Nie wiem, jakim cudem nóż wbija się biegnącemu gdzieś koło obojczyka. Zatrzymuje się, jest w szoku, zachowuje się, jakby chciał strzepnąć z siebie ten nóż jak jakiegoś pająka. Teraz ja podbiegam do niego. Tym razem robię potężny zamach od góry i... wygląda jak gumowa lalka, której wciśnie się górną część głowy. W końcu zgramolił się drągal, zeskakuje na ziemię, jest ode mnie o głowę wyższy, ma w ręku bosak ułamany do poręcznej długości. Stajemy na solo.

On robi wielki zamach, ja ledwie uskakuję, on znowu zamach, strasznie szybko, tak że nawet nie mogę pomyśleć, i znowu, i znowu. Właściwie cały czas robię uniki, nie mam pomysłu na tę walkę. No i dobra – zaczynam przed nim po prostu uciekać, biegnę w stronę wywrotki, on za mną. Ganiamy się w kółko. Czas, by dokonać jakiegoś podsumowania. Co człowiek dobrego zrobił, co złego. Nie licząc ostatnich wydarzeń, starałem się wieść typowe polskie życie, a więc robić rzeczy głównie średnie, ani złe, ani zbyt dobre, takie bardziej zwyczajne, żeby się nie było o co przyczepić. Czy czegoś żałuję? No, najbardziej chyba że do tego Egiptu nie pojechaliśmy. Chuda strasznie chciała, sam nie wiem, dlaczego jestem taki uparty jak osioł. Ona byłaby szczęśliwa, a ja, skoro już tak szczerze tu sobie podsumowuję, też bym chciał, tylko mi hajsu było szkoda. I żeby było jasne, nie chodziło o pieniądze dla pieniędzy, tylko wiecznie się boję, że z gołą dupą zostanę. Prześladuje mnie myśl, że nagle przestanie dzwonić ten telefon, że to się skończy, brak zamówień, drogi panie, szukaj nowego zajęcia. Możemy pana przeszkolić, tu u nas w urzędzie organizujemy wspaniałe szkolenia dla takich jak pan. No i marzy mi się, że odłożę sobie kiedyś na skromne dożycie i nie będę już musiał pracować, układać tych kafli pierdolonych.

W końcu nie mam już siły, zatrzymuję się znienacka, wywijam maczugą, i proszę, przejąłem inicjatywę, trafiam, on się zachwiał, a ja drugi raz i trzeci, cios osłabiony, bo on się już przewracał. Twardy ma łeb albo ja osłabłem; walę go jeszcze raz. Na pewno jest nieprzytomny, czy nie żyje, pewności nie mam.

Włażę na wywrotkę. Nieboszczyki leżą ułożone w hałdę i przykryte ciężką brudną siatką, taką jaką przykrywa się wywożone liście lub śmieci. Ściągam z nich tę siatkę.

– Schodźcie! Szybko! Raz-dwa!

Zeskakuję, a oni za mną. Odnajduję studzienkę kanalizacyjną.

– Uciekajcie! Zabierzcie ze sobą tę babcię – mówię – tylko uważajcie, bo jest jeszcze żywa.

– Już nie – mówi ze smutnym uśmiechem dziewczyna spod kiosku i prowadzi ją pod rękę.

– Serce – mówi babcia, jakby się tłumaczyła. – Nie wytrzymało.

– I przyślijcie sprzątaczy po te ścierwa – rzucam i idę w stronę ciężarówki. Podciągnąłem drągala tak, żeby jego głowa znalazła się pod kołem. Popatrzyłem, jak moje umarlaki sprawnie znikają w studzience, wskoczyłem do szoferki, odpaliłem i raptownie ruszyłem. Maszyna musi ważyć wiele ton, nawet nie podskoczyła, wśród ryku silnika usłyszałem coś jakby chlupnięcie, może to tylko autosugestia.

Walka potrafi pochłonąć, innymi słowy połknąć. Nie jestem już sam, nie jestem zdrajcą, jestem połknięty przez wielką drapieżną rybę i płynę w niej z nurtem przygody. Kiedy walczę, w ogóle nie muszę się zastanawiać. Bez względu na to z kim, po prostu muszę zwyciężyć. Nie będę Żydem, tato, ale będę umarłym, tak czy owak, i nie wiem czemu coraz bardziej tak się czuję; i kiedy puściutką ulicą pędzę wielgachną żółtą wywrotą, *cool* powiedziałby Beavis lub Butt-head, to czuję, jakbym właśnie uciekał przed śmiercią. Mam takie dziwne przeczucie, że albo będę się dusił w białym świetle i patrzył, jak powiewa firanka, albo będę walczył jak lew z rastafariańskiej flagi. Droga niestety nie jest zbyt długa, za skrzyżowaniem ze Stawkami dostrzegam już pierwszych wrogów, ciągnących w stronę Arkadii. Na wysokości stacji Statoil i McDonalda udaje mi się paru rozjechać. W szoferce nic się nie czuje, niesamowite, jakbym przejechał parę dużych osełek masła.

Nie tracąc szybkości, wjeżdżam na rondo. Przede mną tłum, nie umiem szacować tłumu, wygląda na taki dość sensowny koncert, czyli tak do pięciu tysięcy musi być, nie jak na wielkiej gwieździe, ale na takiej niezłej. Dociskam pedał gazu i wcale nie używam klaksonu. Wpadam w nich. Nawet jeśli mnie słyszą lub widzą, nie mają gdzie uciekać. Sieję spustoszenie. Teraz trochę już podskakuję w szoferce, za dużo ciał. Zawracam, robię ósemkę. Oni się rozbiegają, tratują nawzajem, zwierzęta. Teraz pociągam za sznurek i daję sygnał jak wesoły maszynista w uśmiechniętym parowozie. Jeszcze parę ósemek i plac jest mój. Obserwuję, czy gdzieś ktoś się nie rusza. Jeśli się rusza, to podjeżdżam i dogniatam dziada.

Kim oni wszyscy są, skąd przyjechali, kto ich tak wychował? Nie wiem, ciągle takich widuję i nigdy nie chce mi się nad tym zastanawiać, więc czemu miałbym się zastanawiać dzisiaj, w czas bitwy? Podobno orki były kiedyś elfami. Co to zmienia? Może oni czują się patriotami, może przed wyjściem z domu byli grzecznymi synkami, może pomogli młodszemu bratu odrobić lekcje, może po prostu chcą się w coś zaangażować, coś robić we wspólnocie i dla wspólnoty. Może nie chcą przeżyć życia tak jak ja. Nie chcą być sami. Może lubią sztandary, szczególnie ten nasz, co ma barwy od krwi i wody, wypuszczonych włócznią z serca. Może im się zdaje, że są jakąś husarią albo nadzieją dla zagrożonych gwałtem, lub raczej własną skłonnością do międzynarodowej prostytucji, czystych rasowo polskich dziewcząt. A może zwyczajnie, tak jak ja w tej chwili, mają nieodpartą chęć napierdalania się, znaczy się walki. Gówno mnie to zresztą obchodzi, teraz są złem. Idą w szeregach armii zła, która stoi naprzeciw mnie. Będę więc ich bił.

Tak, to było jak szarża – zdążyłem pomyśleć zadowolony. Długo się nie cieszyłem. Jadą od strony mostu Gdańskiego. Ciężarówy, bardziej ogromniaste, bardziej żółte i dużo cięższe niż moja.

Trudno, dobre i to, co się udało.

Podjeżdżam pod główne wejście i parkuję tak, żeby je zastawić. Wyskakuję, wchodzę do środka. Gdzie jest Wojtek Cieślak? – chcę zawołać, ale nie muszę, stoi i czeka na mnie.

– Rany, człowieku, ale ty żeś ludzi zabił – mówi do mnie przestraszony.

– Nie ciotuj mi tu, przejmuję dowodzenie. Zamknij wszystkie wjazdy na parking i wejścia. Ilu masz ludzi?

Zupełnie Zły nie przejmował się stratami. W telewizji pokazali szaleńca, który rozjeżdżał ciężarówką młodych ludzi. Potworność, oni może i zbłądzili ideologicznie, ale któż był święty za młodu, a oni zabici bez przyczyny, bez sądu. Postępująca brutalizacja życia. Bojówki anarchistów i lewaków spacyfikowała policja, zanim przedostali się w okolice centrum handlowego.

– To dobrze, wystarczy już tego rozlewu krwi – zaśmiał się do siebie ZZ.

Zrobił sobie punkt dowodzenia na dachu wieżowca Babka Tower na rogu Słomińskiego i Jana Pawła, dokładnie naprzeciw głównego wejścia do Arkadii, a i cmentarz żydowski, gdzie chłopcy usypywali stos z ciał, mógł stąd bez przeszkód podziwiać. Ilu ich tam może być? Marne kilkadziesiąt tysięcy, niech to będzie początek, pierwsze zwycięstwo, niech będzie i potyczka, ale o charakterze ostatecznym. Ostateczne rozwiązanie – ależ to brzmi. Wrzucił do swoich łapczywie rozchylonych, fioletowych ust kolejny aromatyczny kozi bobek z celofanowej paczuszki, którą trzymał w ręku, co on poradzi, że ma słabość do zwierzęcych odchodów.

– Przygotujcie się do ataku, na mój sygnał, ze wszystkich stron jednocześnie! – Oparł się jedną nogą o występ barierki zabezpieczającej przed spadnięciem z dachu, pochylił się lekko do przodu, jak kapitan pirackiego statku stojący na dziobie, i sięgnął po kolejny bobek.

Wszystkie wejścia, łącznie z tymi na parkingi, zamykane są wzmacnianymi, metalowymi roletami. To za mało, sforsowanie takich rolet dla facetów z łomami nie będzie problemem. Wejścia w parkingach podziemnych kazałem zastawić dodatkowo samochodami. Na powierzchni chłodziarkami, gablotami i czym tylko się da.

– Macie broń palną? – spytałem pana Wojtka.

– Tylko miotacze gazu.

Miotacze – powtarzam w myślach z sarkazmem. Zwykłe spreje z gazem, nawet pałek im nie dali. Na szczęście są tu sklepy sportowe i turystyczne z czekanami, nożami, łukami. No i cała budowlanka w Leroy, młotki, siekiery, długie ciężkie gwoździe, farby, lakiery i inne łatwopalne smrody, żrące chemikalia. Coś tam udało się nazbierać. Oprócz ochroniarzy wyznaczam też najlepszych z umarłych ochotników. Nie tylko facetów, jest i kilka zadziornych dziewczyn, nie w ramach poprawności i parytetu, tylko są po prostu bojowe i doświadczone, takie koleżanki KO trochę. Pomagają też zrobić fachowe butelki z benzyną. Ustawiłem wszystkich, rozdałem zadania. Stoję, kiwam głową i wyobrażam sobie siebie jako bohatera filmu *Kevin sam w domu 14. Życie dorosłe Kevina*. Ledwo skończyliśmy się ustawiać, nastąpił atak. I to niezły.

Obserwuję sytuację na ekranach monitoringu. Wydaję rozkazy przez interkom. Jak jakiś dowódca pod Wizną. Czaad. Nie wiem tylko, czy tu stać, czy jednak pobiec na dół, bo też bym chciał czymś w nich porzucać. Wjazd do garażu na najniższym poziomie wywalony przez taranującą ciężarówę. Samochody rozlatują się na wszystkie strony jak zabawki. Wielka wyrwa, przez którą wbiega tłum wrogów.

– Biegiem! Na pozycje. Obstawić ruchome schody przy Leroy Merlin i te przy AGD.

Zostawiam przy ekranach rezolutnego umarlaka.

– Jak masz na imię?

– Tomek.

– Tomek? – Trochę się dziwię. – No dobra, słuchaj, Tomek, patrz, uważaj i gdyby się gdzieś indziej przedzierali albo coś, to daj znać, jasne?

– Jasne!

Zasuwam biegiem na dół, a tam już pełna jazda, nasi rzucają z góry czym się da, strzelają z łuków, wrzask, krzyk, tamci zaskoczeni na ruchomych schodach, spodziewali się, że łatwo pójdzie, że to tak jak rozładować transport, rozwalili szklane drzwi, nasze barykady i dalej łatwizna, a tu niespodzianka, i zamiast się nad kimś znęcać, trzeba samemu uciekać ze strzałą w dupie albo gwoździem w oku. Złapałem wolny młotek, rzuciłem nim jak tomahawkiem. Nie trafiłem, ale minimalnie, odbił się dźwięcznie od błyszczącej kamiennej posadzki. Wycofują się z klatki schodowej na parking.

– Uzupełnić amunicję! – krzyczę, jak to dowódca.

– Ale łajzy! – Jedna z martwych dziewczyn z dezaprobatą kręci głową. – Od razu uciekli.

– Nie martw się, wrócą – mówię w poetyce dowódczych dowcipów i kładę jej rękę na ramieniu.

Dobrze, że tych wejść nie jest zbyt dużo.

– Jak sytuacja, Tomek? – Uwielbiam mówić przez krótkofalówkę. Wśród trzasków słyszę odpowiedź:

– Wycofują się, szefie, rodżer.

Szefie, rodżer, nie jest źle. Patrzę na tłum martwych, którzy dziś są podobno żywi, faktycznie wyglądają jakby coraz normalniej. Nawet ich ubrania powoli odzyskują kolory, choć nadal nie prezentują się najlepiej. W końcu śmierć nie zastała ich na balu. Przypominam sobie, że ramię dziewczyny, na którym położyłem dłoń, też nie było zupełnie suche. I to postępuje. Prawdę mówił Kapitan Ojciec. Stoję z otwartą japą, patrzę na nich wszystkich, „Ja pierdolę, żywi Żydzi", mówię. Wreszcie mogę ich zobaczyć. Stoją całe rodziny i samotni, jedni trzymają się za ręce, inni nie. Jakby wziąć ubrania ze sklepów i ich wszystkich współcześnie przebrać, to zamiast tak stać, mogliby się puścić w ruch i normalnie zacząć łazić bez sensu jak wszyscy po tej Arkadii, nikt by się nawet nie poznał. No może z wyjątkiem chasydów i ortodoksów, ci, fakt, wyglądają oryginalnie, ale przynajmniej coś innego by człowiek czasem zobaczył. Rany, jakby to wszystko inaczej wyglądało. Szkoda, że Chuda tego nie widzi. Miałaby w końcu swoją Polskę z Żydami. Może przestałaby o nich przynudzać, nie szukałaby w sobie jakichś nieistniejących korzeni, może mogłaby się spokojnie poświęcić obronie drzew i krzewów oraz zwierząt i powietrza, tak jak chude dziewczyny w innych krajach. Potykałaby się o Żydów codziennie w autobusie, w pracy, w kinie. Patrzyłaby na nich i już by ich nawet może nie widziała. Żydzi, też mi wielka rzecz. Może by nawet łamała stereotypy i do lekarzy chodziła słowiańskich lub romskich, a porad prawnych szukała wyłącznie u adwokatów wietnamskiego pochodzenia, najlepiej słabo mówiących po polsku. Moja Chuda. Wrzucałaby do jednego worka rabinów i biskupów, bogaczy z wąsem i z pejsami, mogłaby być po prostu moją polską Chudą z zaciśniętą piąstką i z charakterystyczną dla dziewczyn z bogatych krajów niezgodą na niesprawiedliwość.

Następuje kolejne uderzenie. Tym razem idą uzbrojeni w tarcze z pokryw od pojemników na śmieci, z masek samochodów lub klap od bagażnika. Trudno trafić, wszystko się od nich odbija.

– Ogniem ich! – wydaję komendę i najpierw lecą na nich różne farby i lakiery w otwartych wiadrach, w plastikowych workach, otwartych puszkach, a kiedy już są cali utytłani, dajemy w nich zapalającymi butelkami z benzyną. No taki Sajgon się zrobił, ogień, czarny dym, uciekające żywe pochodnie. Coś tam mówili, że przewidują pochodnie na dzisiaj, to mają.

– Od frontu się wdarli! – trzeszczy mi Tomek w krótkofalówce, ale zanim zdążyłem tam dobiec z posiłkami, już było po wszystkim. Mamy ogromną przewagę liczebną, damy radę, biorę się pod boki i uśmiecham do ludzi. Jeśli nie podciągną tu artylerii, czołgów i szturmowców z karabinami, to nie ma mocnych – zdążyłem pomyśleć, aby zaraz przypomnieć sobie jedno z tych debilnych powiedzonek mojego ojca, które zawsze się sprawdzają, „nie mów hop, póki nie przeskoczysz". No a niby jak, mam najpierw przeskoczyć, a potem kiedy już będę stał, rozejrzeć się i powiedzieć hop? A jednak.

Wojtek Cieślak chce ze mną rozmawiać na osobności. Idziemy w milczeniu. Coś się musiało spieprzyć. Widzę to po nim.

Jesteśmy sami w ciasnej, pozbawionej okien pakamerze dla personelu; włącza swoją komórkę i mi podaje.

– Porozmawiaj z nim – mówi.

– Halo – odzywam się, raz kozie śmierć. W słuchawce słyszę ZZ, ma zmieniony głos, ale wiem, że to on.

– O, to ty, chciałbym, żebyś zamienił słówko z panem Tadeuszem. – Oddaje słuchawkę.

– Halo – nieprzyjemny głosik. – No co? Jest tam kto?

– Dzień dobry – mówię grzecznie.

– Ty, ty się tam podobno poumawiałeś na coś z chłopakami, tak? No to powiedz, z jakimi, bo ja cię nie znam i nikt cię, kurwa, nie zna, jedno imię dawaj, no! – Nic mi akurat nie przychodzi sprytnego do głowy, więc milczę, a nawet zaczynam się trochę bać. – No dawaj! Co, mowę straciłeś? Albo że skąd chociaż... Co tak cicho siedzisz? Co? Cwelu jeden. Daj tego drugiego.

Rozłączyłem się.

Wojtek Cieślak patrzy na mnie, jakbym w całym ogromnym centrum handlowym tylko ja był już na pewno martwy.

W tym momencie trzeszczy moja krótkofalówka.

– Szefie, oni podpalają dach, już się nieźle hajcuje.

– Wiesz, że nie mam wyboru – mówi Wojtek Cieślak i sięga po swój gaz.

– Nie masz. Możesz mi pomóc i żyć albo zdechnąć tu i pójść prosto do piekła.

ZZ świętował. Podniecony, już całymi garściami zajadał swoje ulubione kozie bobki i zachłannie wciągał nosem swąd płonącego dachu.

– Niedługo zapadnie zmrok, a wtedy rozpali się również stos na cmentarzu – szeptał. Nie znał przysłowia o niemówieniu hop.

Mój plan był prosty i po chwili niepokojącego chaosu zaczął przynosić efekty. Przede wszystkim kazałem na chwilę monitoring wyłączyć, żeby każdy martwy mógł się spokojnie przebrać we współczesne ubrania z dowolnego sklepu. To przebieranie wywołało właśnie trochę zamieszania, ale efekt okazał się piorunujący. W centrum handlowym, którego dach płonie podpalony przez bandytów, tłoczą się tysiące zwyczajnych warszawiaków. Teraz bierzemy wypasione, cyfrowe lustrzanki i takież kamery z odpowiedniego sklepu i robimy zdjęcia. Przy pomocy Krystiana wpuszczamy to wszystko w internet. Wspaniałe ujęcia, skinheadzi z pałami, płonący dach, a w środku zwykli przestraszeni ludzie, obejmują się, pocieszają, jedni stoją, inni chodzą, siedzą, leżą, jak pasażerowie, którzy utknęli na lotnisku. W sieci, a zaraz potem w mediach, pojawia się wielkie, palące pytanie: gdzie, do kurwy nędzy, jest policja? Takie pytanie nie może zostać zbyt długo bez odpowiedzi, więc mówię do Wojtka, że musi się pospieszyć, a sam biorę kamerę i idę robić wywiady, bo taki mnie naszedł niemęski sentymentalizm. Pytam ich, kim są, ile mają lat, czym się zajmują, gdzie pracują i w związku z tym, że to noc żywych Żydów, a oni zupełnie żywo wyglądają, nie wypada ich pytać, jak umarli, więc o to nie pytam. Spotkałem nawet przedwojennego glazurnika, pogadaliśmy o materiałach, stawkach, klientach. Mówił, że chodził, rozglądał się trochę po Leroy Merlin, wypytywał mnie o niektóre wynalazki, ja tłumaczyłem, a on z zainteresowaniem kiwał głową. W końcu podszedł do mnie Wojtek Cieślak.

– Już czas – mówi i dodaje jak w przedpotopowym filmie gangsterskim: – Jesteś pewien, że nie chcesz swojej działki?

Nie wiem, co się ze mną przez tych parę dni porobiło, ale jak kompletne cielę odpowiadam, że nie – i jeszcze dodaję, jakbym już został apostołem albo co najmniej trzeźwym organistą:

– Cieszę się, że stanąłeś po dobrej stronie. – Zdążyliśmy już przejść na ty. – Podziel równo między chłopaków. –

Ściskamy sobie mocno dłonie. – Wszystko gotowe? – pytam jeszcze.

– Tak – odpowiada – zostawiam jednego bohatera przy monitorach, bo ten Tomek musi iść z resztą.

– Poświęcił się – stwierdzam z uznaniem.

– Tak jakby.

Nawet nie spytałem, ile wygarnęli, i staram się nie myśleć ile, bo na pewno dużo, jeszcze bym żałował. No bo tak: ze wszystkich kas w sklepach, a tych sklepów bez liku, z bankomatów, z zaplecza, no i jeszcze trochę cennych drobiazgów. Trudno, nie można być chciwym, ja zadowolę się kolią z brylantów w zestawie z kolczykami i pierścionkiem dla Chudej, może się rozchmurzy, no i tam dosłownie jeszcze świecidełek parę, tak żeby nie wypychały kieszeni, nikt się nawet nie zorientował, więc się nie liczy. A wszystko i tak pójdzie na konto tych, którzy się tu zaraz wedrą.

Jerzy Rosiak stał z krótkofalówką przy monitorach i zastanawiał się, czy oni go aby nie wystawili do wiatru, trochę. No zgoda, to całe zamieszanie odbywa się ze względu na jego zwolnienie i tylu się poświęciło, to i on musi, ale czy nie można było po prostu, tak jak chciał cały czas od początku, powiedzieć, że jest przecież jakiś kodeks pracy i tak dalej, do cholery, w tym kraju, a nie takie zamieszanie, protesty, Żydzi, chuligani, policja, czego to jeszcze nie było?

– Dobra, teraz! – powiedział do krótkofalówki, bo wszyscy zebrali się już przy bocznym wschodnim wyjściu. Najpierw otworzył żaluzje w wejściu głównym, to wystarczyło, żeby tłum młodzieńców z zewnątrz rzucił się z rykiem właśnie do tego wejścia. Kiedy już wdarli się do środka, nie w głowie im byli ludzie, tylko zaczęli się pchać do szabrowania. On tymczasem otworzył żaluzje przy wejściu wschodnim.

– Mojżesz się znalazł – burknął, patrząc na wyprowadzającego tłum na zewnątrz Wojtka. – Namieszał i teraz jeszcze bohater.

Krótko ostrzyżeni rozbiegali się po całej galerii, tak że straż tylna pilnująca uchodźców dosłownie parę razy tylko musiała użyć żrących bomb z chlorem. Zza drzwi dochodziły do Jerzego Rosiaka dzikie wrzaski rozczarowanych szabrowników, z niepokojem patrzył na miniaturową zasuwkę, która stanowiła o jego bezpieczeństwie.

Mimo że ZZ stał na dachu, poczuł duszną atmosferę bunkra w Berlinie.

– Pułkowniku Fritzl, proszę o meldunek – szczeknął i zaczął chodzić w tę i z powrotem, nerwowo zaciskając ręce za plecami.

– *Jawohl, mein Führer!* – wrzasnął Fritzl, strzelił obcasami, zrobił odpowiedni wymach ręką i przeszedł do rzeczy: – Na cmentarzu pojawił się pewien martwy, to znaczy dziś żywy kapitan, uzbrojony w pistolet, zastrzelił paru chłopców i pobiegł po posiłki na katolickie Powązki, ubolewam, ale dostał solidne wsparcie, szczególnie że jest tam też cmentarz wojskowy. Krótko mówiąc, wycofaliśmy się na z góry upatrzone pozycje.

– Czyli?

– Ja tutaj, a chłopcy na dworce i generalnie do domu.

ZZ patrzył smętnie na podjeżdżające na sygnale wozy strażackie, na siły prewencji w białych kaskach, które wyprowadzały jego wojowników i układały związanych, twarzami do ziemi, jednego przy drugim.

– Co za rozczarowanie – powiedział smętnie i postanowił wrócić na trochę do siebie, a że nie chciał oddawać ciała właścicielowi, wyskoczył z dachu na ulicę. Leciał krótką chwilkę. Mało kto by zauważył, ale spadł na dach policyjnej furgonetki, więc jeszcze publicznej szkody narobił. Kto za ten wgnieciony dach zapłaci, chciałoby się zapytać.

Zadzwoniłem do Chudej. Widziała mnie w telewizji, chyba mi nie wybaczyła, ale jest bardzo podekscytowana tym, co się stało, i nawet nie chce mnie, prawdziwego bohatera, posłuchać, jakie miałem przygody, co się działo, co czułem, jak to wyglądało, kiedy ci wszyscy Żydzi ubrani w ubrania nówki wyszli z Arkadii i rozeszli się jak normalni ludzie do domów; tylko sama opowiada, co piszą w necie, a co mówią w wiadomościach. Chuda! Już jej chciałem przerwać, ale... Może to i faktycznie ważniejsze.

Wspaniały finał – myślę sobie, nawet coś chyba za wspaniały, i nie wiem dlaczego, ale już raczej to białe szpitalne światło wydaje mi się bardziej realne.

Sprzątacz

Wspaniałe zwycięstwo, pokonałem siebie, diabła, Niemców i własny naród, czuję się cudownie, rozglądam się, gdzie reszta, już mi się w głowie tli pytanie, jak będzie dalej wyglądać życie takiego bohatera, jakie świat wymyśli laury, nagrody, peany. Aż sobie westchnąłem głęboko i szczęśliwie. Tylko dlaczego tu tak pusto? Nikogo nie ma. Czuję się dosyć lekko. Jestem w Arkadii, która wygląda, jakby nic się w niej nie wydarzyło, tylko w ogóle nie ma ludzi. Siedzę przy stoliku, przede mną piña colada, ale nie jestem jednak sam, po drugiej stronie stolika pociąga również piña coladę ktoś, powiedziałbym, z lekka świecący. Bardzo ładny lub ładna, no, śliczności, nie umiem określić płci, co dziwne. Co za czasy – myślę – jednak jestem stary, skoro nie odróżniam faceta od kobiety.

– Cześć – mówi ten ktoś pięknym głosem, spokojnym, budzącym zaufanie, hipnotyzującym.

– No, cześć – odpowiadam, a piękno tego kogoś napełnia mnie lękiem. Nie wynika ten lęk z jakiejś domniemanej groźby, tylko z poczucia własnej małości.

– Jestem sprzątaczem – przedstawia się uprzejmie. – Przyszedłem cię odprowadzić.

– Ależ dziękuję bardzo, to miło, tylko chyba pomyłeczka jakaś zaszła. – Niby wiem, co to wszystko może znaczyć, a jakoś się nie boję, nawet mi wesoło trochę, można powiedzieć.

– Po pierwsze jeszcze żyję i bohatersko ten żywot toczę, a po drugie sprzątacze to chyba łapią takich niedobrych, co uciekają przed piekłem, mylę się?

– Wszystko byś chciał wiedzieć, co?

– No, chciałbym. – Pociągnąłem przez słomkę duży łyk.

– Chcesz wiedzieć, na co umarłeś, gdzie się teraz znajdujesz, kto cię leczył? Po co ci to?

– Kto leczył, to się obejdzie, ale jesteś pewien, że umarłem?

– Wiesz, różnica między tamtym życiem a tym jest taka, że tu jest tylko pewność.

– To dlaczego siedzimy w pustej Arkadii i pijemy babskie drinki?

– Chcesz coś innego?

Zamyśliłem się, a on mnie nie poganiał – czy rzeczywiście chciałbym się przenieść na chwilę do szpitala, gdzie pewnie dogorywam, popatrzeć na bieganinę, respirację, puszczanie zwieraczy, zastrzyki, pikające ekraniki, a może jak już jest po wszystkim, tylko biały parawan albo wózek do kostnicy?

– Nie chcę, ale chciałbym, żeby tu było dużo ludzi, normalnie, jak w weekend.

– Lepiej nie, zobaczysz ludzi, ktoś ci się spodoba, coś sobie przypomnisz, zaczną się kłopoty; i tak masz przyjemne odejście, nie narzekaj.

– A Chuda? Bardzo płacze? Co ona zrobi?

– Nie interesuj się.

– Łatwo powiedzieć.

– Da sobie radę.

– Na pewno?

– Każdy sobie daje radę, bo nie ma innego wyjścia, nawet jeśli nic nie wychodzi, to tylko moment, a potem zaproszę ją na tłusty obiad i odprowadzę tak jak ciebie.

– Na tłusty obiad? Człowieku... to znaczy nie wiem, kim tam jesteś, ona nic nie je.

– No właśnie, na pewno jest strasznie głodna i tęskni za wielkim, gorącym, polskim obiadem.

– To może bym sobie jointa zapalił jeszcze i muzyki posłuchał.

– Pal, masz w wewnętrznej kieszeni kurtki.

Faktycznie miałem, idealnie skręconego, nie za twardo, nie za miękko, równiuteńko. Musiały go skręcać leśne elfy – pomyślałem i zapaliłem. Do moich uszu w perfekcyjnej jakości dotarła muzyka Dinig Room, dwójka – czy to moja ulubiona muzyka? Dziwne. Zastanawiałem się w myślach. Na pewno kojarzy mi się z Chudą i błogością. No ale nie mógł mi przecież puścić Jesus and Mary Chain.

– Mogłem, ale to twoja ulubiona płyta.

– Aha, wszystkiego jesteś taki pewien, a ja jakoś nie mogę uwierzyć, że taki zdrowy, dzielny glazurnik jak ja ni z tego, ni z owego po prostu sobie umiera.

– No widzisz, a jednak.

– A te wszystkie historie, z Żydami, trupami i tak dalej?

– Co chcesz usłyszeć?

– No co, jak mi poszło, może być? To się w ogóle jakoś liczy jako zasługa czy to tylko jakieś omamy na mój prywatny użytek?

– Ja tu tylko sprzątam. – Uśmiechnął się pięknie. – Sąd zdecyduje.

– Zaraz, jaki sąd?

– Ostateczny.

– No ale jak? Co ty? Nie mogę tak teraz, ujarany w dodatku.

– Możesz. Nie przejmuj się, co ma być, to będzie.

Spis rzeczy

Redaktor prowadzący: Dariusz Sośnicki
Redakcja: Ewa Rojewska-Olejarczuk
Korekta: Małgorzata Denys, Anna Kubiak
Redakcja techniczna: Anna Gajewska

Projekt okładki i stron tytułowych:
Grzegorz Laszuk
Fotografia autora: © Maciej Śmiarowski

Skład i łamanie: Tekst – Małgorzata Krzywicka
Piaseczno, Żółkiewskiego 7a
Druk i oprawa: ABEDIK S.A., Poznań

Wydawnictwo W.A.B.
02-386 Warszawa, ul. Usypiskowa 5
tel./fax (22) 646 01 74, 646 01 75, 646 05 10, 646 05 11
wab@wab.com.pl
www.wab.com.pl

ISBN 978-83-7747-700-7